하늘

박주병 수필선

하늘

박주병 수필선

學古房

서 문

　많은 수필인들이 야단법석을 떨어댄다. 수필의 시대가 온다고 우 몰려 돌아다닌다. 독자가 시나 소설보다 수필을 선호하는 현상을 수필의 시대 라고 한다면 그런 시대가 올는지는 모른다. 하지만 「남신의주 유동 박시봉 방」 같은 시며 「메밀꽃 필 무렵」「사반의 십자가」 같은 소설 의 수준을 뛰어넘는 수필이 나오지 않는다면 수필의 시대란 백번 와도 무의미하다.

　닭이 한 만 마리쯤 모인다면 그 소리 크기는 천둥소리만 할지는 모르지 만 천둥소리는 아니다. 팔공산 꼭대기에 초라니패, 각설이패들이 들끓어 고샅소리며 장타령을 한다 해도 베토벤의 「합창(교향곡 9번)」이 될 수는 없는 법이다. "거문고 소리 맑으면 학이 저절로 춤추고, 꽃이 웃으면 새가 응당 노래한다."(琴淸鶴自舞 花笑鳥當歌)

　나는 돌아앉아 거문고 줄이나 고르며 삭거한 지 어언 40여 년이 흘렀다. 그 동안 수필이란 이름으로 겨우 240여 편 정도의 글을 발표했다. 그 글들을 독자가 한눈에 개관할 수 있도록 총 61편을 가려 뽑아 재작년에 『바람이 많이 불던 날』이란 선집을 엮은 바 있다. 이로써 산문은 그만 쓰려 했으나, 배운 도둑질 같아 청탁을 묵살하지 못하고 다시 붓을 들게 되었다. 그렇게 해서 생긴 신작 가운데서 고르고, 앞의 선집에서 더 가려 뽑고, 선집에 빠졌다 싶은 글을 합쳐서 총 53편으로 이 책을 엮는다. 기존의 선집보다는 더욱 정선한다고는 했지만 이거다 하고 내세울 만한 글이 단 한 편도 없어 보인다. 이제야 그런 줄을 안다. 자신의 한계를 깨닫는 건 괴롭고, 체념은 슬프다.

멀쩡하던 하늘에 별안간 천둥이 울로 번개가 친다. 내 글이 독자의 가슴에 천둥이 되고 번개가 될 수는 없단 말인가. 시건방진 소리, 소가 다 웃겠다. 다만 이 책이 가진 것 없고 힘없는 그리고, 외로운 사람한테 봄날에 바람같이 길가에 풀꽃같이 작은 위로가 되었으면 한다.

乙未年 봄 松睡園草屋에서 小石 朴籌丙 題

목 차

서 문

1

거름 지고 장에 가서 한나절을 보내고

4

기웃거리다가

5

해름에 바랑을 뒤적거리며 쓸쓸히 웃노라

1

/

거름 지고 장에 가서
한나절을 보내고

파란 낙엽

　날씨가 더워지면 옛날이 생각난다. 1955년 고교 3학년 여름이었다. 그 당시 우리 고장에는 학원 같은 것도 없던 때라, 대학입시 준비를 위하여 여름방학 동안 큰맘 먹고 대구의 학원에 다니게 되었다.

　하숙을 할 처지도 못 되고 해서, 쌀 한 자루를 메고 친척집에 염치불고하고 기어들었다. 지금의 종합운동장 뒤 옛 방송국 부근이었다. 학원은 '경북문화학원'인데, 지금의 유신학원 근방인지 더 먼 곳인지는 잘 모르겠으나 아무튼 하루에 두 번씩 걸어서 다녔다. 요즘 학생들이 들으면 버스를 타면 되지 않겠느냐고 하겠지만 삼십 리를 걸어서 학교에 다니는 학생들이 수두룩한 그 시절에 가까운 거리를 차를 타고 다닌다는 건 상상도 못할 일이었다. 이 촌놈으로서는 선풍기 같은 건 들어보지도 못했던 그 시절, 찌그러져가는 학원 2층 건물이 어이 그리도 후텁지근하던지.

　다 큰 총각이 팬티 같은 걸 홀렁홀렁 벗어 줄 수도 없고 몸을 씻을 수도 없었던 그 집. 코를 드렁드렁 골아대는, 건넛방에 혼자 세 들어 사는 일흔이 훨씬 넘어 보이는 노인과 한방에 거처하기란 또 얼마나 민망스럽고 서럽던지.

　노인은 한약방을 하고 있었다. 천장에는 약 봉지가 빼곡하게 매달려 있고 향기가 그윽이 풍기는 노인의 방에 처음 자게 되던 날 노인은 느닷없이 다음과 같은 시를 쓰고는 이 시를 아느냐고 물었다.

擊鼓催人命
回頭日欲斜
黃泉無一店
今夜熟誰家

나는 기다렸다는 듯 성삼문의 임사부절명시(臨死賦絶命詩)라 했더니 해석해 보라고 했다. 망설임 없이 술술 해석했더니 노인은 점두했다. 또 묻길, 殺과 弑가 어떻게 다르냐고 했다. 채 말이 떨어지기도 전에 "臣弑其君 子弑其父'라 했더니 노인은 움찔했다. 『주역』을 읽었느냐고 하기에 답은 않고, 앞뒤 문장을 중 염불하듯 한숨에 술술 외워버렸다. 노인은 눈을 둥그렇게 뜨고 나를 뻔히 바라보며 "허 참! 허 참!" 탄성인지 신음인지도 모를 소릴 연발했다. 노인은 아마도, 내가 『십삼경(十三經)』의 우두머리를 암송하는 걸 보니 그 아래 경전들이야 불문가지라고 생각하는 모양이었다. 신고식은 잘 치렀다. 하지만 이후 노인은 다시는 내게 뭘 묻는 법이 없었고 잠자리는 왠지 더 불편하게 느껴졌다. 뒷날, 내가 남이 묻는 말에 아는 걸 여간해서는 다 털어놓지 않고 조금은 냉소를 짓는 것이 아주 발이 되고 만 것은 이런 일이 있고부터이지 싶다.

내가 원하는 대학 원하는 학과에 원서를 내려면 독일어와 물리학 중에서 한 과목을 선택과목으로 선택해야 했다. 우리 학교에서는 물리학은 겨우 한 학기를 배우다가 학생들이 백지동맹을 하는 바람에 대구에서 온 아르바이트 대학생이었던 교사는 울고 가고 다시는 물리학을 배워보지 못했다. 독일어는 처음부터 시간표에도 없었다. 썩 나중에야 안 일이지만 같은 농업고등학교라도 어떤 학교에서는 독일어며 물리학을 그런대로 가르치는 학교도 있었던 모양이다.

내가 그때까지 대학입시 정보에 등한히 했던 건, 실업학교여서 그런지 학교 당국도 대학입시에 미지근한 태도였을 뿐만 아니라 그때까지 나를 대학에 보내줄지 확실치 않아서 4급 을류(지금의 7급) 행정직 자격시험인 보통고시 공부를 하고 있었기 때문이다.

처음에 마음먹기는 독일어보다는 물리학을 선택하고 싶었는데 이곳저곳 둘러봐도 물리학이 개설되어 있는 학원은 없었다. 독일어를 배워보았으나 마음만 쫓길 뿐 공부가 되질 않았다. 학교에서 상당 기간 독일어를 배운 학생들과 경쟁을 하다니 어렵겠다 싶었다. 눈앞이 캄캄했다. 그렇다고 해서 재수를 할 처지도 못되었다. 당시에는 재수하는 풍조가 일반화되지 않았을 뿐만 아니라 대학생은 징집이 연기되던 시절이었는데 만약 재수를 했다가 여의치 못하게 되면 아무 대학에나 들어가든지 학교를 늦게 다닌 탓에 군에 가든지 해야 하기 때문이었다.

그 당시 나의 숙부님께선 장래가 뻔한 농사일을 버리고 도회지에서 터를 잡아보겠다고 홀로 대구에 나와 처음에는 우편배달부를 하다가 나중엔 남의 술도가에서 머슴 노릇을 하고 계셨다. 농부의 아들인 내가 다른 길을 꿈꾸며 대학에 들어가겠다는 것이나, 농사일을 버리고 도회지에서 터를 잡아보시려는 숙부님이나 엇비슷한 처지가 아닌가.

그때 나는 배를 곯은 셈이다. 불청객이 겨우 쌀 한 자루를 메고 가서 한 달 간 침식을 의탁한 처지에 밥을 더 달라고 할 계제도 아니었지만 그런 말을 하자니 차마 입이 떨어지지 않았다. 돈도 없지만 뭘 사먹을 줄도 모르고 세 끼 때만 기다리자니 한창 먹을 나이에 양에 찼겠는가. 학원에서 공부를 하다가 보면 아래층에서 저녁밥을 짓는지 풋고추를 넣고 끓이는 된장 냄새가 구미를 동하게 해서 공부가 되질 않았다. 밤늦게 숙소에 돌아올 때면 현기증이 났다. 지금의 '미창' 앞 굴다리 밑을 지날 때면 더 노곤해졌다. 그 다리 밑에 잡상인들이 희미한 간데라 불빛 아래 음식물을 팔고 있었는데, 하루는 콩 통조림 한 통을 큰맘 먹고 사서 그 자리에서 대번에 다 먹어치웠더니 그게 그만 꼭 막혀서 죽을 뻔했던 일이, 꼭 육십 년이 흘러간 지금도 서럽기만 하다.

양조장으로 자주 숙부님을 찾게 되었다. 눈치를 챘던지 양조장 주인아주머니가 식은 밥을 양재기째 내주어서 허기를 채우기도 했다. 이런 내가 보기에 안쓰러웠던지 하시는 일이 여의치 못한지 숙부님은 양미간에 우수의 그림자가 역력했다. 그 무렵 내 눈에는 숙부님의 장래가 훤히 내다보이는 것 같았다. 공자 왈 맹자 왈 하고 사서(四書)나 횡하니 외우시던 세상 물정 모르는 선비가 아무 기술도 없이 뭘 믿고 도회지에서 어떻게 터를 잡아보겠느냐고, 조금은 경멸하듯 속으로 뇌고 나니 가슴이 아팠다.

"공부 잘되나?"

언젠가 숙부님이 이렇게 물으셨을 때 나는,

"대구는 너무 더워요."라고 했다.

"일이 잘됩니껴?"

이런 말을 하려다 나는 그만뒀다.

어느덧 한 달이 지났다. 여름방학이 다 갔다.

"같이 집으로 갑시더."

숙부님은 내 말귀를 얼른 알아듣지 못하시는지 묵연양구(默然良久)에,

"혼자 가거라. 추석에 가마."

라고 하시며 덤덤히 창밖을 바라보셨다.

"그게 아니고 아주 갑시더."

아까부터 입맛만 쩝쩝 다시는 숙부님, 어쩜 나의 권유에 앞서 고향에 돌아가리라 마음을 정하신 게 아니었을까. 이때 숙부님은 눈앞이 뿌옇게 보이고 몸이 하루가 다르게 부어올랐다. 병세가 심상치 않아 보였다. 하지만 이듬해 서른네 살에 불귀의 객이 되리라고는 누가 짐작이나 했겠나!

병을 얻은 숙부님과 독일어를 포기한 나는 마침내 보따리 하나씩을 들고 고향 차에 몸을 실었다.

차 안에서 두 사람은 아무 말이 없다가 숙부님이 먼저 말을 걸었다.

"야야, 꼭 서울로 갈래. 대구도 안 좋나?"

나는 숙부님의 이 말씀에 대답은 않고 차창 밖을 내다보며 울고 있었다.

집에 와 보니 괴이하게도 뜰 앞의 감나무가 파란 이파리를 수두룩이 떨어뜨리고 있었다.

봄날은 간다

　　어릴 때부터 동네 친구들은 나더러 '집곰'이라 했다. 중학교 고등학교 때는 말할 나위 없고 1956년, 대학에 들어가서도 '집곰'이기는 마찬가지였다. 대학생이 되어서도 이런 별명을 가진 아들이 딱해 보여서 그리 하셨는지, 공부도 별로 하지 않으면서 집에만 죽치고 있는 모습이 따분하게 보여서 그리 하셨는지는 모르지만, 1학년 겨울 방학이 되자 어머니가 이웃의 소녀 셋을 내 공부방으로 밤에 놀러 오게 하셨다. 하나는 열여섯 살, 둘은 열다섯 살이었던 것 같다.

　　그 당시의 농촌 형편이 거의 다 그랬지만 여자는 대개 초등학교만 마치면 십리 밖을 모르고 조신하게 집에서 가사를 돕던 시절이었다. 이 소녀들도 그런 처지였다. 말하자면 '집곰'인 셈이다. 그러나 여자들은 아무리 집에만 틀어박혀 있어도 '집곰'이라고는 하지 않던 그 시절에, 어머니가 길을 트셨다고는 하지만 소문이 나면 큰일날 일이었기에 우리의 은밀한 만남은 늘 조마조마했다.

　　내게 올 때면 그들은 꼭 고운 옷을 차려 입고 조금은 분 냄새를 풍기며 살며시 나의 방문을 열고는 했었는데, 삼단 같은 머리를 땋아 늘이고 앞가슴에 옷고름을 치렁하게 늘어뜨린 세 소녀가 지금 생각하니 아침이슬을 머금고 막 피어나는 꽃봉오리이겠건만 그때는 내가 왜 그런 걸 느끼지 못했는지 괜히 속이 좀 상한다.

논다고 했댔자 참으로 어려웠던 그 시절의 농촌에서는 별다른 놀이도 없었다. 더러 어머니가 차려 주시는 국수 같은 걸로 밤참을 먹기도 하며 주로 화투를 치고 밤늦도록 놀았던 것 같은데, 놀이의 결과에 따라 '팔뚝 맞기'도 하고 노래를 부르기도 했었다. 처녀들과 '팔뚝 맞기'를 하다니, 늙은 지금도 가슴이 싱숭생숭해지는데 젊은 그때는 이내 가슴이 왜 먹통이 었는지 또 속이 좀 상한다.

거의 매일 밤, 이렇게 어울리기를 두 달 동안 그러다가 방학이 끝나고 내가 서울로 올라갈 전날 밤, 말하자면 이별의 전야에 그들은 과자며 음료수 같은 걸 잔뜩 가지고 와서 작별의 자리를 만들어 주었다. 하도 오래 되어서 확실치는 않지만 그날 밤은 서운해서였는지 아무 놀이도 하지 않고 그냥 보냈던 것 같은데, 헤어질 무렵에 돌아가며 노래 하나씩을 불렀던 모양이다. 그때 한 소녀가, 「봄날은 간다」라는 노래를 불렀는데 뜻밖에도 흐느끼며 노래를 다 부르지 못했다. 덩달아 다른 두 소녀들도 고개를 떨어뜨리고 말았다. 나는 그녀들을 일으켜 뒤란으로 갔다. 때는 3월 말, 적막한 뒤란에는 외로운 장미가 아직 꽃봉오리를 채 벙글지도 않았는데 어쩌자고 우리는 그날 밤, 가슴마다 이별의 꽃잎을 하나씩 떨어뜨리고 있었는지도 모른다.

작별이 아쉬웠던 걸까. 흐느끼는 그녀를 나는 그의 집 담 밑까지 따라갔고 아무 말도 없이, 아무런 뜻도 없이 그녀와 손가락을 걸었다. 그리고 누가 먼저랄 것도 없이 서로 고개를 까닥, 했던 것 같다.

그 해 봄 6월에 나는 '학적보유병'으로 군에 가게 되었다. 그 후 제대를 하고 복학을 했지만 그녀들과 다시 어울리지는 못했다. 다 큰 처녀들과 또다시 그렇게 하기란 그 당시에는 정말 큰일날 일이었고, 문득 공부에만 파묻혀 버리는 아들이 더는 심심할 겨를이 없겠다고 어머니는 생각하셨을 것 같다.

봄이 오고 가도 나는 그만, 그런 봄을 맞고 보내기를 몇 해를 그랬을까. 나는 방학이 되어도 전처럼 빈둥거리지 않았다. 뒷산 골짜기에 오막살이를 지어 놓고 공부에만 빠졌던 거다. 어느 친구는 이런 나를 '산골 중놈'이라 불렀다. 곰이 중이 된 셈이다. 조혼하던 그 당시 서른이 가깝도록 장가를 가지 않는다고 해서 중에 빗대는 소리란 걸 내가 왜 몰랐겠는가. 더러 금줄까지 걸려 있던 중놈의 산방에는 끝내 화창한 봄볕은 들지 않았고, 「봄날은 간다」라는 이 노래는 그녀로부터 다시는 들어 보지 못하게 되었다.

그때, 세 소녀 가운데 이 노래를 부르던 소녀는 다른 두 소녀들보다 훨씬 늦게까지 시집을 가지 않았고 이따금 골목에서 마주치는 그녀의 눈빛이 어딘가 쓸쓸해 보였지만 예사로이 대했을 뿐 눈여겨보지 않았다.

우리는 모두가 고향을 떠났고 서로 소식도 모르는 채 세월은 정말 화살처럼 빨라 얼마만인가. 그때를 생각하면 아득하기만 한데 그날 밤, 「봄날은 간다」를 다 부르지 못하고 목메어 흐느끼던 그 소녀, 손가락을 걸며 배시시 웃던 그 소녀가 어쩌자고 백발이 다된 지금에 와서 문득문득 떠올려지는지 모를 일이다.

　　연분홍 치마가 봄바람에……

이 노래를 피아노를 치면서 나직이 불러 본다. 무단히 가슴이 울컥하여 건반에 엎드려 실없이 운다.

당나귀

당나귀는 말과 닮은 데가 있기는 하나 그 구실은 판이하다. 말은 귀인을 태우기도 하지만 당나귀는 대체로 지체 높은 사람은 태우지 못하고 기껏 무거운 짐짝이나 지고 귀인을 태운 말의 꽁무니를 졸랑졸랑 따라다녀야 하는 팔자 사나운 짐승이다.

눈곱이 꾀죄죄한 얼굴이며 두 귀를 쭝긋쭝긋 주인이 부리는 대로 인종할 수밖에 없는 처지며, 잔뜩 실은 무거운 짐에 눌려 끙끙거리는 꼴은 보기에 안쓰럽기도 하다. 요즘은 문명의 이기에 밀려 그나마 짐꾼 노릇도 못하게 되었으니 당나귀 족속들은 살아남기조차 힘들게 되었다.

당나귀는 이솝우화에서처럼 꾀가 많은 짐승으로 알려져 있으나 차라리 분수를 모르는 어리석은 짐승이라고 하는 것이 옳겠다.

우선 당나귀는 허황된 욕심이 있다. 수당나귀는 가끔 암말을 유인하여 잠자리를 같이 한다. 외탁을 해서라도 좋은 자손을 두려함일까. 자신의 열등감을 그렇게 해서라도 해소해 보려는 걸까. 하지만, 그렇게 해서 태어나는 건 당나귀나 말이 아니고 '노새'라는 튀기가 되고 만다. 노새는 당나귀보다 힘이 세고 지구력이 뛰어나서 짐을 지고 먼 길을 잘 견디어 내지만 말처럼 준수하지도 날래지도 못하기는 당나귀와 다를 것이 없다.

천생 복군(卜軍)일 뿐. 그나마 노새는 생식능력이 없으니 당나귀로서는 억장이 무너질 일이겠는데 그래도 그 짓을 되풀이하는 걸 보면 당나귀는 허황된 욕심을 가진 투미하기 그지없는 짐승이다.

이와 같이 당나귀는 늘 말이 되려고 하는 모양이다. 하루에 천리를 달리는 천리마를 꿈꾸는지도 모른다. 이를테면 항우의 오추마나 여포의 적토마쯤은 되겠노라고 촐싹거리고 있는지도 알 수 없는 일이다.

준마인 양 뛰어도 보고 울어도 본다. 더러는 준마로 보이기도 했었는지 어떤 이는 자기 집에 몰고 가서는 당나귀 등에 올라타고 채찍을 후려친다. '히히힝'하고 한 번 길게 울고는 죽어라고 내닫는다. 주인은 참으로 좋아한다. 이제야 좋은 말을 얻었노라고……. 그러나 몇 마장도 못 뛰어 당나귀의 정체가 탄로되고 만다. 갈기를 세우고 바람을 가르며 천리를 주름잡는 준마에는 썩 미치지 못하고 만다. 고개를 홰홰 저으며 비실비실 헐떡인다. 이렇게 되고 보면 그날로부터 내침을 당한다 하더라도 별 도리가 없지 않는가.

당나귀는 불만이 대단하다. 자꾸 발길질을 해댄다. 히힝거린다. 자신은 당나귀가 아니라고 믿는 모양인지 말을 잘 감별하는 옛날 주(周)나라의 백낙(伯樂) 같은 사람이 요즘 세상엔 없다고 한탄한다. "한 끼에 조 한 섬을 주지 않아 천리를 달리는 능력을 발휘할 수가 없다." "도(道)로써 부려 주지 않아 울어도 뜻을 통할 수 없다."라고 투덜댄다.

나는 증조부님이 당나귀 꿈을 막 꾸고 나서 태어났다고 한다.

돌계단

　　초로에 접어들면서 나는 집을 떠나 이곳저곳 떠도는 신세가
되었다. 얼마 전부터는 여기 서울의 관악산 밑에 아파트의 작은 방 한
칸을 얻어 혼자 살게 되었다. 주인은 일흔이 넘어 보이는 노인 내외분.
방안엔 난초 분 하나가 고즈넉할 뿐 자녀들은 모두 따로따로 살고 있는
것 같다.

　　노인 내외분은 나를 어찌나 훈훈하게 대해 주는지 대구에 계신 내
부모님 같아 눈시울이 뜨거워진다. 그러나 새벽녘이면 숨이 끊어질 듯한
바깥 노인의 기침 소리가 내 아버지 기침 소리 같아 창자가 죄인다.

　　창문을 열면 관악산 봉우리가 우르르 내 방으로 들이닥치고 눈을
감으면 천리 밖 고향산천이 가슴 그득 밀려온다.

　　뚜벅, 뚜벅, 아파트 계단을 오르고 내릴 때면 언제부턴가 이 계단을
세어 본다. 4층 내 방까진 꼭 마흔아홉 개의 계단을 밟아야 하는데,
신기하게도 내 나이와 맞아떨어진다.

　　계단을 내려갈 땐 내려가는 거니까 나이를 빼면서 내려간다. 다 내려가
고 나면 태아가 된다. 바깥에 나오면 출생한 것으로 친다. 갓난아기의
마음(赤子之心)으로 하루를 보내고자 한다. 올라올 땐 올라오는 거니까

나이를 더해 보되 뺀 나이에서 더하지 못하고 본 나이에서 더해 간다. 온종일 시정(市井)에 떠돌고 나면 어느덧 마흔아홉 살 때묻은 내 모습이 돼 있어서다. 내 방 앞에 이르고 나면 아흔여덟 살의 호호백발이 된다. 잠시 멍해진다.

이럴 때 나는 또 하나의 다른 계단을 생각하게 된다.

이십 년이 훨씬 넘은 옛날, 내가 대학에 다닐 때 산속에 집을 지었다. 집이래야 단칸 오막살이였다. 흙을 이기고 벽돌을 박아 그 가파른 산길을 오르내리며 아버지는 이 아들의 공부방을 만든 거다. 산비탈을 깎고 돌을 괴어서 층층이 계단을 만들었다.

어허! 이만하면 절간보다 낫겠구나. 글 읽고 몸 다듬어 세상에 나가거든 계단이 되거라. 이 돌계단 말이다. 알겠느냐?

이러시며 아버지는 그 계단을 쾅, 쾅 구르셨다. 미거한 자식이지만 부명(父命)을 어찌 몰랐으랴!

아버지는 밭 팔고, 논 팔고, 돼지 팔고, 소 팔고, 자존심도 팔고, 어머니는 땔나무꾼이 되고, 저수지 공사판의 인부가 되고, 동생들은 형의 교복이나 만져 보고 입어 보고, 친구는 침대 위에 자고 나는 그 침대 아래 방바닥에 자고…… 비실비실 대학을 마친 뒤, '됐다!' 하고 산방에 틀어박혔다. 촛불을 태우고 젊음을 태웠다.

산방에 틀어박히기 전부터였다. 귓속에서는 늘 벌레 소리 바람소리가 났다. 먹은 음식이 늘 소화가 안 되었다. 시름시름 머리가 아프고 공부가 되질 않았다. 산방에 틀어박혀서도 여전했다. 칼이 짧으면 한 걸음 다가서야 할 텐데 툭하면 며칠씩 드러눕곤 했다. 마디에 옹이라더니 내 앞가림이라도 스스로 하지 않으면 안 될 궁박한 처지가 되고 말았다. 무슨 생화라도 해야 할 판국, 학철부어(涸轍鮒魚)가 따로 없었다. 뒷날의 기약을랑 입 밖에 내지를 말 것을…. 때 아닌 광풍에 잔화(殘花)가 흐느끼게 될 줄이야! 밥벌이나마 하려고 그 산방을 아주 떠나야 했다. 그때가 산방에 틀어박힌 지 고작 이태를 넘기고서였다.

가랑잎 분분한 지창 너머로 달빛이 대낮 같은 밤이면 괜히 심란해 몸을 뒤척였고, 하얗게 눈 덮인 산등성이 위로 노루가 쉬엄쉬엄 달아날 땐 내 마음도 그 노루를 따라 눈 위로 마냥 달려가고 있었던 그때 그때가, 이십여 년이 흘러간 지금도 광망(光芒)처럼 되살아난다. 육법전서를 베고 자던 그 산방의 적요하고 고독한 추억이 애틋한 사랑처럼 찡하게 내 가슴을 허빈다.

마음은 늘 낮은 데 자리하여 남의 발밑에 깔리고 밟힌다. 그렇게 함으로써 밟는 자를 도우는 그 계단이 되라고 하시던 아버지의 가르침을 나는 끝내 이루지 못했다. 다만 세상이 만들어 놓은 계단을 따라 부침(浮沈) 표박(漂泊) 여기까지 이르렀을 뿐이다. 낮에는 세상 물정에 어두워 이리저리 치이기만 하고 밤에는 대구에 남겨둔 여덟 식구의 생계비를 걱정한다.

할머니 말씀마따나 아들 하나 사람 만들려고 한평생 친구도 모르고 주막집 같은 데에도 한 번 안 가셨던 우리 아버지가 이제는 몸져누우셨다. 몇 해나 더 사실 수가 있을까? 허물어진 산방, 그 돌계단은 아버지의 허물어진 모습이다. 이 아들이 밟고 갈 하나의 계단이라도 되고 싶은 그 비원은 쓸쓸히, 쓸쓸히 허물어져 갔으리라.

허물어진 산방, 그 돌계단을 떠올리면 나는 나 자신의 불운보다 아버지의 허무한 일생을 생각하게 된다. 이 아파트 계단을 대하면, 노인의 기침 소리를 듣게 되면 옛날의 그 산방, 그 돌계단이 여기 아파트 계단에 포개진다. "계단이 되거라. 이 돌계단 말이다. 알겠느냐?" 쾅, 쾅 발을 구르시던 아버지 모습이 아련히 떠오른다. '쿨룩, 쿨룩, 쿨룩……' 가슴을 저미는 듯한 아버지의 기침 소리가 황량한 이 계단 위에 부서진다. 고독과 회한이 서려 있는 여기 마흔아홉 계단에 서서 오늘따라 나는 왜 이리도 서러울까.

별똥별

어릴 때 여름밤이면 마당에 모깃불을 피워 놓고 멍석에 드러누워 별이 총총한 밤하늘을 쳐다보는 것이 여간 황홀하지가 않았다. "너는 장차 뭐가 될래?"라고 어른들이 물으면 서슴없이, 별이 되겠다는 것이 한결같은 나의 대답이었다. 해나 달이 되면 더 좋지 않겠느냐고 다시 물으면 꽃밭 같은 별밭이 더 좋다고 대답했었다. 아직 중학교 문전에도 가 본 적이 없는 초등학교 5학년 생도에 지나지 않는 내게 연립방정식과 논증기하를 가르쳐 주시던 김승태(金承泰) 선생님도 같은 질문을 하셨다. 너는 사교성이 없는 데다 별이 되겠다고 하는 걸 보니 철학을 하든지 박계주(朴啓周) 같은 작가가 되겠다고 말씀하셨다. 아랫목 구석에 『殉愛譜』라는 너덜너덜 떨어진 소설책이 보였다. 겨우 철학자 소설가라니 어린 마음에 조금 서운했다.

내가 별을 좋아한 것은 암흑시절에 태어났기 때문인지도 모른다. 원자폭탄이 히로시마와 나가사키에 떨어지기 두 해 전에 나는 나이 열 살에 '국민학교'에 들어갔다. 취학이 늦어진 건 아버지가 일제의 징용을 피하려고 '십승지지'(十勝之地)를 찾아 이사를 했기 때문이었는데 이내 또 이사를 하는 바람에 2학년을 중퇴하고 집에서 놀다가 일본이 항복하는 꼴을 보게 됐다. 원자폭탄이 나의 복학을 도운 셈이지만 나의 초등학교 기간이 7년이 되고 만 건 순전히 난리 때문이었다.

땅덩어리가 갈라졌으니 인심인들 좀 흉흉했겠나? 음력 사오월, 보리는 미처 여물지도 않아 풋바심할 형편도 못 되는데 여투어 둔 묵은 식량은 바닥이 나고 누렇게 부황증이 난 얼굴로 나물을 뜯고 송기를 벗기던 그러한 한촌에도, 관솔불이나 산초 기름 불 따위로 밤을 밝히던 두메산골에도, 머리에 먹물깨나 든 사람들은 은연중에 좌익과 우익으로 사상이 갈렸고 조무래기들도 툭하면 편을 갈라 병정놀이를 했다. 하지만 아이들의 놀이도 철을 탔다. 나는 해마다 두세 직씩 학질을 앓으며 늦모내기를 하는 무논에서 거머리한테 두 다리의 무릎 아래를 온통 내맡겨야 했다. 중학교에 가면 이런 걸 면하려나 싶었다.

김승태 선생님은 나를 경기중학교에 가라고 하셨다. 당신의 외갓집이 서울에 있으니 기식은 당신이 해결해 주겠다고 하셨다. 아버지는 사범학교가 더 좋다고 하셨지만 두 군데 다 원서도 내 보지 못한 채 끝내 읍내에 있는 6년제 공립농업중학교에 들어가고 말았다. 물론 학비 때문이었지만 경기중학교에 원서라도 한번 내 볼 걸 하고, 아직도 짠하다. 이것이 내 생애의 첫 번째 상처라고 나는 주저 없이 말한다.

6·25가 터졌다. "경기중학에 갔더라면 어찌 됐겠노?"라고 하시며 내 눈치를 살피시던 아버지의 힘없는 모습을 나는 입때껏 잊지 못한다. 6년제 농업중학교가 3년제 중학교와 3년제 농업고등학교로 분리되었다. 내가 고등학교에 진학할 해에 동생이 중학에 가야 하기 때문에 나는 한 해 묵기로 되었다. 다른 아이들은 영남의 명문인 K고등학교니 무슨 고등학교니 하고 떠들어댈 때 나는 그 옆에서 고개를 떨어뜨리고 땅바닥에

손가락으로 글씨나 쓰곤 했다. 졸업 무렵 진학상담 때가 되어서야 이런 사정을 알게 된 담임선생님께서 깜짝 놀라시며 학비 때문이라면 선생님께서 대어 주시겠다며 아버지를 학교로 불렀다. 실제로 학비를 지원 받은 건 아니지만 이리하여 고등학교에 진학하게 되었다. 그러나 대처로 나갈 수는 없었다. 사흘돌이로 똥통을 메고 농장에 들락거려야 하는 읍내의 농업고등학교에 들어가게 된 것도 감지덕지했다. 그 해에 같은 읍내에 막 창설된 사립 인문계 고등학교가 처음으로 신입생을 뽑고 있었지만 학생들이 본체만체했다.

대학을 보내 줄지가 확실하지 않은 상황에서 나는 만약의 경우를 대비하고 싶었다. 보통고시 시험공부를 했다. 시험에 합격하자 나를 대학에 보내 주는 쪽으로 집안 분위기가 굳어졌다. 그때가 고등학교 3학년 때이다. 의대냐 법대냐를 두고 갈등을 느꼈지만 상대적으로 돈이 더 많이 든다는 의대를 내심 별로 탐탁찮게 생각하던 차에, 의대는 미리 누울 자리부터 보자는 거 아니냐는 아버지의 말씀에 나는 환호작약(歡呼雀躍)했다. 나는 신이 나서 부랴부랴 설쳤지만, 독일어나 물리학을 선택해야 이 나라 최고의 대학의 최고의 학과라는 데에 원서를 낼 수 있다는 걸 그때서야 알고는 망연자실했다. 물리학은 한 학기를 배우다가 학생들이 백지 동맹을 하는 바람에 아르바이트 대학생인 선생이 울며 떠난 뒤로는 다시는 배워 보지 못했고, 독일어는 처음부터 시간표에도 없었다. 우리 고장에는 학원도 없을 때라서 여름방학 한 달 동안 대구에 가서 학원에 들락거려 봤지만 때는 이미 늦었다. 심드렁한 기분으로 K대학교 법학과에 들어가고 말았다.

똥통을 메고 농장에나 들락거리고, 작물・과수・소채・토양・비료

·육종 등 실업과목으로 대부분의 시간을 소비하면서 보통고시 공부를 한 고삼(高三) 학생이, 영어·수학·국어·선택과목만 3년 동안 들이판 인문계 출신 고삼 학생과 겨루는 것은 맞수의 장기판에서 차포(車包)와 오졸(五卒)을 떼어놓고 두는 것과 뭣이 다른가. 참으로 분하다.

나는 천신만고 끝에 6년이 걸려 대학을 나왔다. 졸업 후 산골자기에 오두막을 지어 놓고 약 2년 정도 버티다가 절계(折桂)의 꿈을 접어야 했다. 아쉬움을 남긴 채 눈물을 뿌리며 부득불 산방을 떠나와야 했지만 패자가 하는 말은 변명으로 들릴 것이다.

별이 되겠다던 아이가 판검사가 되려 한 것이 잘못이었을까. 환로(宦路)에 들어서긴 했지만 서기관이면 시장 군수를 하던 그 시절에 나는 서기관 때도 시장 군수는커녕 도시락을 들고 다녔고 그 흔해빠진 훈장도 하나 못 탔다. 선생님의 말씀마따나 나의 천품이 비사교적이기 때문이었는지도 모른다. 박계주의『殉愛譜』같은 소설도 쓰지 못했다. 다만 일부에선 문학으로 쳐 주지도 않는 수필이란 걸 끼적거리는 사람이 되었고, 칠십이 가까워서야 이름 없는 지방대학에서 철학박사학위를 얻었을 뿐이다.

별이 되겠다던 아이는 어버이의 밤하늘에 슬픈 획을 그은 별똥별이 되고 말았다. 멍석에 드러누워 밤하늘의 별을 쳐다보고 싶다. 별똥별을 보고 싶다.

곤학기困學記

　　1956년(丙申), 나는 스물세 살에 시속을 따라 법대에 들어갔다. 별로 머리도 좋지 않은 주제에 법률을 택했으니 나의 곤학(困學)은 처음부터 예견된 일이었는지도 모를 일이다.

　　그 무렵의 우리 집 가세는, 당시의 농촌 사정이 거의 그러했듯이 재래식 농법밖에 모르던 터여서 땅에서 나오는 열매를 떨어서 서울에 유학시킨다는 것은 어림도 없는 일이었다. 우선 변두리의 땅부터 팔기 시작한 것이 학교를 마칠 무렵에는 남은 땅은 절반 정도가 될까 말까 했다.

　　당시는 아직 경지정리도 되지 않았고 전혀 기계화가 되지 않아 일일이 인력에 의존하여 농사를 짓던 시절이었는데, 우리 집의 노동력이라고는 환갑이 내일모레인 부모님과 어린 아우들뿐이었다. 아우가 셋이었지만 막내는 어렸고 둘째는 마음을 잡지 못했다. 셋째만 일꾼다운 일꾼이었는데 낮에는 소같이 일하고 밤에는 두레상을 펴놓고 한자를 공부하기도 했다. 그런 아우가 뜻밖에도 보리밭에 호미를 팽개치고 한밤중에 어디론가 달아났다. 하기야 보리밭이라면 영락없이 찾아와 판을 치는 보리의 천적, 찰거머리 같은 그놈의 둑새풀이 지긋지긋도 했겠지.

　　한번 달아나더니 툭하면 달아났다. 일밖에 모르던 아우가 이렇게 변해 버리게 된 것은 대개 두 가지 원인이 있었다. 하나는, 대구에서 고물상을 한다는 나의 젊은 고모부 한 분이 고물을 끌어 모으기 위해 나의 아우와 우리 동네의 아이들을 엮인 굴비처럼 데리고 갔었는데 모두가 이내 돌아오고 말기는 했지만, 그때 난생처음 얼마씩 돈을 받아 보았을 터이니 이때부터 아우의 가슴속에는 언제나 돛단배 한 척이 바람에 흔들리고 있었을 것이다. 다른 하나는, 동네 사람들이 부추긴 탓도 있었다. "지게 귀신 붙으면 신세 망친다." "너는 너의 형들보다 키가 작다. 지게 귀신이 붙어서 키도 안 큰다." "중학교도 못 갔으면서 일은 왜 하노?"라고 그들은 내 아우에게 서슴없이 지껄여댔다. 정말 지게 귀신 때문인지 아직 덜 커서 작은 건지는 모르지만 키 작은 내 아우는, 이 말에 맥이 풀리는 듯 차차 말수가 줄고 즐거워하는 기색이 없어져 갔다.

이 무렵에 새마을 운동이 막 일어나고 있었지만 아직 보릿고개조차 극복하지 못한 시절이었다. 당장 끼닛거리가 걱정이 되던 그런 시절에 어느 놈은 팔자 좋아 대학이며 고등고시라니, 내가 사람들을 무척 속상하게 했던 모양이다. "지게 귀신이 붙어 키도 안 큰다." 장난삼아 던지는 이 돌팔매가 나에게 부딪힐 때에는 하나의 희살(戱殺)이 될 수도 있음을 그들이 염려할 턱이 없었다.

밭갈이 논갈이 같은 걸 소에만 의존하던 그 당시, 소 없이 농사짓기란 여간 거북한 노릇이 아니었지만 당시 우리 집에 소가 남아 있었겠는가? 십리 밖의 외갓집에서 더러 소를 몰고 오기도 했지만 주로 아우의 품앗이로 남의 소를 부릴 수가 있었던 것인데, 가뜩이나 일손이 째는 농번기에 아우가 이 지경이었으니…….

아버지 어머니가 이렇게 어려울 때 한편, 작은아버지 작은어머니는 참으로 팔자가 좋기로 동네에서 평이 나 있었다. 논밭이 타 들어가는 가물에 아버지 어머니가 밤새워 웅덩이를 파고 물을 풀 때도, 아들 육 형제를 모조리 농사일을 시킨 작은아버지는 별로 할 일이 없었고 작은어머 니는 전혀 들일을 몰랐다. 팔짱을 지르고 논두렁을 배회하는 작은아버지 를 두고, "예천군수를 할래, 점수네 아부지를 할래?"라고 물으면 "점수네 아부지를 하겠다."라는 말이 온 동네에 떠돌기도 했다. 점수는 나의 사촌 동생이다.

아버지의 농사일 못지않이 나의 대학생활은 어려웠다. 젊음과 낭만을 구가하는 대학생활이 아니었음은 두말할 나위 없다. 아버지는 내가 대학 에 들어가고부터 가정교사 노릇을 하라고 하셨지만 내게는 가정교사 되기가 대학교수 되기만큼이나 어려웠다. 자취하는 친구한테 신세를 지기도 하면서 겨우 1학년을 마쳤을 때 징병제도가 바뀌어 대학생도 군에 가게 되었다. '학적 보유병'으로 입대를 하고 제대를 했지만(1957년 6월 28일 입대. 1958년 11월 30일 귀휴. 1959년 6월 10일 귀휴제대) 나는 학비를 해결할 아무런 방도를 얻지 못하기는 마찬가지였다. 아버지의 말씀을 좇아 신문배달을 하자니 밥은 먹을 수가 있을는지는 몰라도 잠잘 곳과 등록금을 만들기는 어렵겠다고 생각되었다.

그러던 어느 날 아버지가 내게 학교를 중퇴하겠느냐고 물으셨다. 보통 고시 합격자, 고등고시 예비시험 합격자, 대학 1학년이상 수료자라면 고등고시에 응시할 자격이 있다고 아버지께 아뢰고 난 얼마 뒤였다. 내가 어쩌겠는가? 학교를 중퇴하기로 하고, 뒷산 골짜기에 집을 한 칸 지어 달라고 했다. 스물여섯 살 때이다. 그러나 아버지와의 합의는, 집을 짓고 난 며칠 후 아버지에 의해 파기되었다. 갑자기 아버지의 눈이 충혈된 걸 보면 그 며칠 밤을 아버지는 뜬눈으로 새웠으리라. 나는 이때부터 시름시름 머리가 아프고 귀에는 늘 벌레 소리가 났다. 하도 이가 아파 멀쩡한 어금니를 돌팔이 의사한테 세 개나 뽑아 버렸다. 이제 막 아프기 시작한 이를 치료할 생각은 않고 대뜸 뽑아 버리다니, 지금 생각하니 분하기도 하거니와 그놈의 돌팔이 의사가 미워 죽겠다. 이를 뽑은 뒤 귓속의 벌레 소리는 바람소리가 되기도 하고 물소리가 되기도 했다. 이상하게도 기억력이 뚝 떨어졌고 책을 보고 있지만 정신은 늘 딴 데 팔리고 있었다.

등록금은 남은 땅을 더 팔아서 마련하고 남은 돈으로 자취를 했다. 땅 판 돈으로 밥해 먹고 국 끓여 먹기가 마음 아팠다. 어떻게든 재학 중에 고시에 합격해야겠다고 다짐하면서, 강의는 대충대충 듣고 도서관에 틀어박혔지만 귓속의 벌레 소리 때문에도 공부가 되질 않았다. 입학한 지 6년이 걸려 1962년(壬寅) 스물아홉 살에 간신히 학교를 마칠 수가 있었지만 고시합격은커녕 학점마저 엉망이 되고 말았으니 죽도 밥도 안 된 셈이다.

한편 졸업을 한 해 앞두고 1961년 5월 16일에 군사 쿠데타가 일어났는데, 과거에 고등고시 행정과 또는 보통고시에 합격하고도 임용이 안 된 자로서 임용을 희망하는 자는 총무처에 등록을 하라는 신문 공고에 따라, 나는 고등학교 때 합격한 제10회 보통고시의 합격증을 들고 등록을 하고 면접에 응했으나 수판을 잘 놓을 줄 알아야 한다기에 '경제기획원 국세조사과'에의 임용제의에 불응했다.

이듬해에 졸업을 하고 곧바로 봄부터 산방에 틀어박혔다. 산방이라지만 집과 너무 가깝고 주위가 밭이어서 시끄럽고 인분 냄새가 많이 났다.

마을에서 꽤 떨어진 산꼭대기쯤에 다시 오두막을 지었다. 당시의 고시수험생들은 대학을 마치고도 서울에 남거나 절간으로 들어가는 것이 지금의 수험생들이 이른바 '신림동 고시촌'에 틀어박히는 것과 비견이 되지만, 나는 이 두 가지 방법 중 어느 한 가지도 선택할 처지가 못 되었다.

내 나이 서른 살도 되기 전부터 나를 두고 주위에선 이런 말들을 했다. "장가를 가면 환갑 때까지 공부해도 누가 뭐라카겠나." "도움을 받을 수 있는 혼처를 구하면 어떨로?" "너는 이기주의자다." "너는 병신이냐! 벌레도 새끼를 치는데. 부모와 동생들도 생각해야지." 이런 권유와 질책과 원망 그리고 비원과 사랑, 그 사랑이 도리어 나를 퍽 외롭게 했고 슬프게 했다. "지게 귀신이 붙어서 키도 안 큰다."라고 야유하던 동네 사람들, 뉘 집 부뚜막의 소금 단지가 어디에 있는지 그 따위 것에만 잔뜩 관심이 있던 그 사람들, 대체로 남의 일에 이러쿵저러쿵 입방아 찧기를 낙으로 삼던 농촌 마을의 그 사람들이 몹시 나를 숨막히게 했다. 지금도 내가 농촌을 싫어하는 건 이 때문이다.

농촌이라고 다 그런 건 아니지만 컴퍼스로 원을 그린 듯한, 직경이 십리도 채 되지 않는 분지에 산을 의지하고 고만고만한 일곱 개의 취락이 형성되었는데 그 입구가 우리 동네이다. 분지의 형국이 풍수지리설의 이른바 천옥(天獄)이라 할까. 방귀만 뀌어도 금세 일곱 개의 동네에 소문이 짜하게 퍼지곤 했다.

어느 날 아버지가 풀이 죽어 말씀하시길, "아무개 말이 사법과 합격자가 판검사는 고사하고 그냥 노는 사람이 더 많다 카더라. 참말이라 카더라."라고 하셨다. 아버지는 천품이 남의 말을 잘 믿는 편인 데다가 자식의 장래에 관한 거라면 어떤 사람의 말도 허투루 듣는 법이 없었다. "넉쩍지,

자식 말 듣고 땅 팔아 대학 시켜!' 내 아버지를 두고 백석꾼 부자 고모부가 이런 말을 한다고 고모가 내게 말했다. "꿩 잡는 게 매지." 이런 말을 나와 내 가족들에게 수없이 뇌까리는, 친한 척하고 지내는 이웃도 있었다. 취직해서 돈 버는 게 상책이라는 이 말은 허덕색(虛德色)일 뿐 그 사람은 내가 고시공부를 하는 것이 눈에 가시였던 심술궂은 사람이었다. 그때 이처럼 아버지의 마음을 어지럽히고 나의 부아를 지르는 인간들이 많았다. 한편 내가 몸져누우면 아침저녁으로 들여다보기도 하고 힘내라고 돼지고기 국을 끓여 몰래 담 너머로 넘겨주던 숙모보다도 더 낫던 옆집 아주머니를 생각하면 아직도 나는 눈물이 난다.

어머니는 흔들리지 않았다. 학력은 없었지만 머리가 좋고 인정이 많았다. 자식이 가는 길이라면 어디로 가든 막지 않는 분이셨다. "내가 왜 산에 가서 나무를 하겠노? 힘이 나서 한다. 과거를 아무나 보나. 보는 것만으로도 내사 힘이 난다."라고 하시던 어머니가 없었더라면 그때 나는 복장이 터져 죽었을 것이다. 이리하여 나는 집과 멀리 하고 싶었고 고향 마을을 돈연(頓然)히 떠나고 싶었던 거다. 몇 해가 되더라도 집과 완벽하게 떨어져서 생활비만 우편으로 받았으면 좋겠다고 생각되었지만 그럴 형편이 못 되었다. 산방에서 자취를 하려고 해도 식수를 구할 수가 없었다. 산속에서 공부를 한다고는 하지만 집과 떨어져 있을 수가 없었고 동네 사람들과 골목에서 마주쳐야 했다.

이때의 공부가 너무 무리했던 탓일까? 시작한 지 채 반년이 못 되어 건강이 나빠졌다. 그렇게도 귓속에서 벌레가 울더니 올 것이 왔는지도 모를 일이었다. 대관절 어찌된 영문인지 먹은 음식이 소화가 되질 않고 배가 아프고 잠도 잘 오지 않았다. 문풍지가 가만히 울고 있는 산방에서 잠 못 이뤄 뒤척이는 밤이 늘어났고, 아무한테나 자주 짜증을 냈다. 귓속의 벌레 소리는 마(魔)가 헤살을 부리는 거라면서 어머니는 무당을 불러 푸닥거리를 다 했지만 효험이 없었다. 그때야 내남없이 죽을 지경이 아니고서야 감히 읍내 병원에 갔었겠나? 병명도 모르면서 돌팔이 의사한테 주사 몇 대를 맞아 보는 게 고작이 아니었던가? 그러나 나의 병은 어쩌면 내가 잘 알고 있었다고나 할까. 느긋한 마음을 갖지 못하는 데서 생긴 마음의 병이란 걸 알면서도 자신의 마음을 다스리지 못한 것은 나의 한계라면 한계였다고나 할까?

지금도 그런지는 모르지만, 2차 시험은 하루에 두 과목씩 4일 간을 보게 되는데 이 기간 중에는 다음에 칠 두 과목의 내용을 시험에 앞서 미리 죽 훑어보는 것이 바람직하다. 여덟 과목의 일회 정독에 대개 두 달이 걸리기 때문이다. 이틀까지는 그렇게 할 수가 있었지만 사흘째부터는 정신이 몽롱하고 어지러워졌다. 지금 같으면 링거주사인가 뭔가 하는 주사라도 맞아 보았겠는데, 맹꽁이 같이 그때는 그런 것은 생각조차 할 줄 몰랐다. 2차 시험을 꼭 두 번 봤으나 한 번은 3일째에 한 번은 마지막 날인 4일째에 시험을 포기하고 말았다. 공부가 충분하지 못했다는 걸 깨닫고는 더욱 어지러워 더는 버틸 수가 없었던 것이다. 아무튼 나는 이때부터 낙방거자(落榜擧子)로 전락했으니 죄인이 따로 없었다.

그예 나는 진기가 다 빠져 버렸는지 앉아 있을 수가 없었다. 누워서 책을 펼 때가 많았다. 일탈할 수도 몰입할 수도 없는 세월이 흘러 3년째로 접어들면서는 눈두덩이 푹 꺼지고 창백한 얼굴이 입마저 조금 어슷해졌다. 칼이 짧으면 한 걸음 더 다가서야 할 텐데, 형체만 번듯할 뿐 물러빠진 몸뚱어리가 밉고 한스러웠다.

1963년(30세, 癸卯) 7월 하순 어느 날, 그렇게도 부러워했던 산사로 들어갔으나 두 달도 채 못 채우고 축 처져서 집으로 돌아오고 말았다. 가정 형편을 번히 알면서 그러고 있자니 마음이 늘 편치 않았을 뿐만 아니라, 가던 날부터 계속 배가 살살 아프고 설사가 났다. 지금 생각하니 이질이었던 것 같다. 약을 사러 십리가 넘는 읍내까지 나가고 싶진 않았다. 산사의 새벽 뒷간은 어찌 그리도 무섭던지…….

어느 날 아버지는 가라앉은 목소리로, "독립해라."라고 하셨다. 직업여성한테 장가를 가든지 직장을 갖고 공부를 하든지 하면 좋겠다던 평시의 말씀은 그냥 흘려들었지만 이번에는 아버지의 표정이 너무 진지해서 정신이 번쩍 들었다. 이 말씀을 하시기까지 수없이 생각하시고 또 생각하셨을 아버지의 고뇌를 내가 왜 몰랐겠는가.

그때 아버지는 내가 시험에 붙을 가망이 없다고 생각하셨던 것 같다. 그렇게 생각이 되시자 과묵하신 아버지는 더욱 말씀이 없어졌으리라. 얼마 동안 침묵과 침묵이 부자간에 이어졌다. 이때 부자간에 틈이 생겼다. 아버지가 나를 비판의 눈으로 바라보시는 것이 역력하게 느껴졌다.

"독립해라."라는 부명을 듣고 나니 전신에 맥이 확 풀렸다. 하지만 이때 내가 심지만 확고했더라면 공부를 더 할 수가 있었을 것이다. 등록금 같은 목돈이 드는 것도 아니니 집에서 공부한다면 공부를 할 수 없을 만큼 가정 형편이 어려운 건 아니었다. 그러나 오랫동안 나로 인해 온 가족이 지쳐 있는 상황에서, 아버지로부터 이기주의자란 소릴 들으면서까지 더 이상은 버틸 수가 없었다. 일단 공부를 중지하기로 했다.(31세 봄, 1964, 甲辰) 졸업을 하고 산방에 틀어박힌 지 2년을 넘기고서였다. 집을 떠나서 다시 공부를 계속할 수 있는 방도를 모색하며 잠시 무전여행을 떠나 보았지만 아무런 방도를 얻지 못했다. 그때 만약 어머니의 의문지망(依門之望)이 없었더라면 나는 끝내 방랑자가 되었을지도 모른다.

서둘러 결혼도 하고(32세, 1965, 乙巳) 밥벌이를 위해 세상에 나왔다.(33세, 1966. 5. 16. 丙午) 행인지 불행인지 모를 보통고시로 해서 4급 을류(지금의 7급) 행정직 공무원으로 겨우 입에 풀칠을 하게 된 것이다. 이때 군사원호청을 마다하고 굳이 내무부 산하를 고집한 것은 나중에 군수라도 할 수 있지 않겠나 싶었기 때문이다. 만약 보통고시에 합격하지 않았더라면 취직하기가 지금보다도 더 어려웠던 그 시절에 산방의 집념을 쉽게 포기할 수가 있었을까. 나의 작은 보루라고나 할 보통고시가 나를 퍽 왜소하게 만드는 하나의 원인이 된다는 것과 취직을 해서 공부하기로 작정한 나의 무지와 오만을 뒷날 내가 자조하게 될 줄은 그때의 나는 알지 못했다. 서제막급(噬臍莫及)이다. 오평생(誤平生)의 선택!

취직한 지 나흘 만에 첫 달 월급을 탔다. 반달 치 월급 2천 몇 백 원 가량이 들어 있는 월급봉투를 내미는 내 얼굴이 풀이 죽어 있었던지 아내는 뜻밖에도 활짝 웃었다. "이걸 다 어따 쓰지." 진심인 것 같은 아내의 이 말은 나를 편안하게 했다. 부모님께 부쳐드릴 돈은 못 되지만 두 사람이 먹고 살 수가 있겠고 무엇보다도 공부를 할 수가 있을 것 같았다. 책을 끼고 출근을 했다. 이웃의 어느 새댁은 이런 나를 두고 어딘가 선비 태가 난다고 하더라는 말을 아내로부터 들었을 때만 해도 나는 미소를 잃지 않았지만, 메케한 담배 연기 속에서 주위의 눈총을 받으면서 책장을 넘기기가 차차 힘들어졌고, 퇴근을 하여서는 단간 사글세방에서 진종일 나만 기다렸을 아내에게 툭하면 짜증을 내고 까탈을 부리곤 했다. 블라우스나 만들어 입으라면서 내가 없는 사이 누가 놓고

간 나일론 옷감을 아내를 시켜 먼 우체국에 가서 되돌려 부치게 하였을 때, 아내는 나의 노란 싹수를 보았을까? 아름다운 떡잎을 보았을까? 단체로 저녁 한 끼 얻어먹는 것도 수뢰죄에 걸릴 것 같아 나 혼자 나가지 않았을 때 이튿날 아래위로부터 쏟아지는 화살이라니, 그 화살을 나는 형벌인 양 묵묵히 받아들였다. 그때 그들끼리 하는 말을 들었다. 공무원은 기생이라고.

오직 큰아들 하나에 끌려 인생을 걸고 땅을 팔고, 소를 팔고, 돼지를 팔고, 자존심도 팔아 버렸던 그 모험, 그 침묵, 그 고독, 그 비원이 끝내 남의 웃음거리가 되고 말았던 부모님의 낙탁한 실의를 생각하면 사십여 년이 지난 지금도 나는 죄송하고 속상하고 그리고 참으로 분하다.

"강물은 흘렀어도 돌은 구르지 않았는데, 오나라를 삼키지 못한 것이 한으로 남았구나."(江流石不轉 遺恨失吞吳) 공명(孔明)의 유한(遺恨)에 빗댄 두자미(杜子美)의 우수를 알 것 같다. 한때의 좌절이 이렇듯 일생의 우환이 되었단 말인가.

이후에 살아온 그 세월은 부끄럽다. 교쾌(狡獪)한 명도열객(名途熱客)들한테 끝없이 시달리며 백년(百年)의 직장은 시종 신물이 났지만, 입에 풀칠을 하기 위해 마음에도 없는 녹록한 일을 마지못해 하면서 약약한 세월을 보냈을 따름이다. 미친 파도에 쓸리는 명주(溟洲)처럼, 낙도(落島)처럼 외로웠던 그 세월이, 단지 호구 때문에 한세상 기방(妓房)에 몸을 던진 한 여자의 내력과 무엇이 다르단 말인가!

나는 기생질도 서툴렀다.

기생질을 했을망정 삼공육경(三公六卿)이 내 앞을 지나가도 정말이지 나는 눈 하나 깜박이지 않았다. 다만 불학무식한 땔나무꾼한테 나뭇가지가 곧다고 꺾이고 굽다고 꺾였을 따름이다.

　달빛이 그리움이 되고 바람이 말벗이 되었던 그때 그 산방시절이
오늘따라 왜 이리도 새삼스레 가슴 저밀까.(원제: 「병학」)

간이역에서

       열차로 고향 나들이를 하자면 관문처럼 꼭 거쳐야 하는 역이 하나 있다. 이 역에는 직원이 곧 역장이고 역장이 곧 직원인 모양인지, 직원이 아내인지 아내가 직원 노릇을 하기도 하는 건지, 가끔은 부인인 듯한 아낙네가 평상복 차림으로 차표를 팔기도 한다.

    이런 역에 담장이나 철조망 같은 것이 있을 리 없다. 내리면 바로 철둑이고 논밭이다. 몰래 무임승차를 했는지 더러는 슬금슬금 저만치 달아나는 승객도 있지만 고함만 한두 번 질러 볼 뿐 그런 걸 다 단속할 형편도 못된다.

    꾀죄한 대합실은 촌티가 줄줄 흐르지만 도리어 고향 정취가 돈다. 반쯤 열린 창문 너머로 먼 하늘이 파랗고, 까만 아기 염소가 재롱부리는 철둑 가에는 만개한 코스모스가 철없는 계집아이를 생각나게 한다. 여기 대합실에서, 나는 지금 고향에 왔다가 대구로 돌아가려고 열차를 기다리고 있는 참이다.

    이 간이역을 들락거리는 사람 치고 뭐 그리 바쁜 사람이야 있겠는가. 주로 장보러 다니는 시골 아낙네며 늙은이들이 완행열차를 타고 내리고 잠시 여기를 스칠 뿐이다. 그렇지만 이 간이역은 참 좋은 만남의 장소가 되기도 한다. 대합실 입구 쪽에서 서로 주고받고 호들갑을 떠는 두 노파는 아마도 아들딸 자랑하느라 신이 난 모양이지만, 창문 곁에 붙어 서서 연방 웃고 소곤대는 아낙들의 사연은 뭘까. 바로 그 곁에, 입을 앙다문 채 어깨가 축 처져 있는 외톨이 노인으로 해서 나는 아까부터 괜히 비감해진다. 간이역은 이런 사연을 들어 주고 맞이하고 또 보낸다. 가진 것이 좀 있다고 남을 깔보는 사람, 벼슬깨나 하는 모양인지 같잖게 목이 뻣뻣한 사람, 부동산 투기로 똥배가 툭 튀어나온 사람, 촌 땅이야 수백 평을 팔아도 만져볼 수도 없는 외투를 걸쳤건만 조금도 무거워할 줄 모르는 사람, '소나타' 승용차의 궁둥이에 붙어 있는 GLI에 S를 끼워 GLSI로 만들어 조금 더 고급 차로 보이고 싶어 하는 사람, 사람, 사람, 그런 사람들과는 이 간이역은 도무지 손방이다.

새마을운동이 막 일어나던 때였으니까 어느덧 삼십 년이 흘러갔다. 참기름, 고춧가루, 마늘, 바가지, 이렇게 올망졸망한 보따리 서너 개를 이고 들고 나는 갓 시집 온 아내와 같이 그때도 이 간이역을 거쳐 고향을 떠나 왔다. 황홀하게 날아 보려던 나래를 이루지 못한 채 둥지를 떠나 쫓기듯 밥벌이를 위해 도시로 나와야 했다.

거짓말처럼 세월은 흘러갔고 세상은 참 많이도 변했다. 농촌만 해도 그렇다. 오뉴월 삼복지간에도 언감생심 팔뚝조차 제대로 못 내놓고 땀띠에 시달려야 했던 남의 집 며느리가 지금이야 허벅지를 드러낸들 청바지 가랑이를 삭둑 잘라 입은들 누구의 눈치볼 필요가 없어졌고, 연탄아궁이로 부엌이 개량되어 좋구나 싶더니 요사이야 하나같이 기름보일러요 가스렌지가 되었지만, 정작 청바지를 입을 며느리며 가스렌지를 사용할 젊은 아낙네는 다 어디로 빠져나갔을까. 식이네 덕이네 바우네가 어깨를 비비며 살던 마을이 식이네며 덕이네가 떠나간 빈집은 잡초가 키를 잰다. 더러는 예쁜 도시풍의 양옥이 허물어진 그 그루터기에 하나 둘 버섯처럼 돋아나기도 하지만, 그 집을 지키는 사람치고 청바지를 입었던가? 그 버섯은 차라리 가여운 움돋이일 뿐.

언제부턴가 정부가 말도 안 되는 헐값으로 쌀 값을 묶어 버림으로 해서 노동자의 낮은 임금을 유지하려 했다. 국제경쟁력을 높이기 위하여 생산단가를 내릴 수 있는 데까지 내리려는 인해전술이었다. 나라 살림이 좋아지면 쌀 값을 꼭 올려 주겠다던 그 언약은 해마다 거짓말이 되기를 서른 해, 쓸데없이 무단(武斷)정권만 몇 차례 이어졌다. 이른바 문민 (civilian)정부를 자처하는 오늘의 정권이 이것을 어떻게 해결해 줄지는 두고 볼 일로되, 글쎄 삼십 년이나 속고만 살아 온 농촌에 청바지가 남기를 바라겠는가? 떠나간 청바지가 돌아오길 바라겠는가?

식이도 덕이도 바우도 그리고 내 아우들도 모두가 이 간이역을 거쳐서 어디론가 떠나갔다. 장래가 뻔한 농사일을 버리고 어떻게든 도시에서 터를 잡아 봐야겠다고, 장래는 고사하고 목전의 보릿고개나 면해 보려고, 무슨 짓을 하든지 자식만은 가르쳐야겠다고, 시집갈 미천 벌겠다고, 자칫하면 몽달귀신 될까 봐, 이래저래 울화가 터져서 어디론가 도망치듯 농촌을 떠났다. 마치 삼투압에 의하여 확산되는 어떤 액체처럼 이곳 농촌의 아들딸들은 대개 이 간이역을 거쳐서 그렇게 빠져 나갔다. 형편이 조금은 낫다고 하겠지만 그 무렵 나 또한 썰물에 실려 어쩔 수 없이 떠나가기는 마찬가지였다고나 하리라. 올망졸망한 보따리를 들고 이 간이역에서 기차를 타기는 했지만, 아내 옆에서 나는 차창에 기대어 별 말이 없었고, 맞은 편 좌석에서 내 기색을 살피시는 아버지 어머니가 그때처럼 초라해 보인 적은 없었다.

이후에 우리들이 살아온 사연은 들먹이고 싶지 않지만 어쨌든 툭하면 조국근대화라는 명분을 내세우는 급진주의자들에게 이 간이역을 떠나왔던 우리의 몸값은 너무도 헐하게 팔렸었고, 결과만을 따지는 전쟁논리의 계승자들에 의하여 줄곧 푸대접을 받으면서 속절없이 젊음을 망가뜨리고 만 거다.

휘익, 찬바람이 몰아친다. 가랑잎 두어 개가 대합실 바닥에 힘없이 나뒹군다. 힘없고 가진 것 없는 사람의 황혼이 저러할까. 열차가 곧 도착될 모양인지 뒷짐을 진 채 역장이 전호기(傳號旗)를 쥐고 슬슬 나타난다. 썰렁한 대합실이 조금은 생기를 머금고 술렁이는데, 무단히 나는 속이 좀 상하고 갑자기 술 생각이 난다. 뭔가 고함이라도 한번 지르고 싶다.

고향 마을로 발길을 되돌릴까 보다.

백바꾸 할매

　　모처럼 고향에 왔다. 고향을 떠난 지가 이십 년이 훨씬 넘었지만 느긋하게 고향에 머문 적이 한 번도 없었다. 마음만 먹으면 지척일 뿐인데 부모님이 내게로 오시고부터는 더욱더 고향이 멀어졌다.

　　1966년, 그러니까 내가 서른세 살 때 고향을 떠나던 그 무렵에는 사정사정해서 하루에 한 번, 동네 조무래기들의 열렬한 환호를 받으며 개선장군처럼 들어오던 그 버스가, 어느 날 수지가 안 맞는다고 그 환호를 외면한 채 제멋대로 발길을 뚝 끊어 버리던 그 버스가, 이제는 환호하는 아이마저 없는 이 한촌에 어쩌자고 이리도 자주 제멋대로 들락거린단 말인가?

　　농촌에 아이들이 없어져 가는 것이 어제 오늘의 일이 아니다. 이것이 조국근대화의 과정이라면 할말이 없다할지 모르지만, 멀리 '손기장터'에서 고향마을을 바라보면 정월 대보름에 동제를 지내던 '신기(神祈) 솔'과 모교인 초등학교의 미루나무가 아이들만큼이나 정겨웠는데, 미루나무는 때가 되어 베어 버렸으니 그렇다 치고 생도수가 해마다 줄어든다니 아무개 총각처럼 장가 못 갈까 걱정이 되어설까.

　　사람이 줄어드는데 다른 것인들 온전할까. 골목을 들어서자 고향을 저버린 나에게 적의를 가졌음인지 컹 컹 짖는 개들의 눈빛도 옛날 같지가 않지만 개마저 흔하지가 않구나. 썩은 그루터기에 돋아난 예쁜 버섯처럼 하나 둘 도시풍의 양옥도 보이지만 군데군데 허물어진 집터에는 그냥 말라 버린 잡초가 어딘가 비감하고, 옆집 식이네 집터에는 무심한 소가 말뚝에 매여 한가로이 되새김질하고 있다.

박꽃이 구름처럼 피어나던 초가지붕이 간곳없어진 지는 이미 오래되었고, 골목이 넓어져서 좋다 할지 모르지만 그런 골목을 걷는 나그네는 그래서 가슴이 더 썰렁한데, 이 썰렁한 골목길을 내 노모는 하루에 백 바퀴를 돈다고 해서 동네 사람들이 '백 바꾸 할매'라고 부른다던데…….

대구에서는 아버지가 무서워서 이웃도 잘 못 다니시던 어머니가 어쩌다 고향의 작은아들 집에 오시면 가슴이 탁 트이는 것 같았으리라. 누가 간섭하는 사람이 있나, 차가 무섭나, 어머니는 그래서 이 썰렁한 골목길을 좋아라고 하루에도 백 바퀴씩 돌아다녔더란 말인가. 아마도 열 번은 좋이 누비신 모양이니 어쩌면 어머니 또한 형언 못할 감회로 해서 이 골목이나마 그렇게도 거닐었어야 했는지도 모른다.

금방(金榜)에 이름을 걸리라는 큰아들을 태산같이 바라보고 재미가 난다면서 쉰이 넘도록 산에 나무까지 하시던 그 시절. 앞집 덕이네, 뒷집 바우네, 옆집 식이네, 또 자야네, 온 동네 아낙네의 선망이 되기도 했던 어머니이기도 했었는데 이제 와서 아무런 자랑거리도 없어진 썰렁한 이 골목길이나마 그렇게도 거닐고 싶었더란 말인가.

대구에서 더러 노인당에 나가시면 아들 자랑을 하는 할머니가 많은 모양이다. 누가, 아들이 뭐 하느냐고 물으면 '판사'라고 거침없이 답하신다는 내 어머니. 그러나 고향에서는 판사라고 거짓말을 할 수도 없는 내 어머니는 그래서 골목을 걷는 지팡이의 또박거리는 소리가 한결 높았던 모양이다.

오늘 아침은
하늘이 더 높다

동녘 하늘이 번해질 무렵이면 나는 얼추 산사람이 되어 있다. 후유, 후유, 가쁜 숨을 토하며 지팡이를 짚고 산길을 오른다.

누가 그랬을까. 하나같이 지지리 못생긴 이 산의 돌멩이를 밉다 않고 누가 주워 모았을까. 저만치 산허리에 두 개의 돌탑이 추억처럼 쌓여 있다. 문득 돌들이 인물이 달라졌으니 하물며 사람일까. 저런 돌탑을 쌓자면, 아마도 봄바람에 꽃이 피듯 무언가에 고무되었을 게다.

먼동이 틀 때쯤, 이 산꼭대기에는 꽤 많은 사람들이 한데 어울려 이상한 운동을 한다. 그 곁에서 늘 커피를 팔고 있는 앳된 여인은 어느새 몸집이 펑퍼짐해져 있다. 늙지 않으려면 신선이 되어야겠지만 콧수염이 히틀러 같은 육 척 장신의 사나이에 홀린 듯, 그를 따라 미친 듯 흔들어대는 늙고 젊은 여자들의 선정적인 몸놀림은 배꼽을 드러내고, 두 손으로 배를 두드리며 여럿이 박자를 맞추어, "칵, 칵, 칵 / 칵, 칵, 칵 / 우——칵" 발정한 짐승처럼 괴성을 발하는데 저만치서 까치가, 사람의 소리가 제 소리를 닮았다고 그러는지 연방 꽁지를 치키며 깍깍거린다. 까치의 목숨에 견준다면 사람은 진작 신선이 아닌가.

사람이 칵칵거리는 것도 까치가 깍깍거리는 것도 누가 고무한 탓일까. 콧수염 사나이한테나 물어 볼까 보다.

양생의 공부를 아직 늙지도 않은 콧수염인 그 사나이한테서 배우랴. 가까이에 꽤 늙은 소나무가 있다. 하지만 너무 빽빽하여 생기가 없고 키만 커서 꺼벙하다. 조금만 더 벌려 섰더라도 서로가 귀한 줄도 알고 그 밑에 사는 키 작은 다른 생명들도 사는 형편이 지금보다는 좋아졌을 터인데, 어쩌다가 좋은 천품을 저 지경으로 망쳐 버리고 다른 생명체에까지 해를 끼치다니 이러고서도 오래 살면 좋을까.

그러나 이 산의 소나무는 서로 다투는 상대는 있지만 상대를 용인하려 하지 않는 나무가 있다. 수백 년을 옆으로 뻗어 자신의 영역만을 넓히려는 나무, 기형이 되다가는 끝내 자신의 몸 하나도 가누지 못하고 남의 곁부축을 받는다. 청도의 운문사 마당에 있는 괴물 같은 반송(盤松)이 그러하다. 사람들은 이런 나무의 외화(外華)만 보고 성불했다고 우러르고 절을 하기도 한다.

운문사의 반송이 되었든 여기 이 산의 소나무가 되었든, 소나무로 태어남에는 무엇인가가 고무했을 것 같은데 어찌하여 이렇도록 그 무엇인가는 본체만체했을까.

이 산 정상에는 아카시아가 판을 친다. 모진 아카시아가 산을 망친다고 혀를 차는 사람이 있지만 잎이 다 진 뒤에 초라하게 서 있는 모습을 바라보면 괜히 마음이 안됐다. 감나무나 느티나무 같은 나무들은 그 알몸이 아기자기해서 귀태가 나 보이지만 아카시아의 나신은 가시 탓인지 괴팍해 보이는 것이 영락없이 신산을 겪은 얼굴이다.

바야흐로 때를 만난 아카시아가 꽃이 만발해 있다. 누구의 열정일까,

꿈이었을까. 송아리를 이룬 하얀 나비 모양의 꽃들이 장미처럼 요염하지도 모란처럼 호사스럽지도 매화나 국화처럼 고고하지도 난처럼 빼어나지도 못하지만 그 풍정은 산을 덥고도 남겠네.

휙 하고 바람 한 줄기가 아카시아를 훑고 지나간다. 꽃들이 무수히 떨어진다. 한 송이를 주워서 가만히 얼굴에 대어 본다. 진한 향기가 조금은 가슴을 흔들어 놓는다. 눈을 감는다. 문득 아카시아 꽃을 안고 환하게 웃는 얼굴이 하나 떠오른다.

공학으로 석사과정을 마친 아들 녀석이 이상하게도 말수가 줄고 때때로 허공을 바라보는 성싶더니 훌쩍, 서울로 가 버렸다. 세상 사람들이 흔히 '신림동 고시촌'이라 일컫는 그 곳에 홀로 틀어박힌 거다.

얼마 전 다니러 와서 녀석은 이런 말을 했다.

"아부지가 시험 실패하고 평생 어떻게 살았는지는 저가 다 알아요. 아부지요! "

불쑥 내뱉는 녀석의 말을 나는 듣고만 있었다. 제멋대로 어쩌면 큰 낭패를 저지르고도 조금은 무람없는 아들의 이 말은 이상하게도 이후 나에게 화두가 되고 말았다.

녀석이 떠난 뒤 듣자니 이 놈이 이른 아침에 관악산에 오른다고 했다. 관악산 돌계단을 밟으며 가끔 이 아비의 「돌계단」이란 수필을 떠올린다고 했다.

「돌계단」이란 참 부끄러운 글이다.

사십 년이 훨씬 넘은 옛날, 절계(折桂)의 꿈을 품은 이 아들을 위해 아버지는 뒷산 깊숙한 곳에 단칸 오두막을 지었다. 비탈길에 돌로 계단을 만들었다. 하지만, 명(命)은 내가 모르고 재주는 뜻에 못 미친다고 체념하

기엔 너무 이른 시점에서 서창(書窓)은 불이 꺼지고 돌계단은 무너지고
말았다.

산방을 떠난 지 스무 해가 다 되어 갈 무렵, 그러니까 정확히 1982년
가을의 일이다. 그때 나는 몇 해 동안 집을 떠나 이곳저곳 떠돌다가
서울의 관악산 아래 지하철의 '석수역' 부근에 있는 어느 허름한 아파트의
방 한 칸을 얻어 혼자 살게 되었다.

여덟 식구를 대구에 남겨두고 가족의 생계비를 벌겠다고 혼자서 떠돌기
는 했지만, 4층 내 방까지 신기하게도 내 나이와 똑 맞아떨어지는 마흔아홉
개의 아파트 계단을 밟으면서 옛날 그 산방 그 돌계단을 떠올리고는
했었다. 창문을 열면 관악산 봉우리가 우르르 내 방으로 들이닥치고
눈 감으면 천리 밖 고향산천, 그 산방 그 돌계단이 가슴 그득 밀려왔다.
그러한 이야기를 그때 「돌계단」이란 글에 담아 보았는데 이 글이 이태
뒤(1984)에 세상에 알려지게 되었다.

이 글을 쓴 지는 이십 년이 넘었고 산방을 떠나 온 지는 그럭저럭
사십 년이 되어 가지만 누가 고무하였을까? 아들이 또한 아비가 걷던
길을 걷게 될 줄은 미처 상상이나 했겠는가? 아들이 안쓰러워서 나는
견딜 수가 없다.

돌탑을 쌓는 것, 사람이 칵칵거리고 까치가 깍깍거리는 것, 나무가
자라나는 것, 아들이 사법시험 공부를 하는 것 이 모든 것들은 분명
무엇인가가 고무했기 때문이리라. 그러나 고무해 놓고서는 어떻게 되든
말든 그 무엇인가는 아무런 근심도 하지 않는다.

여기 이 산에도 돌계단이 있다. 이른 아침에 이 돌계단을 오르내리며
나는 자꾸 지팡이를 또박거린다. 헛짚는다.

　지팡이를 높이 들어 휘 휘 휘둘러 본다. 제법 바람을 가르며 지팡이가 무슨 소리를 하는 것 같다. 나는 무단히 화가 나서 지팡이를 홱 집어던지며 입속말로 투덜거린다. "고무하지만 근심하지 않는, 그는 누군가?"

　지팡이가 무슨 말을 할 리가 없다.

　벌써 해가 한 발은 솟았다. 간밤에 비가 와서 그런지 오늘 아침은 하늘이 더 높아 보인다. (원제:「고무하지만 근심하지 않는」)

처녀작을 쓸 무렵

　　내가 수필이랍시고 선거관리위원회의 기관지인 『선거관리』에 「법자의 풀이」라는 글을 발표한 것이 1970년 8월 9일의 일이었고, 이어서 '대구일보'에 「어느 귀로」라는 글을 발표한 것이 1971년 1월 15일의 일이었다. 당시는 신춘문예나 문예지의 추천재도에 수필이 빠져 잇던 때여서 일반 잡지나 신문에 수필을 발표하는 것을 등단으로 치는 예에 따른다면 이 글들이 나의 등단작이라고도 할 수 있겠지만 그 후 1984년에서 1986년에 걸쳐 동시에 『수필공원』과 『월간문학』의 추천과 당선 과정을 거쳤기 때문에 나는 이 글들을 그저 처녀작이라고 한다. 엄밀하게 말하자면 앞의 글이 나의 처녀작이라 하겠지만 두 글이 불과 5개월 남짓한 간격을 두고 발표되었기 때문에 나는 때로는 전자를 때로는 후자를 처녀작이라 하기도 한다. 그러나 여기서는 후자와 관련된 얘기만 좀 해 볼까 한다.

　　이 글을 쓸 무렵 나는 고등고시에 실패하고 아내가 있는 몸이 더 이상 부모님께 의지할 수도 없고 해서 생화의 길을 찾아 공무원을 한 지 한 5년쯤 될 때였다.

　　처음 취직을 할 때에는 직장을 가지면서 공부를 더 할 생각이었지만,

병고와 가난 속에서 화려했던 젊은 날의 꿈은 서럽게도 스러져가고 있었다. 그때 술과 문학이 조금은 구원이 되었다.

직장은 '경상북도지방공무원교육원'이었고 직명은 '조건부 행정주사보'였다. 조건부 기간은 6개월이었는데 여기서 조건이란 이른바 민법의 해제조건이다. 생후 두 번째로 찾아간 낯선 대구, 임용통지서를 들고 물어물어 찾아간 곳이 수성 다리를 건너 옛날 잠업시험소였다는 낡은 건물이었다.─지금은 그 자리에 한국나일론공장이 들어섰다─ 도 본청과 그 산하 도 단위 각종 행정기관 사업소 및 시군의 행정주사 이하의 모든 공무원을 수시로 교육하는 곳으로 더러는 병무청 같은 타 기관의 교육을 위탁받아 시행하기도 했다.

공무원교육원은 이른바 한직이었다. 한직이라 해서 모두가 그런 건 아니다. 처음에는 나를 한가한 자리에 두더니 한 1년쯤 지나서는 바쁜 자리로 보냈다. 내가 법률 책을 펴고 있는 모습이 얄미웠는지 모른다. 나는 34명 직원 가운데 가장 바빴다. 일요일에도 혼자 근무를 해야 했었다. 등록, 졸업, 담임, 근태평정, 성적관리, 재건체조, 시험감독, 생활지도, 농장견학, 일직 숙직 등으로 뭐 보고 뭐 볼 새도 없었다.

'근태평정'은 100점을 만점으로 평가했다. 지각하는 자, 수업 시간에 조는 자, 담배를 지정 장소 아닌 데서 피우는 자, 침을 함부로 뱉는 자, 일과 시간에 음주하는 자, 이런 것들이 완장을 찬 주번에게 걸리기만 하면 감점을 당하는 일을 내가 최종적으로 좌지우지 하다 보니 학생들은 나를 퍽 두려워했다. 아니 미워했으리라. 나를 미워한 이유는 하나 더 있다. 시험 때 유독 내가 감독으로 들어가는 반이 감독이 엄해서 다른 반과 균형이 맞지 않았다. 어떤 반에선 감독이 돌아앉아 담배를 피우기도 했으니까.

 교육원에서 좋은 성적을 얻고 돌아가면 근무평정에 도움이 되고, 두 번 낙제를 하면 직위해제를 당한다. 학생들이 성적에 관심을 쏟을 수밖에 없었다. 내가 마음만 먹으면 성적 순위를 '근태평정'으로 좌우할 수가 있었다. 나의 전임자가 하도 문란하여 후임으로 나를 골랐단다. 법을 전공한 데다 퍽 날카롭고 정의감이 있어 보여서 '교수부' 사람들이 여론을 조성해서 나를 밀었다고 했다.

 내가 하는 일이 학생들과 늘 어울리는 일이다 보니 하루에도 지하 구내 다방에서 마시는 커피가 적어도 열대여섯 잔은 되었다. 이상하게도 저고리 양쪽 주머니에 돈 부스러기들이 알몸으로 제법 들어 있곤 했다. 여러 사람을 상대하다 보니 누가 그랬는지 알 수도 없었다. 처음엔 놀랐고 나중엔 미소가 나왔으나 이러다간 신세 망치겠다 싶었다.

 내가 '성적 평가규정'을 새로 만들게 되었는데 성적이 동점일 때에는 연소자를 우선시킨다는 종래의 규정을 전도시켜 버렸다. 이 일이 있기 전에 내 자신이 신규채용자 교육을 받게 되었는데 최고 동점이 셋이 나왔다. 내가 나이가 더 많다 해서 3등이 되고 만 것이 무척 속이 상했다.

 원장이 나를 자기 방으로 불렀다. 동점일 경우 왜 연장자를 우선하느냐고 힐난하듯 물었다. 나는 "성인교육이니깐요."라고만 했다. 원장은 잠깐 생각에 잠기는 듯하더니 "좋소."라고 했다. 두 사람 사이엔 여러 말이 필요 없었다. 원장은 군 출신이지만 엘리트였다. 결재서류를 갖고 온 계장은 원장의 물음에 답을 못했던지 원장 앞에서 얼굴이 벌게 있었다. 사무실로 돌아와서 계장은 연장자를 우선시키는 이유가 뭐냐고 따지듯 물었다. 나는 이렇게 반문했다. "아들딸이 주렁주렁 달린, 오십이 다

된 계장님이 새파란 총각들과 공부를 겨룬다면 어떻게 되지요?" 이후 계장은 도장까지 내게 맡겨 놓고 핑하니 돌아다녔다. 미안한지 계장은 "박 주사는 일하는 속도가 남보다 1.5배 빨라."라는 말을 자주 했다. 그런 날에는 어김없이 밥을 사 주었다.

도청 감사과에서 장검을 휘둘렀던 눈이 부리부리한 과장은 한동안 직원을 엄히 다루었다. 결제가 까다로웠다. 하지만 얼마 안 가서, 촉이 돼지발톱처럼 생긴 서독제 만년필로 꾹꾹 눌러 쓴 판결문 같은 나의 기안문이 그리도 미더웠던지 보지도 않고 도장을 찍게 되었다. 어느 날 그 과장이 내게 도 본청 감사과로 갈 의향이 없느냐고 타진했다. 감사과가 뭐하는 곳인가, 이른바 현직(顯職) 중의 현직이 아닌가. 나는 심드렁한 표정으로 일언지하에 거절했다. 그는 움찔했다.

나는 늘, 사법시험 공부를 해야 하는데 하고 우수에 젖은 나날을 보내고 있었다. 그러나 일에 찌들어 공부할 마음의 여유가 없었다. 어느 날 교육원에서 지방대학 출신 행정주사 두 사람이 '3급을류(지금의 5급) 공개경쟁승진시험'에 합격했다며 술렁거렸다. 아, 그런 시험이 있었는가 하고 나는 설렜다. 법전을 펼쳤다. 행정주사로서 2년인가 3년인가 경력을 쌓아야 응시자격이 있었다. 합격자 하나는 철도청 사무관으로 하나는 군수로 나갔다.

내무부 산하에서는 승진이 잘 되지 않았다. 나는 행정주사보로 4년째 근무하고 있었지만 언제 행정주사로 승진하게 될지 예측할 수 없는 형편이었다. 얼른 행정주사가 되어 이 시험을 보고 싶었다. 이때, 승진이 잘 되고 시간 여유도 많다는 '선거관리위원회'가 있다는 걸 알게 되었다. 주위에선 이구동성으로 "넘어가긴 쉬워도 다시 오긴 어려워."라면서 말렸지만 나는 결연히 떨치고 선거관리위원회로 오게 된 거다. 임지는 경북 선산.

넘어오자마자 그 시험 제도가 없어졌다. 발아래가 푹 꺼지는 듯했다. 이 직장이 을씨년스럽기 그지없는 한직 중의 한직이란 것이 그때서야 실감났다. 직원이래야 고작 셋인데 내 위에 행정주사인 전임간사가 있고 내 밑에 기능직 남자 조무원 하나가 궁상스럽게 타자를 치고 있었다. 다시 돌아가기는 불가능한 일이었다. 부모님과 일언반구 상의도 않고 직장을 옮긴 것이 경솔하기 짝이 없는 짓이란 걸 뼈저리게 느꼈다. 수백 명이 우글거리는 데서 휩쓸려 지내다가 달랑 셋이 근무하다 보니 적적한 마음 달랠 길이 없었다.

「어느 귀로」라는 글을 발표한 것은 이 무렵이었다. "퇴근길이 너무 짧아 이따금 산길을 걸었었다. 비봉산이라는 나지막한 산이었다.……." 이렇게 시작되는 이 글은 200자 원고지 6매에 불과한 하찮은 글이었다.

이 글이 발표되었다고 해서 나에게 달라진 거라곤 아무것도 없었다. 원고료가 생활에 보탬이 될 턱도 없긴 지금이나 그때나 마찬가지. 다만 신문에서 내 글을 오려 가지고 나를 찾아오는 문학청년이 있어 슬픈 나의 침묵이 깨뜨려질 땐 조금 좋았고, 축사나 조사 같은 걸 써 달라고 단간 셋방을 찾아오는 사람이 있을 땐 아내 앞에 새삼스레 초라해졌다. 똥 싸는 병으로 사경을 헤매는 딸아이를 살릴 도리가 없다 싶어 비봉산 어딘가를 바라보며 삽을 구해야겠다고 마음먹던 이 지아비가 할 수 있는 것이라곤 고작 남의 글이나 대신 써 주는 그런 재주뿐이란 걸 아내는 어떻게 받아들였을까?

이 즈음 고향에서 한약방을 하는 선배 한 분이 나를 찾아 왔다. 12년 연장이지만 말하자면 지기였다. 그때의 내 주제에 그분을 데리고 어디로 가겠는가? 나는 또 비봉산에 올랐다. 그분은 이 산이 비봉산이냐고 묻더니 웃으며 주머니에서 종이쪽지를 꺼냈다. 신문에 난 내 글이었다. 그리고 시를 한 수 읊는 것이 아닌가!

> 鳳飛千仞飢不啄粟
> 鶴鳴九皐飛必啣蘆

> 봉황이 천 길을 날아, 주려도 좁쌀은 쪼지 않고,
> 학이 늪에서 울지만 날면 반드시 갈을 입에 문다.

학이 날 때 왜 갈을 입에 무는지를 물어 보았다. 갈이 먼저 그물에 닿지 않겠느냐고 했다. 나는 깜짝 놀랐다. 이분이 내게 섭세의 철학을 일러 주는구나 싶었다.

그러나 나는 때로 그물에 걸리기도 하며, 좁쌀이나 쪼며 한 세상을 보냈다. 그런 것들이 쌓이고 엉기고 더러는 삭고 익어서 데데한 나의 글이 되었는지는 모르겠다. 봉황새는 죽실(竹實)만 먹는다던데 뜰 앞의 대나무가 공연히 서걱거린다.

어느 歸路

퇴근길이 너무 짧아 이따금 산길을 걸었었다. 비봉산이라는 나지막한 산이었다. 이곳에 올라와서는 산 아래 전개되는 수많은 집들 사이로 나의 한 칸 방을 찾으면서 동심에 젖어 보기도 하고, 먼 남천 가에 유유히 떠도는 백운 밖으로 병풍처럼 펼쳐 잇는 산봉우리들을 훑어보면서 이 생각 저 생각하다가 자리를 뜨는 게 고작이었다. 달리 산을 좋아할 연유가 있었던 것이 아니었지만, 이곳 선산 땅에 내려온 후 무료하고 허탈한 오후가 될 때에는 곧장 이곳을 찾는 바람에 어느덧 이 산을 좋아하게 되었는지도 모른다. "어진 자는 산을 좋아하고 지혜로운 자는 물을 좋아한다."지만 내 이미 어질지 못해서 허물이 많았는데, 또 靜을 사랑하여 산과 더불어 있고자 하는 이 심정…….

> 사랑하지 않는가 아니 가까워져
> 싫어하지 않는가 아니 멀어져
> 산, 봉우리와 봉우리
> 그칠 줄 알면서 그쳐 있는 그침이여
> 거룩한 그침이여.

이렇듯 한가한 상념 속에 어느덧 황혼이 안개처럼 깔려오면 미련 없이 귀로에 발길이 옮겨졌다. 달리 득실이 없다. 어쩌다가 벗의 청담이 나의 우둔한 침묵을 깨뜨려 주면 좋았을 뿐이었다.

그러던 어느 날 누렇게 물든 오리나무의 이파리가 석양과 더불어 떨어질 때 늘 다니던 길을 버리고 새 길을 헤치면서 이리저리 내려오다가 한 칸 집 고옥 앞에 발길이 멈추어졌다. 단계(丹溪) 하(河) 선생의 비각이었다. 벗의 이야긴즉슨 하 선생이란 바로 사육신의 한 분인 하위지(河緯地) 선생이라는 것.── 어두움은 어느덧 짙어져서 벌레 소리만 그날의 슬픔을 말해 주었고 이따금 스치는 추풍을 안고 마른 잡초의 여운만이 어지러이

움직였다. 한 임금만을 섬기려던 충신의 절조도 시대가 바뀌고 세월이
흐르니 빛을 잃었는가. 충절을 슬퍼하는 마음의 여유마저 기계와 문명은
앗아가고 말았단 말인가.

　사람이 오가고 만나고 떠날 때면 서로 찾아 인사를 나누고, 때로는
배호(百壺)의 미주(美酒)로 석별을 달래건만 천고에 길이 빛날 충절이
바로 인경(人境)에 접했으되, 님의 고절(苦節) 앞에 한잔 술을 기울이면서
그날을 아파한 자 과연 그 몇몇이었던고.

　옛날엔 이 고을 선비들이 향불을 피웠겠지.

　님의 고혼이 흐느끼는 듯 귀로의 발걸음이 한없이 무거웠다.

여항餘香

잠시 동안이었긴 하지만 조선일보와 한국일보의 신춘문예모집에 수필도 들어 있던 때가 있었다. 그 신춘문예모집에 수필 몇 편을 보냈다. 1983년 겨울이었다. 두 사람의 글이 경합한 마지막 단계에서 밀리고 말았다.

나는 1970년부터 지방의 일간신문이며 잡지에 더러 수필을 발표하고 있던 터이라 새삼스레 등단절차를 거칠 필요성을 느끼지 않았었지만 수필이 들어 있는 신춘문예모집 광고를 보았을 때 신문도 신문 나름인지라 눈이 번쩍 뜨였다. 이것이 훗날에 악연을 만들 줄 누가 알았겠는가.

신춘문예에서 떨어뜨린 나의 글을 심사위원의 한 사람이었던 ㅂ 씨가 나한테 허락도 받지 않고 어느 수필 잡지에다가 덜렁 초회추천을 해 버렸다. 심사평은 쓸데없이 혹독했다. 신춘문예 심사가 공정했다는 걸 강조하려 한 검은 속내를 내가 왜 몰랐겠나. 기분이 매우 언짢았지만 그때 조선일보와 한국일보의 신춘문예에 수필이 빠져 버린 터이라 이 잡지의 마지막 추천 과정을 거치기로 마음을 고쳐먹었다.

심사위원을 특정인 명의로 하던 것을 단체 명의로 한다고 하더니 어느 날 나의 수필을 우롱했던 ㅂ 씨한테서 전화가 걸려 왔다. 문화공보부 아무개 국장께 교섭을 해서 그 잡지의 '등록인가'를 받아 주면 나를 등단시켜 주겠다고 했다. 말만 단체 명의지 실권은 그 사람한테 있는 모양이었다. 언론통폐합을 했던 군부 정권 시절이어서 잡지인가를 얻기가 매우 어렵던 때였다. 아닌밤중에 홍두깨. 속이 부글부글 끓었지만 내색은 않고 그냥 싫다고만 딱 잘라 말했다.

그 이듬해에 내가 등단을 하자 그 잡지의 '등록인가' 운운하던 ㅂ 씨로부터 전화가 왔다. '후견인'이 될까 하는데 어떻게 생각하느냐고 은근한 목소리로 떠봤다. 깜작 놀랐다. 말이 후견인이지 충성 서약을 받자는 거 아닌가. '글쎄요'라고 답한 것이 비유하자면 용의 역린을 건드린 꼴이 된 줄은 차차 알게 됐다. 근년에 그 잡지에서 낸 자료에 의하면 그 잡지에 게재된 나의 글이 후배들의 글보다 턱없이 적은 데는 다 까닭이 있었던 거다. 틀림없이, 다른 사람들도 등단할 무렵 ㅂ 씨로부터 후견인이라는 미명으로 충성 서약을 요구하는 전화를 받았지 싶은데 그 사람이 주간했던 잡지에 글도 나보다 훨씬 자주 실리고 회장이니 뭐니 하고 여러 가지 감투도 쓰고 문학상도 타고 했던 걸 보면 그들이 뭐라고 답했는지는 알 만하다.

대학 선생들이 주축이었던 그 잡지는, 자중지란이라도 일어났던지 대학 선생들은 거의 다 빠져나가고 나 보고 등록인가를 받아 달라던 그 ㅂ 씨 한 사람의 수중에 들어갔다. 그는 신인추천을 남발하여 세를 형성했다. 출신 작가가 많아지자 첫 모임을 갖고 회장을 선출하게 되었다. 추천 서열에 따르는 관례대로라면 응당 내가 초대 회장이 되어야 하는데 자칭 그 후견인이 그 자리에 턱 나타나서 좌중의 의견은 한마디도 들어 볼 생각도 않고 대뜸 특정인을 회장으로 지명했다. 체육관에서 우격으로 대통령을 만들던 시절이라 그런 짓거리를 흉내낸 것인지는 몰라도 그보다도 더한 독재였다. 아무도 입을 여는 사람이 없었다. 충성 서약을 잘 지킨 거다. 피지명자는 난잡하게 휘갈긴 엽서로 회합 통보를 했던 바로 그자이고 보면 그자와 짬짜미로 꾸민 짓거리였으리라는 건 삼척동자도 알 만한 일이었다. 내가 속이 상한 것은 회장을 못 해서가 아니었다. 나를 회장으로 호선(互選)하면 무슨 핑계를 대서라도 끝까지 고사하리라는 것이 나의 속내였기 때문이다. 회장이 된 김 모야라는 접장은 내 옆으로 바짝 붙어 앉더니, 초면인 나를 보고 대뜸 한다는 소리가, 박 선생님의 수필 「취한의 허튼소리」는 예사 글이 아니라느니 어떻다느니 하면서 간드러지게 온갖 애교를 다 떠는 꼴이 꼬리만 없을 뿐이지 똑 강아지 같았다. ㅂ씨는 여러 사람이 보는 데서 나에게만 그의 수필집을 한 권 주기에 나 또한 여러 사람이 보는 데서 그 책을 궁둥이에 깔고 앉았다가, 덕수궁 지하철 굴속에서 침을 탁 뱉은 뒤 씩씩거리며 갈기갈기 찢어 버렸다. 집에 와서도 그 사람이 지은 수필집을 모조리 찾아내어 그렇게 단죄했다. 그런 다음 비누로 손을 씻었다.

비누로 손을 씻던 일이 언제 적 일인데 신춘문예 때만 되면 아직도 신열이 나다니…. 신열을 앓으며 봄을 맞고 봄을 보낸다.

올봄에 누가 내게 팔공산 명소를 묻는다면 나는 그 첫 번째로 송광매원(松廣梅園)을 아느냐고 말할 거다. 경상북도 칠곡군 기산면에도 같은 이름의 매원이 있지만 그 매원의 종가라고나 할 팔공산의 매원을 소개할 거다. 팔공산 파계사에서 송림사 쪽으로 조금 가다가 보면 대구광역시와 경상북도의 경계 지점인 작은 고갯마루가 나오는데 이 고갯마루 조금 못 미쳐 오른 쪽 농로를 따라 조금만 올라가면 막다른 곳이 기념관을 갖춘 송광매원이다. 1980년 6월 당시 영남대 교수였던 권병탁 박사가 전남 순천에 있는 송광사에 들렀다가, 절 앞뜰에 서 있는 오백 년 묵은 매화나무 밑에서 우연히 매실을 발견했는데, 황색을 띤 그 열매가 대형인지라 이름 있는 나무는 열매부터 확실히 다르구나 싶은 생각이 들어서, 그 매실 몇 개를 얻어 온 것이 송광매원의 시조가 되었다고 한다. 3월 말 4월 초면 칠백여 그루의 매화꽃이 칠천여 평의 산골짜기 하나를 온통 하얀 구름으로 메워 버린다. 홍매는 고명이요, 백매가 주축이다.

그 후견인인가 하는 작자는 세상을 떠났다. 그가 죽기 전에 그를 이 매원에 초청했더라면 하는 가정을 해 본다. 그와 더불어 이 매원을 거닐며 꽃향기에 취해 본다든가, 잔을 기울이며 매화시를 읊어 본다든가, 이별보다 더 애절한 낙화의 사연을 생각해 본다든가 했더라면 하는 생각을 해 보는 것이다. 그랬더라면 이 신열이 조금은 내렸을까. 하지만 나는 강아지가 아니다.

햇볕이 따뜻해지거든 송광매원에 가볼거나. 꽃을 못 보면 어떡해. 꽃봉오리라도 보겠지. 꽃봉오리도 못 보면 어떡해. 낙화라도 보겠지. 낙화도 못 보면 어떡해. 여향을 찾으리.

허허한 가지 사이로 여향을 찾노라면 내 가슴은 언제나 두근거린다. 두렵다. 여향을 이루는 일이야말로 인생의 대의(大義)가 아닐까 한다. 나는 왜 글을 쓰는가?

2

/

흔들거리며

낙화암落花巖

낙화암, 천야만야한 낭떠러지를 굽어본다. 백마강에는 산그늘이 반쯤 내렸고 조각배며 유람선은 졸고 있다. 바위에 의지하여 제비집처럼 용케도 붙어 있는 고란사는 마냥 고즈넉한데 녹향을 스치는 바람소리 새소리가 한데 어우러졌다.

정자 한 채가 천하절염인 양 조금은 오연하게, 조금은 도도하게, 낙화암 바위 위에 여섯 모 추녀를 펼치고 사뿐히 앉았다. 백화정(百花亭)이란 현판이 잘 어울린다. 꽃잎처럼 떨어져간 삼천 궁녀의 넋을 어찌 이 작은 정자 하나만으로 다 기릴 수가 있으랴만 후세 사람들이 그냥 있기가 너무 애틋해 정자라도 하나 세우자 했겠지.

고란사의 뒷벽에는 특이한 그림들이 보인다. 의자왕이 위장병이 있었는데 부소산에 자생하는 고란초를 달여 먹었다는 전설이 있다. 그 고란초를 달인 탕액인지 약수인지 궁녀가 그걸 의자왕께 바치는 그림이 보이고, 서기 518년 '시마메' '도요메' '이시이'라는 일본 소녀 셋이 비구니가 되기 위해 고란사로 찾아들었다는 소설 같은 설명이 붙은 그림도 보인다. 하지만 궁궐이 불타고 뒤에는 적군이 쫓아오고 삼천궁녀가 치마를 뒤집어쓰고 낙화암에서 떨어지는 광경을 그린 그림이 다른 그림들보다 눈에 확 들어온다. 일생 동안 임금의 손길 한 번 스치지 않아도 치마끈 한번 풀지 못하고 고독하게 생을 마쳐야 했던 궁녀들은, 두 눈에 핏발 선 적군에 의해 더럽혀지느니 차라리 낙화처럼 하르르 내려앉으려 했겠다. 하지만 막상 낙화암에서 천길 벼랑 아래로 몸을 던지려 할 때 얼마나 무섭고 얼마나 떨렸을까. 그때를 떠올리니 가슴이 저려 온다. 그 슬픈 낙화의 의미를 오늘날의 시각으로는 어떻게 헤아려야 할지 나는 알지 못한다.

고란사 아래 샘물이 솟아난다. 나를 보조하는 어린 여자와 나는 서로 물그릇을 양보하느라 작은 소요를 피운다. 이 광경이 뭐가 좋은지 저만치서 한 동료가 급히 카메라를 들이댄다. 물을 마시고 난 그녀가 나를 보며 배시시 웃는다. 웃음이 딴 사람한테 들킬까 봐 얼른 손등으로 입을 가리고 얼굴을 돌린다. 아, 나는 의자왕이 되었으면 좋겠다. 삼천 궁녀가 다 무슨 소용인가. 그 가운데 초선(貂蟬)이나 왕소군(王昭君) 같은 천하의 우물(尤物)이 왜 없었겠나, 그 하나면 되는 것을.

천하의 우물이 누구였던가? 백마강을 굽어보니 유유히 떠 있는 배들은 무슨 말이라도 있을 리 없고 저멀리 흰 구름만 무심히 흐르고 있다. 낙화암에 얽힌 삼천 궁녀 이야기는 후세 사람들이 꾸며낸 설화일 뿐 역사적 사실이 아니라고 한다. 그렇다 하더라도 오늘날의 실사인 듯 사람의 가슴을 이리도 아프게 하는 까닭이 뭘까. 차마 떠나기가 서운하다.

우웅, 우웅 범종 소리가 등 뒤에서 울려온다. 아마도 고란사의 종소리일 게다. 텅 빈 가슴에 어쩐지 슬픈 메아리로 울린다. 좋은 구경했다면서 일행은 떠들썩하지만 나는 말이 싫다. 내 곁을 따르던 어린 여자는 날 보고 어디 아프냐고 조심스레 묻는다. 초선이며 왕소군의 뺨을 치고도 남을 이 여자는 오늘 하루 종일 내 곁에서 무슨 생각, 누구 생각을 하고 있었을까.

이별

     딸아이가 '달룡'이란 이름을 가진 강아지를 얻어 와서 삼 년을 키우다가, 모녀가 짜고 나 없는 사이에 없애버렸다. 없애버렸다는 그 말을 듣는 순간 나는 그 자리에 퍽 주저앉아 일어서질 못했다. 갑자기 혈압으로 쓰러졌나 싶어 모녀는 깜짝 놀라 달려왔다.

     달룡이가 간 곳은 남쪽 저 멀리 월출산 아래라고 한다. 젊은 부부의 고급 승용차를 타고 간 모양이다. 마당도 아주 넓고 이미 개도 한 마리 있는 집인데, 개를 두고 두 아이가 서로 차지하려고 다투어서 한 마리 더 구할까 싶어 인터넷을 살펴보게 됐다고 하더란다. 그런 말을 듣고도 마음이 놓이지 않아 오래오래 키워 달라고 신신당부를 했더니 달룡이가 보고 싶거든 언제든지 놀러오라며 전화번호를 알려 주더라고 했다.

     팔려간 것은 아니지만 달룡이도 얼마나 슬펐을까. 성리학자들은 이른바 '인물성동이'(人物性同異)라 하여 인성과 물성이 같다느니 다르다느니 하고 다투었지만 나는 그런 걸 잘 모른다. 달룡이가 나를 좋아했다는 것만 알 뿐이다. 딸아이를 제일 좋아하고 그 다음이 나였다. 딸아이를 더 좋아하는 것은 목욕도 시켜 주고 데리고 외출도 했기 때문인 것 같았다. 딸이 시집을 간 뒤로부터는 그 정이 나한테로 쏠렸다. 좋아하는

데도 차등을 두고 상황에 따라서 변하는 것은 흡사 사람 같았다.

달룡이는 참 불쌍하게 살았다. 강아지 적부터 송아지만하게 될 때까지 쇠줄에 목이 늘 매여 지냈다. 어쩌다가 풀어주면 껑충껑충 뛰면서 어쩔 줄을 몰랐다. 그런 모습이 매여 있을 때보다 더 안됐었다. 집 안 구석구석을 몇 차례 헤매고 다닌 뒤 현관 가까이에서 안을 들여다보며 늘 그렇게 앉아 있었다. 그것이 제 소임을 다하는 거라고 생각하는 것 같았다.

달룡이는 맹인 인도견이라고 했다. 그래설까, 달룡이는 참으로 순했다. 잠시도 혼자 있지를 못하고 사람한테 너무 붙따랐다. 내가 2층에 올라오면 따라와서 한 시간이고 두 시간이고 밖에서 앞발을 죽 뻗고 나를 기다리든 가, 아니면 어디 갔다가도 내가 나오는 기미를 용케도 알고 달려와서 미안하다는 듯이 꼬리를 흔들었다. 내가 먹이를 주면 한두 번 먹이를 입에 넣다가 말고 고맙다는 듯이 한참씩 나를 쳐다보았다. 내가 화를 내면 목을 길게 빼고 그 큰 귀를 축 늘이고 젖은 눈을 멀뚱거렸다. 화를 내어도 토라지지 않으니 속 좁은 사람보다 낫다고 생각되었다.

달룡이가 차를 타자마자 내 딸과 아내는 거들떠보지도 않고 새 주인 아주머니한테 안겨서 꼬리를 흔들고 온갖 애교를 부리는 꼴이 얄미웠단 다. 얄밉다니, 새 주인 곁이 얼마나 서먹서먹하고 불안했으면 그 녀석이 그랬을까. 그때의 장면을 상상해 보면 나는 아직도 가슴이 아리다.

달룡이를 보내고 계절이 한 차례 바뀌었을 무렵, 내가 사료 한 부대를 샀다. 월출산으로 간다고도 하지 않았는데 뜻밖에도 아내와 딸이 너도나 도 따라나섰다. 달룡이는 우리를 보자마자 끙끙거리며 어쩔 줄을 몰랐다. 사람을 알아보는 듯했다. 눈물이 핑 돌았다. 나는 내내 속으로 울면서 왔다.

개의 수명은 얼마 되지 않는다고 한다. 달룡이 나이가 올해로 몇인가. 아홉 살이 아니면 열 살이지 싶다. 아마도 이 사바를 떠났을 것 같다.

글쎄 여기서 월출산이 어디라고, 나는 가끔 멍하니 남녘 하늘을 바라보곤 한다. 옛날 그 사람은 나를 개만큼도 여기지 않았었는가.

화차火車

　　나는 『천자문』을 배울 무렵부터 할아버지를 따라 기차를 화차라고 했다. 먼 철둑길 모롱이를 박차고 화통에 하얀 연기를 토해 내며 소리치고 달려오는 화차를 바라볼 때면 화차 대가리 속에 뭐가 들었을까, 그것이 궁금했다.

　　나는 중년이 되어서 또 다른 화차를 하나 보았다. 짤따랗고 몽탕하고 새카만 모습이, 높은 소리를 내는 모습이, 연기처럼 일렁이는 하얀 손수건이 모두 화차 대가리였다. 이름하여 루치아노 파바로티.

　　무대 위에 나타날 때면 언제나 왼손 손가락 사이에 끼우고 나와서 팔을 벌리기도 하고 흔들기도 했던, 땀을 닦기도 했던 파바로티의 하얀 손수건. 그 손수건만큼이나 밀접한 사이였던 파바로티의 개인 여비서 니콜레타 만토바니를 기억하는 사람은 아직 많다.

　　1993년, 대학생이었던 만토바니가 용돈을 벌어 보겠다고 파바로티의 신변에서 아르바이트를 하게 되었을 때 그녀는 스물세 살이었고 파바로티는 쉰아홉 살이었다. 아무리 파바로티가 눈부셔 보인다 하더라도 서른여섯 해나 연상인 늙은이에게 어린 그녀가 무슨 딴 마음이 들었겠는가. 게다가 그녀는 오페라를 좋아하지도 않았고 음악 팬도 아니었다고 한다.

파바로티와의 첫 만남에서 만토바니가 인사를 했을 때 파바로티는 인사를 받지 않았다. 사실은 만토바니의 음성이 너무 작아서 파바로티가 알아듣지 못한 거지만 그런 줄을 알지 못한 그녀는 몹시 화가 났다. 남녀 사이란 게 참 이상하지, 파바로티가 따뜻하게 대해 주자 그 노여움은 사랑으로 바뀌었다고 한다. 한 번 기울어진 그녀는 파바로티 화차의 화실(火室)에 석탄이 되어 불탔다. 세상이 떠들썩했다.

한편 1961년에 결혼한 파바로티의 본처 아두아 베로니는 파바로티의 타고난 황음(荒淫)의 바람기는 잡기가 어렵겠다고 일찌감치 체념해 버렸던지, 주로 남녀의 애정을 다루는 오페라에 출연하여 여자들 속에 묻혀 지내는 파바로티의 직업 때문에도 어쩔 도리가 없는 일이다 싶었던지, 가정의 평화를 위해서였던지, 오랜 세월 파바로티 주위의 여비서들이며 여자 가수들과의 숱한 스캔들을 알고도 눈감아 주었다. 그러나 만토바니와의 관계만은 언론에 너무나도 크게 보도되었기 때문이었는지 그 부인은 2000년에 파바로티와 헤어지고 말았다.

기다렸다는 듯, 삼년 뒤 2003년 12월 13일에 만토바니와 파바로티가 결혼식을 올려 또 한 번 세상의 매스컴을 떠들썩하게 했다. 두 사람이 만난 지 십년, 만토바니는 서른세 살이었고 파바로티는 예순아홉 살이었는데 생후 11개월 된 딸이 있었다. 그러나 결혼한 지 4년도 못 되어 파바로티가 죽었다. 2007년 9월 4일이었다. 화차가 증기를 내뿜으며 흡사 탄식이라도 하듯 푸우, 하고 이름 모를 어느 철둑길에 멈춰서고 말았다고나 할까? 누가 이 화차에 돌을 던질 것인가?

나는 지금 팔공산 꼭대기에 올라왔다. 눈보라가 휘몰아치고 있는 팔공산 동봉. 병을 고친다면 눈보란들 마다하겠나. 맥을 짚던 한의사가 이것저 것 묻더니 내 병을 이십년도 넘은 아주 오래 된 심화라 했다. 심화가 뭐냐고 물었더니 화병이라 했다. 이십년이 넘은 병이라니, 이제 나는 죽는구나 싶었다. 등산을 하면 입맛이 돌아오고 답답한 가슴도 트이게 된다기에 설경도 볼 겸 나섰던 거다. 이번이 세 번짼데 두 번은 이십년 전이다. 그때나 지금이나 혼자 왔다. 이번이 마지막이 되지 싶은 생각이 들어 이를 악물고 더러는 엉금엉금 기어오르기도 했다. 옛날 중앙선 화차가 미끄러졌다가 기어오르고, 미끄러졌다가 기어오르길 몇 차례나 반복하며 똬리굴을 돌고 돌아 죽령을 넘던 그때가 생각나서 피식 웃기도 했다.

눈을 쓸고 바위에 앉았다. 땀이 마르고 나니 몸이 오싹하다. 바람 끝이 맵다. 어디선가 새소리가 난다. 이 엄동설한에 이렇게 높은 산꼭대기에서 저 미물들이 하는 말이란 뭘까. 그리움일까, 원망일까, 눈물일까. 나 또한 나직이 뇌어 본다. "만토바니 만토바니……." 괜히 눈물이 핑 돈다. "만— 토— 바— 니——" "만— 토— 바— 니——" 몇 번이고 몇 번이고 목이 터져라 외쳐 본다. 나는 영락없는 화차이건만 이런 줄을 누가 알까. 저승의 파바로티가 알까. 이승의 만토바니가 알까. 인물로 따진다면 만토바니보다 백배 더 나은 옛날의 그 사람이 알까. 그 사람, 만토바니에 덧놓이는 그 사람.

나는 눈을 툭툭 차며 공연히 화가 나 있다.

우수憂愁

바람만바람만 당신을 좇아 얼마를 걸었던가?

당신은, 저의 많은 원고를 또박또박 원고지에 옮겨 써 주기도 하셨고, 퇴고 과정에서 글을 소리 내어 읽어 주기도 하셨습니다. 「책연기」라는 글을 보시고는 거짓말 같다며 웃기도 하셨고, 「산방일몽」이란 글을 보시고는 혼자말로, "이 글 쓰면서 마음이 아팠겠다."라고도 하셨지요. 그때 저를 바라보시는 당신의 눈에 하나 가득 담겨 있던, 눈물과도 같은 연민의 정을 제가 어찌 잊을 수가 있었겠습니까?

소식 모르고 살 때에는 다시는 못 볼 줄 알았는데 십 년이 훨씬 지난 뒤에 이렇게 만나다니요. 꿈같아요.

　　창문을 열면
　　머언 산 봉우리가
　　우르르 내 방으로 들이닥치고
　　눈감으면 가슴 그득 그대뿐이네

이런 푸념 같은 걸 시라 할 수 있을까요? 당신 생각이 날 때 그저 염불처럼 많이도 중얼거렸던 말일 뿐입니다. 저의 휴대폰의 컬러링이 되었던 차이콥스키의 「안단테 칸타빌레」며 「동심초」 같은 애절한 음악을 듣기도 했었고 제가 뭘 잘못했는지 곰곰이 생각해 보기도 했었죠.

이제 우리가 다시 만났다고는 해도 저의 원고를 정리해 주시고 글을 평해 주시던 당신의 그런 자유로운 모습을 다시는 볼 수 없겠군요. "우리는 갈 길이 서로 달라서요." 그 옛날 당신의 편지에서 저를 능치듯 한 당신의 이 말씀이 오늘따라 왜 이리도 저의 가슴을 새삼스레 아프게 하는지….

어떤 이는 저의 글에서 알퐁스 도데적인 분위기가 느껴진다고 합니다. 황공하게도 그것이 사실이라면 저의 글이 더러는 소설적 구조인 데다가 어느 정도 슬프게, 어느 정도 아름답게, 어느 정도 리얼하게 보여서 그런지는 모르겠습니다. 이것은 제가 문재(文才)가 있어서가 아니라 오랜 세월 저의 가슴속에 뭉쳐 있는 염증과도 같은 우수 때문일 거예요. 꿈에서라도 한 번 저는 당신으로, 당신은 저로 바꾸어 태어났으면 좋겠어요.

바람이
많이 불던 날

바람이 많이 부는 가을날이었다. 플라타너스 낙엽이 휘날리는 어느 공원 옆 한길 가에 우두커니 서 있었다. 누가 내 어깨에 손을 살짝 얹기에 돌아보니 플라타너스 낙엽이었다. 낙엽이 아니라 바람이 아닌가. 바람은 놓치고 그 낙엽을 가만히 주었다. 그때, 저만치서 한 묘령의 여자가 큼지막한 누런 봉투 서너 개를 들고 걸어오고 있었다. 어깨가 비딱해진 것이 퍽 힘겨워 보였다. 울면서 길을 걷고 있었던지 가까워지자 손등으로 눈물을 닦으며 더 흐느껴 울었다. 그 눈빛이 내게 뭔가를 간절히 호소라도 하는 듯 했다. '백주 대로에 다 큰 처녀가 앙앙 울면서 길을 걷다니….'

왜 우느냐고 물어 보았다. 답이라고 하는 말인즉슨 같잖은 오만이었다. 직장 사람들이 자기한테만 심부름을 시킨다는 거였다. 분을 삭이지 못하는지 울면서도 계속 숨을 할딱거렸다. 아버지는 얼굴도 모를 때 타계했고 포장마차를 하는 어머니, 남동생, 세 식구라고 했다. 찻잔만 만지작거리며 묻는 말에 답을 할 뿐 얼굴은 어딘가 냉소를 띠었지만 청순가련하기 그지없었다. 그 냉염(冷艷)은 이미 세상을 다 알아버렸다는 도도한 태도가 아닌가 싶었다.

한없이 청초한 애리애리한 자태에 등을 뒤덮은 산발한 적발이라니, 담탕(淡蕩)히 흐르는 이국정취가 요기스러웠다. 머리털을 간신히 헤집고 드러난 갸름한 얼굴에 어리는 복사꽃 빛이 예사스럽지가 않았다. 눈물이 글썽글썽한 쌍꺼풀진 커다란 눈은 알 수 없는 슬픔을 머금었고, 늘 찡그리는 양미간에는 깊은 우수의 그림자가 드리워져 있었다. 장수는 목이 없고 미인은 어깨가 없다는 말 누가 했더라, 학처럼 가느다란 긴 목에서부터 처진 듯 조붓한 어깨를 타고 흘러내리는 곡선은 꿈처럼 몽롱했다. 조금 미숙한 듯한 그 곡선은 아래로 내려가면 전혀 예상을 깨고 손가락으로 살짝 건드리기만 해도 물이 질퍽해질 듯, 잘 익은 수밀도가 되어 있을 것만 같았다.

그녀는 무단히 소식을 뚝 끊어 버렸다. 만난 지 햇수로 팔 년 만이었다. 그때는 아직 휴대폰이 나오지 않았을 때라서 사무실로 전화를 해보았더니 어떤 사내가 당장 덤벼들 듯이 퉁명스러운 말투로, 퇴직했다고 했다. 갑자기 발아래가 푹 꺼지는 듯했다. 긴가민가했지만 찾아가 본다든가 하지는 않았다.

스쳐간 인연이려니 하고 쓰라린 가슴을 눌렀다. 가끔 주희(朱熹)의 「무이도가」(武夷棹歌) 한 구절을 읊조렸다.

虹橋一斷無消息
萬壑千巖鎖翠烟

무지개다리 한번 끊어져 소식 없고
만학 천암이 푸른 연기에 갇혔구나!

세월이 흘러 열두 해 만이었다. 연말이 가까운 십이월 어느 날 그녀한테서 전화가 왔다. 순간, 이상하게도 숨이 턱 막혔다. 부들부들 떨면서 아무개 맞느냐고 다시 한 번 확인했다. "아, 하느님 감사합니다."라는 말이 나도 모르게 툭 튀어나왔다. 다니기는 팔공산 돌부처한테 다녀 놓고 하느님을 찾은 거다. 퇴직하지 않았으면서 왜 거짓말을 했었느냐고 했더니 자기는 전혀 모르는 사실이라고 했다. 직장이 보험회사가 아니지만 가끔 보험설계사 업무를 해야 한다며 은근히 에둘렀다. 모호한 말투는 조금도 변하지 않았다.

그녀를 데리고 어느 한적한 일식집에 들어갔다. 그녀는 뜻밖에도 다음을 기약하는 말부터 꺼냈다. 대략 한 달에 한 번 꼴로 만나자고 했다. 내가 하고 싶었던 말이 아닌가. 꼭 꼬집어 주고 싶었다. 이윽고 그녀는 어떤 여자 얘기에 여념이 없었다. 다음부터는 셋이서 만나자느니, 둘이서는 만나지 않겠다는 말이 아니라느니 했다. 비틀어 주고 싶었다.

그녀의 부탁거리에 대한 서류를 작성하려고 그녀가 식탁을 둘러 내 곁으로 왔다. 나의 인적 사항을 받아쓰면서 그녀의 왼손 손끝이 두어 번 내 오른손 손등 살갗에 가볍게 스쳐 몸이 웅송그려지도록 자리자리했다. 아까 서운했던 마음이 일시에 확 풀렸다.

자리를 파하고 바깥에 나오니 추적추적 비가 내렸다. "아, 비오네." "저도 비가 좋아요." 쓸쓸한 겨울 비! 올 때처럼 그녀의 자그마한 승용차 옆자리에 앉았다. 차 안은 어둡고 적막한데, 희미한 가로등 불빛이 유리창에 흐르는 빗물을 핥고 있었다. 그녀는 미처 라이트를 켜지 못했다. 열쇠를 꽂았지만 손은 떨고 있었다.

"할아버진 무슨, 아저씨지." "저도 젊진 않잖아요?" 배시시 웃으며 던지는 이런 말은 사람을 설레게 했고, 두 손으로 공손히 잔을 받드는 섬섬한 자태가 술보다 더 사람을 취하게 했다.

취한 사람을 그녀는 노고지리 개 속이듯 번롱(翻弄)했다. 붉은가 싶으면 노랗고 노란가 싶으면 파랗고 파란가 싶으면 하얘지곤 했었다. 그녀는 늘 바람에 날리는 낙엽이었다고나 할까. 플라타너스 낙엽.

바람이 본디 정한 곳이 없거늘 어찌 낙엽의 심사를 매어 둘 수 있었으랴! 한갓되이 세월만 저 홀로, 흐를 대로 흘렀다.

바람이 많이 부는 가을날이다. 지향 없이 뒹굴던 플라타너스 낙엽이 차바퀴에 휘감긴다. 참 스산하다. 아까부터 바람이 거세진다 싶더니 갑자기 미친 듯이 휘몰아친다. 이쪽으로 걸어오던 한 여자의 짧은 치마가, 우산이 바람에 훌렁 뒤집히듯 한다. 순간, 옛날의 그녀가 이 여자에 오버랩되면서 치마가 훌렁 뒤집힌다.

머무름 없이

　　큰절을 지나쳐 꼬불꼬불 더 높이 산을 탔다. 산수 경색이 점입가
경이었다. 계곡을 가르고 저만치 줄달음쳐 가는 물줄기, 멍청한 바위들,
은은한 녹향, 삽상한 송운, 조잘대는 새소리, 천공에 떠 있는 흰 구름….
첩첩산중 깊숙이 사람의 종적이 끊어졌는데 빠끔히 뚫린 오솔길 따라
얼마를 걸었을까. 산모롱이를 돌아드니 기와집 서너 채가 옆옆이 늘어앉
아 졸고 있었다. 간간이 이어지는 풍경 소리는 저 홀로 풍정에 겨웠고
자그마한 연못엔 사람도 풍경 소리도 모르는 척 하얀 연꽃이 피어 있었다.
　　보아하니 그 난아(蘭若)엔 여승들뿐인 듯했다. 나를 보자마자 하나같이
방문부터 닫아 버렸다.
　　이 나그네가 기웃거리게 된 것은 주련의 시구가 눈길을 끌었기 때문이
다. 그 시를 베끼고 싶었지만 필기구가 없었다.
　　필기구를 빌릴까 하였으나 사람이라곤 먼눈에 스님 한 분이 보였을
뿐이었다. 조금 망설이다가 조용조용 다가갔더니 스님은 저쪽으로 휘적
휘적 가버렸다. 나는 연못 가로 슬그머니 물러났다.
　　하얀 연꽃이 하도 아름다워 얼마간 하염없이 바라보고 있었을 뿐인데
방금 백련(白蓮)의 화신인 듯 유난히도 얼굴이 흰 한 여승이 다소곳한

자태로 내 곁을 막 스치고 있었다. 스무 살은 넘었을까, 아리따운 자태에 정신이 아뜩했다. 젖은 듯한 크고 깊은 눈은 어쩐지 슬픈 과거를 가진 여자 같아 보였고, 조금 야윈 얼굴은 청순가련했다. 얼굴과는 달리 승복에 갇힌 몸매는 터질 듯 흐벅졌고 확 드러난 허연 목덜미께로 한낮의 햇볕이 어떤 열정처럼 마구 부서지고 있었다.

시가 하도 아름다워 베끼려 하나 필기구가 없다는 내 말에 스님은 뜻밖에도 이렇게 응수했다.

"연꽃을 보시나요?"

꽃의 본분사(本分事)를 물었던 걸까. 처염상정(處染常淨), 독탈자재(獨脫自在)를 물었던 걸까. 나는 어쩐지 말이 나오지 않아 고개만 끄덕여 보였다.

山堂靜夜坐無言
寂寂寥寥本自然
何事西風動林野
一聲寒雁唳長天

이 시를 봉사 무장 떠먹듯이 해독해 보다가 좀더 말을 걸어 볼 요량으로 이 시를 우리말로 번역해 주기를 스님에게 청해 보았다. 수줍은 듯 망설이더니 이윽고 나직이 읊어 주었다. 천만 뜻밖에도, 감정을 넣어서 리드미컬하게 읊는 것이 아닌가.

산사 고요한 밤 앉아서 말없고
적적하고 요요하니 본디 저절로 그러해

어인 일일까 서풍은 수풀을 흔들고
한 소리 겨울 기러기 장천에 우는구나

이 시는, 『금강경』의 「장엄정토분」(莊嚴淨土分)에 나오는 "마땅히 머무르는 바 없이 마음을 내야 한다."(應無所住 而生其心)라는 구절에 부친 야보도천(冶父道川) 선사의 선시인 줄을 내 주제에 어찌 알았겠나. "마땅히 머무는 바 없이 마음을 내야 한다."는 이 말을 듣고 선종의 육조(六祖) 혜능(慧能)이 처음의 깨달음을 얻었다고 하는 이야기만 들었을 뿐이었다.

이 시의 뜻이라든가 출처 같은 것을 섣불리 묻다간 무식만 드러내 보일 것 같아 다만, 스님의 낭송을 듣자니 너무 애틋해진다고만 말했다. 내 말에 스님은 반기는 기색이 역력했다. 새치름해 보이던 첫 인상과는 달리 스님의 본새는 차차 오랜 친구 같아졌다. "한 번 더요." "한 번 더요." 이렇게 나는 스님을 자꾸 졸랐다. 몇 번을 읊었을까? 나중엔 둘이서 노래를 부르듯 같이 읊었다. 하나는 원시를 하나는 번역시를 읊기도 했다. 문득 마주 보며 미소를 짓기도 했다. 그런 웃음이 우스워 킬킬거리기도 했지만 잠긴 듯, 수수로운 듯 스님의 목소리는 사람의 마음을 어지럽혔다.

헤어질 때 스님은 돌아앉아 잠시 뭔가를 적는가 싶더니, 내게 자그마하게 접은 쪽지 하나를 쥐어 주었다. 꼭 집에 가서 펴 봐야 한다고 웃으며 말했다. 그 쪽지가 불학에 판무식이었던 내겐 말하자면 일지경(一紙經)이었던 셈이다.

홍자성(洪自誠)의 글이 적혀 있었다.

風來疎竹 風過而竹不留聲
雁渡寒潭 雁去而潭不留影

바람이 성긴 대에 불매 바람이 지나가면 대에 소리가 머무르지 않고
기러기가 겨울 못을 건너매 기러기 가고 나면 못에는 그림자가 머무르지
않는다

이런 시도 있었다.

人生到處知何似
應似飛鴻踏雪泥
雪上偶然留指爪
鴻飛那復計東西——「和子由澠池懷舊」抄

인생 도처에 무엇과 같아야 하는 줄 아는가
마땅히 날아다니는 기러기 눈 밟듯 해야 하느니
눈 위에 우연히 발자국 남지만
기러기 날고 나면 어찌 다시 동서를 알겠나*

---

*   人生到處知何似
應似飛鴻踏雪泥
雪上偶然留指爪
鴻飛那復計東西
老僧已死成新塔
壞壁無由見舊題
往日崎嶇還記否
路長人困蹇驢嘶——「和子由澠池懷舊」

인생 도처에 무엇과 같아야 하는 줄 아는가
마땅히 날아다니는 기러기 눈 밟듯 해야 하느니
눈 위에 우연히 발자국 남지만
기러기 날고 나면 어찌 다시 동서를 알겠나
늙은 중은 이미 죽어 새 사리탑을 이루었고

설니홍조(雪泥鴻爪)란 말이 생겨난 시로 잘 알려진, 소동파의 「면지에서의 옛일을 생각하며 자유에게 답한다」(和子由澠池懷舊)라는 시의 일부분이다.

야보도천 선사는 『금강경』의 "마땅히 머무르는 바 없이……"라는 구절에 부쳐 서풍이 수풀을 흔들고 겨울 기러기 장천에 운다고 은유하였을 뿐 말을 다하지 않았지만 소동파와 홍자성은 수다스레 다 말해 버렸다.

여기에 부쳐 이 사람도 한마디 거들어 볼거나.

> 수풀에 부는 바람 불고 나면 그만이고
> 가지에 재잘대는 새떼도 날고 나면 그만인데
> 왜 바람만도 못합니까 왜 새만도 못합니까
> 선득하던 그 순간 무딘 날인 줄 알았는데

허물어진 벽은 옛 글씨가 보이지 않네
기구하던 지난날을 아직 기억하는가
길은 멀어 사람은 지치고 절룩거리는 나귀는 자꾸 울었었지

가우 원년(1056) 3월, 스물한 살 蘇軾은 동생 蘇轍과 함께 과거를 보려고 아버지(蘇洵)를 따라 수도 開封으로 가게 되었는데 도중에 면지(澠池:지금의 하남성 면지)의 서쪽 二陵에 이르러 타고 가던 말이 죽어 버려 거기서 면지까지는 나귀를 타고 갔다. 면지의 어느 절에서 하룻밤 묵었다. 그때 길은 멀어 사람은 지치고 절룩거리는 나귀는 자꾸 울었다. 5년 뒤 가우 6년(1061) 겨울, 蘇軾은 鳳翔府僉判으로 부임하기 위해 면지를 거쳐 鳳翔(지금의 섬서성 봉상)으로 들어가고 있었는데, 이때 동생 蘇轍로부터 부쳐 온 「면지의 일을 생각하며 자첨 형께 보냅니다」(懷澠池寄子瞻兄)라는 시를 받았다. 이 시에 화답하여 보낸 시가 「면지에서의 옛일을 생각하며 子由에게 답한다」(和子由澠池懷舊)라는 시이다. 그때 환대해 주던 스님은 죽어 사리탑만 남았고, 낡은 벽은 허물어져 써 놓았던 글씨는 흔적 없었다. 때마침 눈이 와서 봉상으로 가는 스물여섯 살 蘇軾은 쓸쓸한 정회를 주체할 수 없었으리라. 설니홍조(雪泥鴻爪)는 이 시에서 생겨난 말이라 한다.

시간이 갈수록 점점 더 아려요

불고 나면 그만인 자리
날고 나면 그만인 자리
그만인 그 자리가 너무 아득해
세월이 가도 이 가슴이 이리 아픈가요

3
/
빈둥거리며

구령口令

　나는 지금 대구의 '신천대로'를 따라 퇴근하는 중이다. 교통체증이 당연지사가 되어 버린 이 대도시에서 나의 퇴근길은 쾌적하기 그지없다. 시속 백 킬로 이상도 놓을 수 있지만 반대쪽 차선에서 끙끙거리는 거북들 보기에 좀 뭣하다. 아침 출근할 때 그렇게도 환하게 뚫려 있던 저 차선이 퇴근 때는 저리도 복잡하고, 출근 때 밀리던 이 차선이 퇴근 때는 이리도 탁 트인다.

　그러나 집을 살 때도, 직장이 신천대로로 옮겨온 것도 그것을 예측했거나 일부러 그리 한 것이 아니요, 살다 보니 저절로 그렇게 되었다. 내가 사는 곳과 직장이 서로 위치가 바뀐다면 나는 출근 때나 퇴근 때나 처지가 바뀔 거다.

　내가 신천대로를 따라 왔다 갔다 하듯이, 사람의 힘으로는 어찌할 수 없는, 보이지 않는 그 누군가가 아주 큰 걸음걸이로 왔다 갔다 하는지도 모른다. 한번 오면 낮이 되고 한번 가면 밤이 되고, 한번 오면 봄이 되고 한번 가면 가을이 된다. 오고 가는 걸음에 따라 누군 웃고 누군 울고, 어떤 때는 나아가고 어떤 때는 물러난다. 내가 신천대로를 따라 왔다 갔다 하는 것은 보이지 않는 그 누군가의, 들리지 않는 구령에 따르는 것인지도 모를 일이 아닌가.

아차, 너무 달렸구나! 도청교도 지났고 성북교도 지났다. 별수없이 서쪽으로 더 빠져야겠군. 이러다간 서대구 쪽에서 시내로 진입하여 나 또한 거북이 되겠다. 이것까지도 그 누군가의 걸음걸이 때문일까. 아니다. 내가 정신을 차리지 않았기 때문이다. 토끼가 되었든 거북이 되었든 그것을 극진히 하는 것은 사람이 아닐까 한다. 사람이 가지 않아도 길이 저 홀로 나는가? 사람이 가지 않으면 있던 길도 없어진다. 사람 있고 길 있다. "사람이 도를 넓히는 것이지 도가 사람을 넓히는 것이 아니다."(人 能弘道非道弘人)라든가 "만약 사람이 아니라면 도는 헛되이 행해지지 않는다."(苟非其人道不虛行)라는 말에서 道를 仁이니 뭐니 하지 말고 글자 그대로 길(도로)이라고 해석해 보면 공자님 말씀은 나의 생각과 조금도 다르지 않다.

口와 令을 합치면 命이 된다. 口令은 하늘만이 내리는가. 하늘의 口令은 사람이 자초하는지도 모를 일이 아닌가 한다.

물꼬

어릴 때 나는 할아버지에 이끌려 이따금 논두렁을 걸어 다녔다.

논두렁에는 구석진 곳에 한두 군데 물꼬가 있게 마련이다. 논두렁 없는 논배미가 없듯이 물꼬 없는 논두렁도 상상할 수 없다. 물꼬는 논의 숨통이라고 할까.

물꼬를 통하여 물이 윗 논에서 아랫 논으로 흘러내린다. 물을 더 잡고 싶으면 물꼬를 높이고 물을 더 빼고 싶으면 물꼬를 낮춘다.

논두렁을 걸어 다니다가 시끄럽게 울리는 물꼬에 다다르면 할아버지는 발길을 멈췄다.

"이 놈! 물꼬를 아느냐?"

이렇게 한마디 툭 쏘아붙이듯 말씀하시곤 했었다.

물꼬를 향해 부챗살처럼 모여드는 물살은 물꼬를 넘어 아랫 논으로 내리꽂힌다. 야트막한 폭포는 웃음이 자지러지듯 호젓한 논두렁을 흔들어 놓는다. 윗 논을 적시며 살찌우며 노역하다가 미련도 여한도 없이 무심히 떨어지는 물줄기. 포말로 부서지며 잠시 작디작은 웅덩이로 맴돌다가 도랑을 돌아 다시 노역의 광장으로 뿔뿔이 흩어져 간다. 물은 또다시 그 다음의 물꼬를 넘어 다음 논배미로 이어져 내려간다.

논두렁마다 쏟아지는 이 물꼬의 음향은 시절이 좋고 보면 뜸부기의 울음 소리와 어우러져 한가롭고 평화롭기 그지없지만 시절이 어긋나면 물꼬의 언저리엔 심각한 현상이 벌어지기도 한다. 물꼬 곁에서 밤새워 물꼬를 지키려는 윗 논 김씨, 물꼬를 트려고 천방에 숨어서 기회를 엿보는 아랫 논 이씨. 김씨와 이씨가 삽과 괭이를 들고 으르렁거릴 때면 물꼬에는 개구리도 울음을 삼킨다.

심술이 고약한 농부는 가물 때는 숫제 물꼬를 없애 버린다. 논둑이 찰랑찰랑 넘칠 것 같아도 물 한 방울 내려보낼 생각을 하지 않는다. 밤새워 지킨다. 그러다가 논둑의 한 곳이 터지기라도 하는 날이면 논바닥의 물은 일시에 죄다 빠져 버린다. 물꼬는 물이 스쳐 흘러도 바닥이 파이지 않도록 만들어 놓았지만 터진 논둑은 걷잡을 수 없이 자꾸 파이고 터져 나가 마침내 논둑은 논바닥보다 더 낮아지기 때문이다.

이번 여름 방학 땐 중학생이 된 아들 녀석을 앞세우고 고향에 가서 옛날 그 논두렁을 거닐면서 할아버지 얘기를 들려줄까 한다.

오합짚신

 2차 세계대전이 극으로 치달으면서 일본과 미국 사이에 미드웨이 해전이 벌어졌던 1942년 6월이 막 지나고서였다. 아버지는 징용을 피하려고 병화가 미치지 않는다는 상상의 동네라고나 할 우복동(牛腹洞)을 찾아 속리산 근방을 두루 탐색하다가 우복동이려니 하고 솔권해서 숨어든 곳이 경상도 문경의 어느 빗접 같은 산골 마을이었다.

 이듬해 나는 나이 열 살에 '국민학교'에 들어갔는데 신발이 없어서 맨발로 다니게 되었다. 그때 할아버지는 이 손자한테 짚신 삼는 걸 가르쳐 주셨다. 나는 짚신 삼는 것이 아이들과 노는 것보다 더 재미있었고 내가 삼은 짚신을 신고 학교에 다녔다.

 짚신을 삼는 것도 가마니 같은 멱서리를 겯는 것과 같은 원리다. 날줄과 씨줄의 어긋매낌이다. 자신의 짚신을 삼자면 먼저 자신의 집게손가락 굵기의 새끼를 자신의 한 발 길이보다 낙낙하게 야물게 꼰다. 그 새끼의 두 끝을 맺은 다음 그것을 합쳐 반으로 접되 매듭이 한 쪽 끝으로 가게 해야 한다. 앉은 자세에서, 접은 두 새끼의 중앙을 함께 아랫배 한 중간의 허리띠에 맨다. 그 두 끝을 두 다리의 발끝에 각각 건 다음 두 무릎을 옆으로 제치고 두 발꿈치 안쪽을 맞대고 두 발끝을 약간 벌린 채 새끼가

팽팽해지도록 두 다리를 천천히 편다. 네 개의 날줄이 된 거다. 이 날줄을 짚으로 결으면 짚신의 바닥이 된다. 결으면서 양 옆으로 맨 앞의 엄지총을 비롯하여 총도 내고 짚신 양 옆구리에는 돌기총도 내고 바닥의 뒤꿈치에는 뒤축도 세우지만 짚신의 기본은 바닥이다. 볏짚 세 개를 합쳐서 날을 결으면 바닥의 발이 쫀쫀한 짚신이 되는데 이런 짚신을 삼합혜(三合鞋) 또는 삼합짚신이라 하고, 다섯 개의 짚대를 합쳐서 날을 결으면 바닥의 발이 엉성한 짚신이 되는데 이런 짚신을 오합혜(五合鞋) 또는 오합짚신이라고 한다. 그때 할아버지와 나는 육합혜 칠합혜 같은 짚신은 삼지 않았다.

할아버지는, 삼합짚신을 삼을 때에는 겯는 짚대를 단단히 끌어당기고 오합짚신을 삼을 때에는 힘껏 당기지 말고 느슨하게 삼도록 가르쳤다. 그러니 오합짚신은 모양이 좋을 리가 없다. 어린 마음에도 이상하다 싶어 그 까닭을 알고 싶어 했더니 할아버지는 혼자 생각해 보라고만 하셨다.

짚신 한 죽을 삼으면 한두 켤레는 꼭 오합짚신을 삼도록 했는데 나는 이 오합짚신이 싫었다. 그러나 할아버지는, 산에 들어갈 때나 봄이 되면 식구들에게 이 오합짚신을 신도록 당부를 하였다. 나는 왜 그래야 하는지도 모르면서 그렇게 했다.

산에는 벌레가 많기 때문에, 봄에는 벌레가 막 태어나기 때문에 그 벌레를 덜 다치게 하려고 바닥이 성기고 무른 오합짚신을 신는다는 오합짚신의 상징적 의미를 코흘리개였던 그때의 내가 어찌 알 수가 있었겠는가.

밟히는 것은 벌레만이 아니다. 벌레보다 더 처참하게 더 욕되게 밟히는 것은 사람이다. 오합짚신을 신은 발은 도리어 오합짚신을 신지 않은 발밑에 밟히고 마는 것이 인간세상이다. 이런 줄을 번히 알면서도 마음의 섬돌 위에 오합짚신 한 켤레를 놓아두는 사람들이 어딘가에 있어 왔기에 이 세상이 그럭저럭 지탱되어 가는지도 모른다.

아기 곰처럼 한창 장난이나 칠 열 살 코흘리개가 어둑한 방안에만 들어박혀 짚신을 삼는 궁상맞은 꼴을 가끔 떠올려 보면 빙시레 웃음이 나온다. 죽기 전에 다시 한 번 짚신을 삼아 볼까 한다. 아들은 머리가 굵어 내 말을 잘 듣지 않을 것이니 손자가 나면 손자와 더불어 짚신을 삼아 볼 것이다.

할아버지의 담뱃대

어릴 때 나는 할아버지와 거처를 같이 했다. 끼니때면 할아버지와 겸상을 했는데, 내가 남김없이 다 먹어치우고 나면 할아버지는 담뱃대로 나의 머리통을 딱, 때리셨다. 할아버지와 같이 새끼를 꼬기도 했는데, 새끼 꼬기를 마치고 새끼를 사려야 할 때면 끝을 맺지 말고 그대로 사려야지 끝을 맺었다가는 할아버지 담뱃대가 그냥 있지 않았다. 할아버지는 또, 모심기를 하거나 벼를 베거나 할 때에도 조금씩 덜 심고 덜 벤 채 논 귀퉁이를 남겨 두도록 하셨는가 하면, 감을 따 들일 때면 감나무 꼭대기에 언제나 한두 개씩 남겨 두도록 그 긴 담뱃대를 뻗쳐 들고 언명하셨다.

밥을 죄다 긁어 먹지 말라든가, 새끼 끝을 맺지 말라든가, 모를 덜 심은 채 벼를 덜 벤 채 논 귀퉁이를 조금씩 남겨 두라든가, 심지어 방이나 마당을 쓸 때 싹 쓸지 못하게 한다든가, 이러한 분부도 분부려니와 맨 꼭대기의 감은 더 눈길을 끌게 마련인데 그걸 따지 말고 남겨 두라니, 참 이상하다 싶었다.

한번은 징징거리며 그 까닭을 알고 싶어 했더니,

"이 노옴! 스스로 궁리할 요량은 않고 까닭을 물어!"

순간 할아버지의 담뱃대는 눈에 불이 번쩍 나도록 내 머리통을 후려치셨다.

할아버지의 담뱃대, 그 긴 담뱃대가 이 어린 손자의 머리 위로 딱, 하고 바람을 가를 때면 뭔가를 일깨워 주시고 싶었겠지만 그래서 침묵하셨을 그 역설을 깨닫기엔 나는 너무 드리없는 철부지였다. 눈물을 글썽이며 두 손으로 머리통을 감싸 쥐고 달아나기 바빴을 뿐 미거한 이 손자가 어찌, 할아버지가 장죽을 치시는 뜻을 헤아려 볼 줄 알았겠는가?

많은 세월이 흘러 나 또한 할아버지가 되어 버린 지금에 와서, 할아버지의 그 긴 담뱃대가 요즘 들어 문득문득 내 머리통 속에서 이명처럼 운다. 할아버지 곁으로나 돌아갈 모양인가? 내 마음속에 할아버지의 장죽을 품지 못한 채 비칠거리며 한세상을 아무렇게나 뒹굴었던 이 손자가 무슨 낯으로 할아버지를 대할까. 밥을 죄다 긁어 먹을 수도 있고, 새끼 끝을 맺을 수도 있고, 모를 다 심고 벼를 다 벨 수도 있고, 감을 다 따 치울 수도 있고, 방이고 마당이고 싹 쓸어버릴 수가 있다는 것, 이런 것들은 아무 것도 아닌 것 같지만 알고 보면 권능이라면 큰 권능이요 복이라면 큰 복인 줄을 백발이 되어서야 깨닫게 되었을 뿐 할아버지가 장죽을 치시던 그 뜻을 나는 아직도 깨달았다고는 할 수 없다. "하늘이 무슨 말을 하던가? 사시가 행하고 만물이 생하지만 하늘이 무슨 말을 하던가?"(天何言哉 四時行焉 萬物生焉 天何言哉)

"이 노옴! 말도 한두 마디는 남겨 두라 했거늘!…" 할아버지의 담뱃대가 아직도 딱, 하고 내 머리통을 내리치시는 것만 같다.

뿔 달린 술잔

　　술은 입술을 적시는 데에서 술맛이 난다. 물마시듯 벌떡벌떡 마셔서야 무슨 맛을 알겠는가. 술주자(酒)가 삼수변(三水邊)에 닭유(酉) 방(旁)을 한 글자이듯이 술은 닭이 물을 쪼아 먹듯, 턱을 벌렁 치켜들고 먹는 시늉만 해야 한다지 않는가.

　　"술 마시는 것에 믿음을 둘만 하면 허물이 없다. 머리를 적시면 믿음이 옳음을 잃으리라."(有孚于飮酒 无咎 濡其首 有孚 失是)『역경』의 마지막 말이다. 여기에 부쳐, "술 마시어 머리를 적시는 것은 또한 절도를 모르는 것이다."(飮酒濡首 亦不知節也)라고 공자는 부연했다.

　　뿔 달린 술잔, 인간은 술을 절제하기 위해 별걸 다 만들었던 모양이다. 뿔 달린 술잔을 쓰고서도 절주가 되지 않자 공자는 탄식했다. "뿔 달린 술잔이 뿔 달린 술잔이 못되면 뿔 달린 술잔인가, 뿔 달린 술잔인가?"(觚不 觚哉觚哉)

　　물욕을 절제하기가, 애욕을 절제하기가, 미움을 절제하기가, 권력을 절제하기가 아, 술과도 같은가!

　　사람이 사람이 못되면 사람인가, 사람인가? 대통령이 대통령이 못되면 대통령인가, 대통령인가?

사목입신徙木立信

기원 전 4세기경, 중국의 춘추전국시대 초기에 상앙(商鞅)이라는 한 법가가 정치무대에 등장했다. 그는 위(魏)나라 사람이었으므로 위앙(魏鞅)이라고도 불리어졌다. 처음에 그는 위나라 재상인 공손좌(公孫座)의 가신으로 있다가 뒤에 진(秦)나라에 몸을 의탁했다. 그는 진나라에서 제도(帝道)와 왕도(王道)를 논했지만 그러한 방안이 효과가 너무 늦게 나타난다고 효공(孝公)이 달가워하지 않자 마침내 패도(覇道)를 논했다.

그는 어느 날, 길이가 3장(丈)쯤 되는 가벼운 나무 막대기 하나를 진나라 도성의 남문에 세워 두고 사람을 불러 모아 놓고서는, 그 막대기를 북문으로 옮기는 사람에게는 10금을 주겠다고 했다. 백성들은 기이하게 여기면서 어떻게 그렇게 쉬운 일이 있을 수 있을까 하고 아무도 믿으려 하지 않았다. 그러자 다시 상금을 올려서 이번에는 50금을 주겠다고 외쳐댔다. 마침내 한 사람이 그 막대기를 옮겼더니 정말로 50금을 주는 게 아닌가.

상앙은 하찮은 막대기 하나를 가지고 백성들로 하여금 정부의 말은 지켜진다는 걸 믿게 만들었다. 이 고사를 '사목입신'(徙木立信)이니 '사목

지신'(徙木之信)이니 한다. 상앙은 이와 같이 백성이 정부의 말을 믿게 한 뒤에 비로소 새 법을 정식으로 반포하였다. 새 법이 얼마나 엄격했던지 그 법이 시행되자 잘 적응하지 못하는 백성들은 불평을 했고 효공의 아들인 태자도 법을 위반할 정도였다. 그러자 상앙은 "법이 시행되지 않는 것은 윗사람부터가 법을 지키지 않기 때문이다."라고 말하면서 태자를 처벌하려 들었다. 태자는 군주의 후계자이니 처벌하는 것이 부당하다고 주위에서 말리자 태자 대신에 시종장(侍從長)인 공자(公子) 건(虔)을 처벌하고 태자의 교육을 맡은 공손가(公孫賈)를 입묵(入墨)의 형에 처했다.

이렇게 되자 진나라 사람들은 모두 법령에 복종하였다. 새 법이 시행된 지 10년이 되자 진나라 사람들은 매우 좋아하였고, 집은 풍족하였고 투덜대던 백성들도 새 법을 환영하게 되었다. 상앙은, 그러나 이런 백성들은 결국에는, 여차하면 정부가 반포한 법령에 대하여 제멋대로 말하고 평가할 것이므로, "이들은 모두 혼란을 일으키는 백성들이다."(此皆亂化之民也)라고 하고는 모조리 변방으로 이주시켜 버렸다. 그 뒤로는 백성들이 감히 법령에 대하여 왈가왈부하지 못하였다. 『사기』의 「상군열전」에 나오는 얘기다.

진나라는 상앙의 이 정책으로 해서 부국강병이 되어 진시황이 천하를 통일하는 데 기초가 되었지만 상앙의 말로는 어떠했던가? 효공이 죽자 태자가 즉위하게 되었는데(혜왕), 태자의 사부였던 공손가는 전에 상앙한테 처벌받은 일로 해서 원한을 품고 벼르고 있던 터라, 혜왕이 즉위하자 상앙이 모반을 도모한다고 고했다. 마침내 상앙은 마차에 사지가 묶여 찢어지고 말았다. 천하를 통일한 진 왕조 또한 불과 3세 16년 만에 멸망하고 말았으니 성을 얻는 것은 말 위에서 할 수가 있어도 성을 지키는 것은 말 위에서 할 수가 없다고 하는 말이 빈말이 아닌 것 같다.

장관이 텔레비전에 얼굴을 내밀고는 언필칭 직을 걸고 한다는 말이, 연탄 값은 절대로 올리지 않겠다고 했다. 부끄러운 얘기지만 나는 그 이튿날 날이 밝기가 무섭게 돈을 꾸어서라도 연탄을 더 많이 들여놓고는 했었다. "쌀 수입만은 대통령직을 걸고 절대로 막겠습니다."라고 장담한 대통령이 누구였지? "약속을 지키지 못해 죄송합니다."라고 했을 뿐 대통령직을 내놓지도 않은 그 뻔뻔스러운 거짓말쟁이가 누구였지? 백 마디 말 가운데 참말은 겨우 한 마디가 될 둥 말 둥한 작자를 예로부터 '백일'(百一)이라고 한다. 백일의 무리가 장관도 하고 대통령도 하는 그런 세월을 살아온 지가 오래 되었다. 기름 집 문짝에는 '순 진짜 참기름 있습니다.'라는 쪽지가 나붙게 되었던 것이 다 까닭이 있었다.

선거 때만 되면 공약의 홍수를 만난다. 모두가 자신이야말로 '순 진짜 참기름'이란다.

"뭐라카노? 내는 마 선건 날 새북에 등산 간다 안카나!…"

꼬일 대로 꼬인 이런 마음이 어떻게 하면 되돌려질까? 아마도, '순 진짜 참기름'에서 '순'과 '진짜'를 떼어 버리는 일부터 착수하지 않으면 안 될 것 같다. '순'이며 '진짜'를 떼어 버리는 일은 상앙의 법보다는 그의 막대기에 물어 봐야 되지 않겠나.

자공(子貢)이 공자께 정치를 물었을 때 공자는 "먹는 것을 족하게 하고 병력을 족하게 하고 백성으로 하여금 믿게 한다."(足食足兵使民信之)라고 했다. 그 가운데 부득불 버려야 할 경우에는 먼저 무기를 버리고 다음은 식량을 버릴 수가 있어도 백성의 신뢰는 버릴 수가 없다고 했다. 널리 알려진 진부한 애기다. 백성이 믿지 않으면 나라가 서지 않는다고 한 '민무신불립'(民無信不立)이라는 공자의 정치철학을 상앙의 막대기는 제대로 실행한 셈이다. 왜 백성인가. "마부가 말을 잘 모는지는 말만큼 잘 아는 게 없고 임금이 나라를 잘 다스리는지는 백성만큼 잘 아는 게 없다."(問善御者 莫如馬, 問善治者 莫如民 -『說苑』)

　다음엔 누구의 막대기를 옮겨야 하나?

참站

　　새벽이라 그런지 춘분이 지났지만 아직은 바람 끝이 차갑다. 좁다란 골목에 신문을 배달하느라 오토바이가 돼지 멱을 따면서 골목 양쪽을 갈지자형으로 달린다. 피하기가 어렵다. 늙은이가 꼴사납게 청바지 차림으로 꼭두새벽에 망령이 났나, 뭣 하러 골목에 나왔느냐는 듯 내 곁을 스칠 때에는 힐끔 곁눈질을 하며 더 웽웽거린다. 새벽이라고 마음놓고 걷다간 큰일난다. 새벽이라고 마음놓고 달리다간 오토바이 타는 사람도 큰일난다. 모두가 큰일난다.

　　옛날에는 신문 배달하는 아이는 겨드랑이에 신문을 끼고 골목을 누비며 쫓아 다녔다. 조금 발전하여 고물 자전거를 타고 다녔다. 다리가 짧은 아이가 성인용 자전거를 타자니 엉덩이가 이리 배딱 저리 배딱 보기에 안쓰럽게 하더니 오토바이로 분탕치는 요즘의 나이 든 배달부는 곱게 보이지 않는다.

　　달라진 건 배달부만이 아니다. 음력 사오월, 보리는 아직 여물지도 않았는데 여투어 둔 묵은 식량은 바닥이 나는 게 우리의 농촌이었다. 누렇게 부황증이 난 얼굴로 나물을 뜯고 송기(松肌)를 벗기기도 했다. 그리 오래 된 일이 아니라서 보릿고개 세대들이 많이 남아 있건만 그런 걸 까맣게 잊어 버렸을까. 불로장생, 못 이룬 진시황의 꿈을 이루겠다고 안달이 나 있다.

입으로는 공맹(孔孟)과 퇴율(退栗)을 들먹이지만 마음은 늘 토색질이나 일삼던 양반들, 마침내 왜놈한테 나라가 먹혀 버렸다. 삼십육 년, 이만하면 정신을 어지간히 차렸겠다 싶어 하늘이 풀어준 줄이나 알아차렸어야 할 터인데 그 다음에 벌어진 슬프고도 슬픈 사연들. 그 반세기 풍상을랑 거론치 않는다 하더라도 요즈음 듣자니 단군 할아버지 뵈오러 백두산에 들어가자면 되놈한테 입장료를 내야 하는 모양이고 아무리 심성이 고약한 왜놈이기로서니 멀쩡한 우리 땅을 두고 그 꾀 많은 놈들이 잊을 만하면 남의 부아를 지르니 그저 분통이 터질 노릇이다. 이럭저럭 고생 끝에 밥술깨나 먹게 되어 불행 중 다행이다 싶었는데 어느 날 대구에서 지하철 공사장이 푹 꺼져 버렸다. 한강의 다리가 부러지는가 하면 서울의 한 백화점이 와르르 쾅, 폼페이가 되어 버렸다.

이른바 대형사고도 하도 꼬리를 물고 물어 어느 놈이 형이고 어느 놈이 아우인지 분간이 가지 않더니 분간이 가는 일이 하나 터졌다. 뒤숭숭한 소문이 연애 소문처럼 번지면서 4천억이 어쩌고저쩌고 우리네야 뭔 소린지 통 알아듣지도 못할 이야기가, 설마 했더니 설마가 사람 잡았다. 나랏님 두 분께서 형님 먼저 아우 먼저 감옥 문을 여는 꼬락서니라니 어허, 가만히 주위를 둘러봐도 욕하는 사람뿐이고 자신을 돌아보는 사람은 보이지 않았다. 선불 맞은 멧돼지 같은 오토바이에서부터 각종 메가톤급 사건 사고며 나랏님의 도둑질에 이르기까지, 이 모든 총체적인 현상이 우리의 총체적 수준일까, 뭘까.

옛날 대학시절의 한 친구가 생각난다. 그 친구가 하루는 가정교사

자리를 구한다기에 너 왜 그러느냐 했더니 부모가 국회의원이고 의사이지 자기는 자기일 뿐이라는 게 그의 대답이었다. 고놈 제법이구나 싶었는데 사십 년이 지난 지금에 와서 생각해 보니 제법인 것은 친구가 아니라 그 친구의 부모이구나 싶어진다. 그 아들이 속을 썩이던 나랏님, 그 나랏님이 사시는 동네의 뒷산만큼이나 커 보이는 그 친구의 아버지 같은, 이런 사람이 아쉬운 세상을 우리는 살아가고 있는 것이다.

산꼭대기에 올라왔다. 수많은 층계를 밟고 올라왔다. 운동이 되라고 조금 빨리 올라왔더니 숨이 차다. 후유, 하고 숨을 몰아쉰다. 기분이 상쾌하다. 사람들이 꽤 많다. 체조를 하는 사람, 배드민턴을 치는 사람, 야호를 외치는 사람, 개를 데리고 노는 사람, 커피를 마시는 사람, 그리고 어디에도 빈 의자는 없다. 나는 커피 한 잔을 들고 너럭바위에 가만히 앉아 있다.

나는 공직의 층계를 오르다가 작년에 정년으로 물러났다. 남은 층계는 아마도 내려가는 층계일 게다. 층계는 내려가기가 더 조심스럽다. 내려갈 때에는 올라올 때보다 더 천천히 쉬엄쉬엄 내려갈 생각이다.

오늘날에도 역이 있고 휴게소가 있지만 옛날에도 역로(驛路)에는 역참(驛站)이란 것이 있었다. 중국에서는 역을 참(站)이라 한다. 층계에는 흔히 중간쯤에 조금 넓은 공간을 만든다. 이 공간을 층계참(層階站) 또는 계단참(階段站)이라 한다. 서양에서는 Landing이라 한다.

높이 쌓는 층계에는 층계참을 만든다. 한 잔의 술이 잔참(盞站:盞臺, 托盤)에서 참참이 쉬어가며 다할 때 술자리는 운치가 난다. 일을 오래도록 할 일꾼은 참을 먹는다. 나라를 맡은 사람들이 술꾼이며 일꾼만도 못했다는 걸 말하기란 참으로 고통스러운 일이다. 참참이 자신을 성찰할 줄 알았더라도 도둑질을 했을까. 오토바이 신문 배달부한테는 뭐라고 할 일이 아니다.

　참은 계절에도 있다. 겨울에 나무는 쉰다. 그냥 쉬는가? (이 글은 「층계참」을 개작한 작품임)

창랑가滄浪歌를 읊조리며

　　장강(長江)의 지류인 한수(漢水) 유역에 창랑주(滄浪州)라는 곳이 있는데 한수가 이 창랑 지방을 흘러갈 때에는 물이 파랗게 맑아진다고 한다. 창랑의 물은 본디 맑지만 더러운 것이 섞여 들게 되면 흐려지는 것은 말할 필요도 없다. 이 창랑에 부쳐 「창랑가」라는 노래 하나가 생겨났는데 작자도 연대도 알 수 없다 한다.

　　창랑의 물이 맑으면 내 갓끈을 담그고
　　창랑의 물이 흐리면 내 발을 담그리로다

　　滄浪之水淸兮 可以濯吾纓
　　滄浪之水濁兮 可以濯吾足

　　굴원(名은 平, 字는 原)의 「어부사」(漁父辭)에도 이 「창랑가」가 나온다. 대략 다음과 같다.

　　굴원이 추방당하여 초췌한 몰골로 상강(湘江)의 못 기슭을 거닐면서 시를 읊고 있을 때 한 어부가 이를 보고 그 까닭을 물으니 굴원은 이렇게 말한다. "온 세상이 다 흐렸으되 나 홀로 맑으며 뭇사람이 다 취했으되 나 홀로 깨었기 때문일세."

어부가 다시 묻는다.

"성인은 사물에 구애되지 않고 세상과 더불어 추이를 같이 할 수가 있는 것을. 세상이 다 흐렸으면 어찌하여 그 진흙을 휘저어 그 물결과 같이 하지 않으며, 뭇사람이 다 취했으면 어찌하여 그 찌꺼기를 먹는 것과 그 박주를 빨아들이는 것을 하지 않으십니까? 무슨 까닭으로 깊이 생각하고 높이 행하여 스스로 추방을 당하게 하였단 말입니까?"

굴원이 다시 답한다.

"나는 들은 말이 있는데, 새로 머리를 감은 자는 반드시 관(冠)을 털고, 새로 몸을 씻은 자는 반드시 옷을 털어서 입는다고…… 차라리 상류(湘流)에 달려가 고기의 배에 장사할지언정 어찌하여 세속의 티끌을 뒤집어쓰겠는가?"

굴원의 반론에 어부는 빙그레 웃으며 배 바닥을 울려 장단을 치며 노래한다.

창랑의 물이 맑으면 내 갓끈을 담그고
창랑의 물이 흐리면 내 발을 담그리로다

이따금 나는 이 「창랑가」를 읊조리며 가만히 세상을 바라본다. 물결치는 대로 어울려 맑게도 흐리게도 적당히 한 세상 살아가려는 어부의 자손들을 본다. 몸을 씻고는 옷을 털어 입으려는 굴원의 후예도 어디엔가 있을 것 같다. 온 세상이 다 흐렸으되 나 홀로 맑으며 뭇사람이 다 취했으되 나 홀로 깨었다는 강개한 기개는 유가의 선비답고, 세상이 다 흐렸으면 그 진흙을 휘저어 물결과 같이 하겠다는 유연한 자세는 노장의 풍이 감돌기는 하지만, 굴원은 오연하고 어부는 교활해 보인다.

굴원의 주장에도 고개를 끄덕이고 어부의 비아냥거림에도 미소를 지으면 안 되는가. 굴원처럼 구태여 「이소」(離騷)와 같은 글을 지으며 우수에 잠기는 것도, '멱라'(汨羅)와 같은 강물에 몸을 던져 고기밥이 되는 것도 나는 못한다. 어부처럼 지자인 체 은자인 체하기도 싫다. 나는 굴원과 어부의 타협이 아니요 그 초극이고 싶다. 그 초극이 아니요 그 시원(始原)이고 싶다. 샘을 깨끗이 쳐 놨으나 아무도 먹어 주지 않아도 (井渫不食) 다시 샘을 칠 일이다.

『맹자』에서는 이「창랑가」를「유자가」(孺子歌)라고 했다.

> 어떤 어린아이가 노래하기를, "창랑의 물이 맑으면 내 갓끈을 담그고 창랑의 물이 흐리면 내 발을 담그리로다."라고 했다. 공자 말씀하시기를, "애들아! 저 노래 소리를 들어 보아라. 맑으면 갓끈을 담그고 흐리면 발을 담그게 되는 것이니(淸斯濯纓 濁斯濯足) 스스로 그런 사태를 초래하게 된다."라고 하셨다. 사람은 반드시 (그 자체가) 그 자체를 모욕한 다음에야 남이 그를 모욕하게 된다. 한 집안은 반드시 (그 자체가) 그 자체를 훼손한 다음에야 남이 그 집안을 파괴한다. 나라는 반드시 (그 자체가) 그 자체를 친 다음에야 남이 그 나라를 친다.

"맑으면 갓끈을 담그고 흐리면 발을 담그게 되는 것이니(淸斯濯纓 濁斯濯足) 스스로 그런 사태를 초래하게 된다." 이 불후의 명언을 되뇌며 늘 자신에 머물러 있으면 어떤가.

오늘따라 이 가슴에 「이소」가 가득하다. 낙동강에나 한 번 나가 볼거나.

소멸론消滅論

       서양철학이든 동양철학이든 철학을 한다는 사람 치고, 아니 공부깨나 했다는 사람 치고 『주역』을 들먹이지 않는 사람은 거의 없다.

    누가 내게 『주역』이 뭔지를 한 글자로 말해 보라고 한다면 나는 '象'(상)이라 할 것이다. 象이 뭐냐고 묻는다면 '像'(상) 곧 본뜨는 것이라 할 것이다. 무엇을 본뜨는가? 세계(우주)를 본뜬다. 누가 내게 『주역』이 뭔지를 두 글자로 말해 보라고 한다면 '변화'라 할 것이다. 변화란 돌이킴(復/反)이다. 여기서는 『주역』은 변화란 것에 대해서만 다루기로 한다.

    『주역』에서 변화를 가장 극명하게 표현한 문장이 "돌이킴(復)에서 아마도 하늘땅의 마음을 볼진저!"(復其見天地之心乎)라는 복괘(復卦)의 단전(彖傳)이다. 이 말을 들으면 니체의 '영원회귀'(영겁회귀)(永遠回歸, die ewige Wiederkunft)의 사상을 연상하게 되는 사람이 더러 있을 것이다.

    니체는 인간의 생(生)을 생 그 자체로부터 파악하려 했다. 생을 초월하는 어떠한 가정도 인정하려 하지 않는다. 생에서 생의 근원을 찾고 생에서 생의 목적을 찾는다고 할까. 이른바 생철학이다.

    『주역』에서 돌이킨다고 함은 생생(生生), 곧 나고 또 나는 끝없이 이어지는 생을 뜻한다. 그것을 하늘땅의 마음이라고 했듯이 생이 『주역』

의 전부라 해도 지나친 말이 아니다. 『주역』 또한 생에서 생의 근원을 찾고 생에서 생의 목적을 찾는다고 하리라. 그런 관점에서 『주역』과 니체의 생철학은 서로 닮았다.

니체는 서양의 탁월한 불교 철학자라고나 할 쇼펜하우어에 심취해 있었지만, 처음에는 생의 비합리성을 인정하던 쇼펜하우어가 나중에는 생으로부터 해탈을 구함으로써 생에 대해 부정적 태도를 취하게 되자, 니체는 쇼펜하우어의 이 염세적 태도에 반대하여 비합리적인 생 그 자체를 어디까지나 있는 그대로 긍정하는 태도를 취하게 되었던 것이다.

이와 같이 니체는 비합리적인 생을 더없이 고귀한 것으로 본다. 고귀한 생이 그 동안 온갖 초월적 이념에 의하여 짓밟혀 온 까닭을 플라톤과 기독교에 돌렸다. 플라톤의 형이상학은 세계를 불완전한 차안과 완전한 피안으로 나누고, 기독교의 교의는 세계를 덧없는 지상과 영원한 천상으로 나눈다. 이 두 사상과 교의는 각각 피안의 완전한 것과 천상의 영원한 것에 이르는 것이 생의 목적이라고 가르쳤다. 그 결과 이 현실의 생의 의미는 그 목적을 위한 수단으로 굴러 떨어지게 되었다. 니체가 "신은 죽었다."라고 외치며 분연히 일어섰던 것은 바로 이 이원론과 목적론의 소탕을 선언한 것이었다. 그가, 『차라투스트라는 이렇게 말했다』를 쓰면서 이른바 '영원회귀'의 사상을 처음부터 끝까지 밑바닥에 깔고 있었던 것은 바로 이런 까닭에서였다.

니체가 신 대신에 내세운 두 계기가 공간과 시간이다. 그는 로버트 마이어의 에너지 보존의 법칙을 받아들여 우주에 꽉 차 있는 것은 에너지이고 그에너지의 양은 일정하다고 보았다. 에너지가 양적으로 일정하다는 것은 우주가 공간적으로 크기가 일정하다는 뜻이 된다. 한편 시간은

운동에서 표상된다. 에너지의 운동이 운동의 본성상 영원하다면 시간
또한 영원하다. 니체에 있어서의 우주란 결국, 유한한 공간 속에서 이루어
지는 에너지의 끝없는 운동이다. 그 운동의 형상이 만물의 천변만화다.
그 변화는 닫혀 있는 유한한 공간 내에서 더 늘어날 것도 줄어들 것도
없이 다만 스스로를 생성하고 파괴한다. 스스로를 다시 생성하고 다시
파괴한다. 영원히 원을 그리는 그 나아가고 물러남은 결국 제자리로
회귀하게 되는 운동에 불과하다. 이것이 고대에서부터 있어온 '영원회귀'
의 니체적 수용이다.

그러나 우주는 다만 영원히 순환하고 회귀할 뿐이라는 니체의 이
사상은 구경의 목적이 없다. 만약 우리가 지향 없이 굴러가는 어떤 수레바
퀴라면 되풀이되는 우리의 일상이 얼마나 따분하고 얼마나 약약하겠는
가? 마침내 인간은 극한의 권태에 빠지게 되고, 그 권태로 해서 목적론적
세계관에 편안히 머물러 있던 종래의 인간은 허무주의에 떨어지고 만다.

『주역』이, "돌이킴에서 아마도 하늘땅의 마음을 볼진저!"라고 하지만
태양이 동지와 하지를 영원히 순환하는, 그에 따라 만물이 '한번은 닫히고
한번은 열리는'(一闔一闢) 그 운동은 단순 반복의 율동이란 점에서 니체의
영원회귀와 같이 구경의 목적이 없다. 하늘땅의 마음이라 하지만 의인화
일 뿐 하늘땅, 곧 하늘은 주재천(主宰天)이 아니라고 나는 생각한다.
따라서 『주역』의 우주론 또한 종당에는 허무주의에 떨어질 수밖에 없다.
얼마나 허무하다 싶었으면 의인화를 다 했을까. 하늘땅의 마음이란,
허무한 마음을 어름하게 어르고 눙친 소리에 불과하다.

니체는, 이 허무주의를 극복하기 위해서는 새로운 인간이 태어나야
하는데 그 새로운 인간을 '위버멘쉬'라 했다. 하지만 위버멘쉬는 아직

나타난 적이 없다고 했다. 위버멘쉬를 번역한 '초인'(超人)이 마치 또 하나의 인격체로 오해될 수도 있지만 위버멘쉬란 특정한 인간이 아니다. 개개인이 자기 스스로의 힘으로 이르러야 하는 이상적인 경지다. 자기긍정의 생명력에 넘쳐, 남을 정복하여 강대해지려는 의지를 니체는 '힘에의 의지'(권력에의 의지)라 하고 이를 생의 근본 충동으로 보았다. 힘에의 의지는 니체 철학의 주축이거니와 이를 체현한 인간의 경지가 위버멘쉬다.

위버멘쉬가 또 하나의 인격체가 아니듯 또 하나의 신이 아니다. 신은 죽었다고 외친 사람이 다시 신을 내세울 까닭이 없다. 그렇다면 신이 죽은 그 자리는 그냥 빈 채로 있다. 신을 믿는 입장에서 본다면, 신은 우주를 창조하고 주재할 뿐만 아니라 모든 가치의 척도이다. 따라서 신이 없는 세계는 가치의 무질서, 무정부 상태가 된다. 니체는 가치 척도로서의 신의 자리에 대지(大地)를 앉힌다. 신 대신에 대지에 귀의하고 경청할 것을 가르친다.

니체가 말하는 대지는 자연과 진배없다. "자연으로 돌아가라."는 루소의 말을 니체도 했다. 그런데 『주역』은 대지니 자연이니 하지 않고 천도(天道) 곧 하늘을 말했다. 여기서 하늘이란 천명(天命)이요, 정명(定命)이기도 하다. 니체의 대지며 자연은 저절로 그러한 것이다. 저절로 그러함이란 결국 운명을 뜻한다. 모든 것은 운명이니 운명을 사랑하라고 역설하는 니체의 결정론과 운명에 대한 신앙은 『주역』의 하늘 곧 정명사상과 흡사하다. 다만 니체의 대지는 단순 소박한 개념이지만 『주역』의 하늘은 체계적이고 실증적인 개념이다. 『주역』의 하늘이 실증적인 까닭은, 『주역』은 점(占)이기 때문이다. 니체의 대지며 『주역』의 하늘이 가치 척도로서의 신을 대신할 수 있을까?

신을 인정하지 않으면서도 허무를 극복할 수 있다고 믿는 사람들이
있다. 승도(僧徒)들이다. 불교의 영겁연기(永劫緣起)는 니체의 영원회귀
며『주역』의 돌이킴과 닮았으면서도 승도들은 니체의 대지는 말할 것도
없거니와,『주역』의 하늘 곧 천명이 뚜렷하다고 말한다면 하늘을 색(色)이
라 할 것이다. 현상을 초월한 절대적 존재가 하늘이라고 말한다면 하늘을
공(空)이라 할 터이다. 과연 그런가? 뚜렷하다고 해서 색으로만 말하고
현상을 초월한다고 해서 공으로만 설해도 되는가? 그들은 마침내, 일심(一
心)의 법계는 일[事], 일[事]이 거리낌이 없다고 말할 것이다. 네가 내
속에 들어오고 내가 네 속에 들어간다는 이 생각, 그들이 하는 소리가
너무 멀어서 나 같은 속인의 귀엔 그저 비 맞은 중 담 모퉁이 돌아가는
소리로 들릴 뿐이다.

겨드랑이에 날개가 나서 구름 위에 노닌다면 몰라도 그렇지 않고서야
내가 직접 신을 만나지 못한다면, 인생무상을 극복하려는 어떤 종교도
철학도 내겐 한낱 귀신 씻나락 까먹는 소리일 뿐이다. 하지만 토마스
아퀴나스처럼 신이 있어야 한다는 논리는 가능할지 모르지만 신의 존재를
증명할 수는 없지 않는가.

명년 이때 피는 꽃이 오늘의 낙화에 대해 무슨 의미가 있는가. 영원히
돌이키는 것도, 영원히 회귀하는 것도, 영원히 연기하는 것도 낙화는
아니다. 꽃이야 낙화가 되든 말든 그래도 나는 꽃밭에 공을 들이리.

치매癡呆

오십대 중반 때였다. 건강에 좋다며 어느 친구가 춤을 배워 보지 않겠느냐고 했다. 특히 치매를 예방할 수가 있다는 말에 귀가 솔깃했지만 답은 않고 그냥 웃기만 했다.

그날 밤 그 친구에 이끌려 춤추는 곳에 갔다. 나 혼자 앉혀 놓고 그는 어떤 젊은 여자와 서슴없이 껴안더니 빙빙 돌았다. 숨을 씩씩거리며 자리에 앉더니 하는 말이, 여자들이 늙고 뚱뚱한 사람과는 아예 잡으려 하지 않는다며 투덜거렸다. 그날 밤 나는 잠을 설쳤다.

명색이 고급 관리가 춤을 배우러 다닌다는 게 좀 뭐하기도 하거니와 춤을 배운다면 아마도 바람이 날 것 같았다.

나는 피아노 레슨을 받기로 했다. 피아노가 치매 예방에 좋다는 말도 있고 해서 처음에는 취미삼아 시작한 것이 나중에는 잘 치고 싶은 욕심이 생겼다. 나는 농고를 다녔는데 음악은 시간표에도 없었다. 악보를 읽는다는 것이 참 신기했다. '피아노'라는 영화를 보기도 했고 콘서트에도 더러 갔다. 피아노 연주자만 눈에 들어왔다. 취한 듯 조는 듯 꿈꾸는 듯 허리를 꼬다가 흔들다가 스러지다가 하는 모습이 참 멋있어 보였다. 나비가 꽃을 희롱하듯 춤을 추듯, 젊은 엄마가 아기를 어르듯 달래듯, 갈대밭에 기러기가 가만히 내려앉듯, 독수리가 먹이를 향해 화살처럼 내리꽂히듯, 옹달솥에 콩을 볶듯, 군마가 황야를 질주하듯, 양철 지붕에 소나기가 퍼붓다가 별안간 햇볕이 나듯 변화무쌍한 손놀림이 언제 봐도 넋을 잃게 했다. 내가 이다음에 퇴직하고 나서 외로워지거든, 하얀 그랜드 피아노 하나를 들여 놓고 때로는 그냥 어루만지기도 하고 때로는 백발을 말갈기처럼 흔들며 건반을 두드리기도 한다면 참 좋겠다고 생각되었다. 꼭 8년간 열심히 배웠다. 하지만 노력해도 되지 않는 것이 있다는 걸 깨닫게 되었을 뿐 피아노를 영영 포기하고 말았다.

피아노에 열중할 무렵 영어 공부도 병행했다. 단어 공부가 치매를 예방하는 데 도움이 된다는 말도 들었다. 마침 대학원에 다닐 때라서 영어 공부는 하지 않을 수가 없었다. 학원에 가지 않고 문법이며 독해를 공부했다. 한 3년 하고 나니 옛날 대학 다닐 때의 수준쯤 된 것 같아 원서를 읽는 데 별로 불편을 느끼지 않게 되었으나 단어 실력은 그때만 못했다.

단어 외우는 것이 치매를 막는 데 도움이 된다면 일본어라고 다를까. 대학원을 마치고는 겸사겸사, 학원에서 일본어 회화를 배웠다. 하지만 고비를 못 넘기고 실증이 났다. 일 년쯤 쉬고 나니 다 잊어버렸다. 다시 두어 달 배웠다. 또 실증이 나서 그만뒀다. 또다시 배웠다. 또다시 그만뒀다.

다음으로 가까이 한 것이 음악이었다. 양계장이며 식물원에도 음악을 틀어 놓는다는 말을 들었다. 음악은 치매 예방에 효과가 있다고 한다. 요즘은 CD라는 간편한 음반이 판을 치는 세상이 되었지만 나는 구식이어서 그런지 옛날에 듣던 LP 음반에 아련한 그리움 같은 걸 느낀다. 처박아 두었던 1960년대의 전축을 먼지를 털고 턴테이블에 LP 음반을 걸어 보았다. 바늘이 다 닳아서 잡음이 심했다. 대구의 교동 시장과 서울의 용산 전자 상가를 뒤졌으나 맞는 바늘을 구할 수가 없었다. 일본의 '샤프' 본사에 알아보았으나 전화 받는 아가씨가 50년이 다 되어 간다며 웃기만 했다.

아들이 오디오 한 세트를 보내 왔다. 고급은 아니지만 내겐 충분하다.

하루 종일 음악을 듣는다. 한 달 내내 같은 곡을 듣기도 한다. 클래식은 어렵지만 실증이 쉬이 나지 않아서 좋고 가곡이나 전통가요는 이내 실증을 느끼지만 쉬워서 좋다. 그래서 음악은 다 좋다. 소리를 너무 들어서 그런지 어느 날 한쪽 귀가 윙윙거리더니 요즘은 잘 들리지 않는다. 스테레오가 모노럴로 들리는 것 같아 재미가 덜하다.

최근에 어느 갤러리에서 들은 소린데 누드화를 감상하면 치매 예방에 탁월한 효과가 있다고 했다. 내가 다른 그림을 더러 샀더니, 그림을 팔고자 하는 장삿속인지도 모른다. 평생 미술 방면에 아무런 관련도 조예도 없는 사람이 치매를 예방한답시고 갑자기 누드화를 집 안으로 들여야 할지 모르겠다. 한편 먹는 것으로는 뇌를 쏙 빼닮은 호두가 좋고 운동으로는 걷는 것이 제일 좋다고 하는 사람도 있다.

위에서 열거한 것 가운데 내가 지금 실천하고 있는 것이라곤 고작 음악 감상과 걷는 것뿐이다. 춤은 본시 내 취향이 아니고, 피아노며 단어 공부는 더할 엄두가 나지 않고, 가뜩이나 식탁에는 내가 먹는 약이 널려 있는 판에 호두까지 식탁에 올리라고 하자니 입이 안 떨어지고, 누드화는 어쩐지 좀 뭐하단 생각이 든다. 내생이 있다면 의약을 연구하여 치매 치료약이며 예방주사를 만들고 싶다. 노벨상쯤이야 굳혀 놓은 것 아니겠는가?

벽이며 밥그릇에 똥칠을 한다면 기가 막힐 노릇이다. 여든 일곱까지 사신 나의 증조부님이 그러했다. 조부님은 일흔이 되기 전에 작고하셨는데 치매는 없었다. 아버지는 증조부님처럼 될까 봐 늘 걱정하시더니 죄송한 말씀이지만, 여든둘에 돌아가실 무렵 치매 현상이 조금 있었던 것 같다. 아버지는, 나의 성격이 증조부님을 **빼닮았다**고 늘 말씀 하셨다. 그렇다면 치매 또한 증조부님을 닮기라도 한다면 큰일이 아닌가.

치매 현상인지는 모르겠으나, 나는 기억력이 한 해가 다르게 자꾸 떨어진다. 요즘 들어 밥맛도 전과 같지가 않다. 난로가 고물이 되어서 연소가 제대로 되지 않는 모양이다.

난로 속에서 장작이 다 타고 나면 불꽃 또한 소멸한다. 불꽃은 다른 데로 간다든가, 영원하다든가 하는 말을 나는 믿지 않는다. 다른 데로 옮아갈 수도 다시 태어날 수도 없는 이 불꽃으로 하여금 그나마 천명을 다하지 못한 채 지향 없이 흔들리다가 속절없이 사라져가게 하는 이병, 치매야말로 참으로 가증스러운 병이다.

무슨 좋지 않는 일이 들통이 나면 처음에는 딱 잡아떼다가 나중에 증거가 나오면 생각이 잘 나지 않는다고 말을 바꾸는 여의도 사람들, 힘깨나 쓰는 사람들, 그들은 신종 치매 환자가 아닌가 한다.

매화

우리집 근방에서 들떼놓고 '부잣집'이라고 하면 우리집 옆집을 두고 하는 말인 줄을 조무래기들도 다 안다.

집도 집이지만 등이 굽은 소나무, 링거주사 병을 수두룩이 달고 있는 수령이 백 년도 넘었다는 모과나무, 본래 제자리인 양 천연덕스럽게 앉아 있는 그러나 지조를 굽힌 기암괴석, 오종종한 감들이 쪽빛 하늘을 이고 얼굴을 붉히는 고비늙은 감나무, 그 가지에 앉아 연방 꽁지를 치키며 깍깍거리는 까치, 산죽에 가려진 바위 밑에서 졸고 있는 고양이, 이것만 해도 부잣집이라는 택호가 붙을 만하지만 부잣집인 까닭은 그밖에도 많이 있다.

난숙한 삼십대 여인들의 농염한 자태가 어우러졌다고 할까. 금잔화·은대화·파초·벽오동·만향·부용·살구꽃·복사꽃·오얏꽃·동백꽃·라일락, 그리고 담 너머로 남의 집 안뜰을 훔쳐보는 해바라기…. 이름 모를 온갖 꽃들이 한철을 다투다가 그대로 눌러 앉아 한세상 영화를 누린다. 이런 꽃들과 같이하기가 부끄러웠는지 보이지 않는 꽃이 한 가지 있다.

대원군의 주위에 조면호(趙冕鎬)라는 지조 높은 선비가 있었는데,

매화를 혹애했다고 한다. 하지만 집안이 매우 구차하여 월동에 필요한 매실(梅室)이 따로 없었던 모양이다. "安得梅花不凍乎 어떻게 매화를 얼지 않게 할까. 今年又見梅花凍 올해도 매화가 어는 걸 또 보겠구나!'라는 그의 시가 대원군의 눈에 띄게 되었다. 대원군이 이 사람을 돕고 싶은 생각이 들었으나, 이 사람의 결기 있는 성미를 전일에 겪어 봐서 익히 아는 터이라 선불리 돈을 보냈다간 물리칠 게 번해서, 궁리 끝에 '호매전' (護梅錢)이란 명목으로 삼천 냥을 주었다고 한다.

호매전 이야기를 옆집 주인에게 한 번 해볼까 하다가 말았다. 그 집 정원에 동방제일지(東方第一枝)라는 매화가 빠진 건 마치 첫 획을 빠뜨린 명필같이 느껴졌기에, 필순(筆順)은 이미 틀려 버렸으나 늦게나마 그 첫 획을 긋듯 매화 한 가지를 더하면 작히나 좋을까 싶어서 호매전을 아느냐고 에둘러 말하려 했던 거였다. 하지만, 담장에 바짝 붙어 있는 이 집 측백나무가 남의 집의 하나뿐인 숨구멍 같은 창문을 사철 틀어막다시피 하는데도 본체만체하는 걸 보면, 청빈한 선비에게 아무런 바라는 것도 없이 큰돈을 희사한 통 큰 얘기를 해봤댔자 쇠귀에 경 읽기가 될 것 같아 그만뒀던 거다.

또 매화 시의 절창이라는, "疎影橫斜水淸淺 성긴 그림자 가로 비끼는 물 맑고 옅은데, 暗香浮動月黃昏 어둠 속 향기 떠돌고 달은 아슴푸레하다."(「山園小梅」抄)라는 임포(林逋)의 시를 아느냐고 물으려다 그것도 그만 뒀다. 무심결에 임포의 신변에 관한 얘기가 툭 튀어나오면 어쩌나 싶었기 때문이다.

임포는 부패한 정치가 싫어 처음부터 환로(宦路)에 뜻을 두지 않았을 뿐만 아니라 종신불취(終身不娶)로 생을 마친 사람이었다. 항저우(抗州)

의 서호(西湖) 가운데 있는 고산(孤山)에 오두막을 짓고 이십여 년간 성시(城市)에 나가지 않았는데 집 주변에 360여 그루의 매화나무를 심어 놓고 매화에 붙어살다시피 했다. 가솔이라고는 고작 신변에 백학과 사슴 한 마리를 두었을 뿐인데, 손님이 오면 학이 공중에서 울어 누가 온 줄을 알고 사슴의 목에 술병을 걸어 술을 사러 보내기도 했다. 이 고고한 기인을 가리켜 당시의 사람들은 이르길, "매화를 아내로, 학을 아들로, 사슴을 가솔로 삼았다."(梅妻鶴子鹿家人)라고 했다. 이런 얘기가 부인이 하나뿐이 아니라는 소문이 파다한 옆집 주인 앞에서 툭 튀어나오기라도 한다면 민망한 노릇이 아니겠는가.

석숭(石崇)이나 도주(陶朱) 같은 부호도 부럽지 않을 옆집. 담 하나를 사이에 둔 그 천자만홍이 다투어 교성이 자지러지건만, 해바라기 따위가 도도히 넘어다보건만 홀로 무심한 우리집 매화. 그 침묵은 누구를 위함인가?

퇴계의 여자

　　퇴계 선생은 마흔여덟 살이 된 명종 3년(戊申, 1548) 음력 정월에 경직에서 외직을 자청하여 단양 군수로 가게 되었다. 이때 단양에는 두향(杜香)이라는 열여덟 살 어린 관기가 있었는데 청초한 자색에 거문고 며 시며 서화에도 능하고 특히 매화와 난초를 사랑했다고 한다.

　　그녀는 매화처럼 고고한 퇴계의 인품과 도저한 학문을 흠모하여 수청 기생을 자청하였고, 퇴계는 두향의 재색을 미쁘게 보았다. 이때 퇴계는 독신이었다. 스물일곱 살 때 부인과 사별했고, 재취한 둘째 부인마저 단양 군수로 오기 이태 전에 세상을 떴다. 화불단행(禍不單行)이라더니, 단양에 온 지 두 달째인 음력 이월에 스물두 살인 둘째 아들이 죽었다는 기별을 고향 집으로부터 받았다. 부인과도 사별하고 아들마저 잃어버린, 이 외로운 초로의 군수에 대해 당시로서는 여자라면 한 번쯤 연모의 정을 가져 볼만도 했겠다.

　　두향이 그러했다. 차차 은혜하는 마음이 깊어 갔다. 퇴계한테 몇 번이나 선물을 바쳐 애틋한 마음을 전하려 했지만 번번이 거절당하자 두향은 끼니를 거르고 잠을 설치다가 궁리 끝에 퇴계가 뭘 좋아하는지를 아전한테 물었다. 매화를 혹애한다(我生多癖酷好梅)는 사실을 알아내고서는 그

동안 푼푼이 모은 돈을 털어서 팔로(八路)에 사람을 풀어 좋은 매화를 구했다. 매화를 구한 그 돈이 어떤 돈이란 걸 퇴계가 왜 몰랐겠는가? 그러한 나무마저 차마 야박스레 물리칠 수 없었던 퇴계는, 그 매화를 동헌 앞에 심고 말았다. 늘 가까이서 손발이 되어 수청 드는 어린 여자가 가련하게도, 타오르는 정념에 몸을 사르는데도 그 불길에 휩싸이지 말아야 퇴계인가?

퇴계는 이때 공사간에 근심이 많았다. 그는 스무 살 때 침식을 잊고 『주역』공부에 몰두하다가 일종의 소화불량증인 '몸이 파리하고 곤한 병'(贏悴之疾)을 얻은 후로는 늘 병치레를 하느라 빤한 날이 없었는데, 이때 작금에 겹친 가족의 불행으로 해서 심기가 한층 우울해진 데다가 군수로 부임하자 단양 고을에 기근마저 들어 곤란하고 급박한 상황이 되었다. 그 당시에 그가 스스로 토로하기를, "황정(荒政)을 펴는 일밖에는 늘 근심으로 마음이 답답하여 문을 닫고 세월을 보낸다."(荒政之外恒悒悒然閉戶度日)라고 했다. 그러나 그런 가운데도 단양의 빼어난 산수에 매료되었다. "굶주린 백성을 구휼하는 일로 때로 개울과 산 사이를 왕래하다가 기승(奇勝)한 곳을 보게 되었다."(顧以振救饑民之時出入往來溪山間因得窺其勝)라고 했다. 구담(龜潭), 도담(島潭), 불암(佛巖), 이락루(二樂樓), 화탄(花灘) 등이 부임한 그 해 음력 유월에 그가 지은 「단양산수 놀 만한 곳의 기록」(丹陽山水可遊者續記)이라는 글에 나온다. '단양팔경'은 이때에 정한 것이라 한다.

답답한 마음 둘 데 없던 퇴계가, 굶주린 백성을 연민하며 시름을 달래며 청계(淸溪)와 백석(白石) 사이를 병든 학처럼 넘나들 적에 그의 곁에는 청순가련한 어린 기녀 두향이 부축하고 따랐지만, 꽃피자 바람이 그르칠 걸 퇴계도 두향도 미처 근심이나 하였으랴!

퇴계가 단양군수로 온 그 해 음력 시월에 그의 넷째 형 대헌공(大憲公, 名:瀣)이 충청 감사로 부임했다. 단양이 그 관할구역 안에 있으므로 이른바 상피(相避)에 해당되는지라, 퇴계는 떠나길 자청해서 풍기 군수로 가게 되었다. 퇴계를 만난 지 겨우 아홉 달 만에 두향은 퇴계를 눈물로 보내야 했다. 이때 퇴계는 동헌 앞에 심어 놓았던 두향이 준 매화나무를 옮겨다가 고향땅 도산에 심었다. 퇴계로서는 그 매화나무를 나무로만 대할 수는 없었을 터이다.

퇴계가 떠난 뒤 두향은 어렵게 주선하여 가까스로 기적(妓籍)에서 벗어날 수가 있었다. 퇴계와 자주 거닐던 강선대 아래에 초옥을 짓고 수절의 세월이 흘러 22년, 선조 3년(庚午, 1570)에 퇴계가 세상을 떠난 뒤에도 퇴계만을 추모하며 퇴계를 만났던 단양 땅을 떠나지 않고 거기서 살다가 거기서 생을 마쳤다. 퇴계와의 애틋한 추억이 서린 곳일까, 그녀의 유언에 따라 강가의 '거북바위'(龜岩) 곁에 묻어 주었다. 세월이 흘러 사백 년쯤 뒤 충주댐이 건설될 때 퇴계의 15세손인 이동준(李東俊)의 주선으로 1985년에 지금의 신단양 제미봉 산기슭으로 이장되었다고 한다.

한편 두향이 선물한 매화는 도산서원에서 한시절 고결한 청분(淸芬)을 거느리다가 오래 전에 죽고 말았다. 세상에서는 이 매화를 '도산매'라 하지만 나는 '두향매'라 한다. 다행이 그 자목(子木)이 서원의 광명실(光名室) 서고 앞에서 음력 2월 중순이면 꽃을 피웠는데, 아주 작은 순백의 홑꽃이었고 향기가 무척 맑은 것이 이 매화의 특징이었다고 한다. 이 자목마저 1996년에 고사했다. 그 후 다시 두향매의 손자 격인 다른 자목을 도산서원 옆 뜰에 심었으나 이 또한 몇 해만에 죽고 말았다. 도산서원에,

옛날의 그 두향매는 애석하게도 혈통이 끊어진 셈이다. 공교하게도 언젠가 도산면의 이윤항이란 사람이 산에 있는 개살구나무의 대목(臺木)에 두향매의 자목을 접목하여 분재를 만들었는데 이걸 안동시에 사는 이영철이란 사람이 갖고 있다고 한다. 수세도 강건하고 해마다 양력 11월 말을 전후해서 순백의 꽃을 피운다고 한다. 뿌리는 탐탁하지 않지만 그것이나마 도산서원에 심었으면 좋겠다.

두향과 퇴계의 관계가 설령 사실이 아니라 한갓 고로상전(古老相傳)의 야화에 지나지 않는다 하더라도, 이 이야기가 사백여 년이 지난 이 시대에 와서도 사람의 마음을 흔드는 까닭이 뭘까? 지금도 단양문화원에서는 해마다 5월이면 두향제를 열고 퇴계의 후손이 묘사를 지낸다고 한다. 꽃보다 더 아름다운 낙화가 있는 줄을 알게 한다.

아련히 떠 있는 저 섬

　　　　산을 좀 탄다는 사람이라면 금오산을 빠뜨리지 않을 것이다. 바다 같은 호수며, 대나무 숲이 서걱거리는 채미정이며, 천 길 벼랑 아래 숨을 죽인 해운사며, 지령이 울부짖는 명금폭포, 그리고 도선이 도를 닦았다는 도선굴이 사철을 두고 보아도 모두가 볼 만하고, 천신만고 빙판길을 기어올라 눈 덮인 정상의 약사암 앞에 지팡이를 짚고 서면 잿빛 옷을 입진 않았어도 가히 속세를 떠났다 함직하다.

　그러나 이것만 보고 그냥 발길을 돌린다면 그는 아직 금오산을 제대로 보았다고는 말하지 못하리라. 며칠을 두고 묵을 수가 없거든 떠나는 길에 뒷걸음질을 쳐보거나, 열차 안에서나마 잠깐 고개를 돌려 남녘을 바라볼 일이다.

　안갠지 구름인지 끝없이 감마들며 산을 온통 휘말아버린다. 망망한 구름바다 위로 아련히 떠 있는 저 섬이 정녕 산인가. 구름인가? 산과 구름과 하늘땅의 홍몽세계를 한 번쯤 바라보면, 아침저녁 통근열차에 시달리는 아무개가 어찌하여 늘 입가에 잔잔한 미소가 번지는지 알 만하다 할 게다.

　열차가 구미역에 도착할 때는 아침 여덟 시쯤, 썰렁한 플랫폼을 밟노라면 나는 이미 선계를 범했다. 아침 햇살을 이고 구름 밖 봉우리는 묵묵히 시정을 토하고 안개가 진을 치는 계곡에는 신운 또한 표묘하다 할까.

서산대사는 지리산을 웅장하나 수려하지 못하고, 금강산을 수려하나 웅장하지 못하고, 묘향산을 웅장하고 수려하다고 했다지만 금오산은 웅장하지도 수려하지도 못하다. 다만 고고하고 단아하고 또 엄숙할 따름이다. 감히 내가 서산대사께 한마디 하노니, 산을 두고 수려하다느니 웅장하다느니 하는 것은 아직 산의 본질을 얻지 못하고 한갓되이 산의 형상에 매여 있기 때문이 아닌가?

산, 봉우리와 봉우리. 그것들은 서로 그쳐 있다. 높고 낮음이 차이가 있지만 그대로 의젓하다. 어떤 봉우리들은 마주 보고 섰고 어떤 봉우리들은 등지고 섰는가 하면 또 어떤 봉우리들은…. 그것들은 본래의 모습을 고치지 않을 뿐만 아니라 더 가까워지지도 더 멀어지지도 않는다. 사랑도 미움도 다 넘어선 걸까. 그 시원(始原)일까. 오는 구름 마다 않고 가는 구름 잡지 않아 만고에 자재할 뿐인데 부질없이 구름만 저 홀로 바쁘다.

나는 한낱 구름이 아니었던가. 남들은 나를 한직이라서 부업하기 좋겠다고 한다. 듣기 좋은 말로 한운야학(閑雲野鶴)이라고도 한다. 깔보는 소리면 어떻고 위로하는 말이면 또 어떠리. 나의 일자리가 아무리 춥고 배고파도, 내 직책이 한갓 구실아치마냥 하찮아도 아홉 식구의 호구를 여기에 걸고 부침 표박한 세월이 참으로 구름 같구나!

구름, 구름. 젊었을 때 건성으로 흘려들었던 시 한 수가 요즘 들어 문득문득 떠오르곤 한다.

生也一片浮雲起
死也一片浮雲滅
浮雲自體本無實
生死去來亦如是

태어나매 한 조각 뜬구름이 일고
죽으매 한 조각 뜬구름이 사라진다
뜬구름은 본래 실체가 없나니
생사가 오고가는 것이 또한 이와 같으이

나옹화상(懶翁和尙)의 누님이 나옹한테 염불을 배운 뒤 지었다는 「부운(浮雲)」이란 시이다. 3행과 4행은 한낱 설명이요 군더더기에 지나지 않는다. 진실로 생사에 대한 생각을 딱 끊어버린 자라면 이런 췌언은 하지 않았을 것이요, 굳이 뜬구름을 들먹이지도 않았을 것이 아닌가. 뜬구름이라고 하는 데에는 아직 미련이 묻어 있다.

오늘도 하루해가 다 가는구나! 이 퇴근열차도 막차인가. 고개 들어 금오산을 살펴본다. 산마루 너머 노을이 불탄다. 무슨 미련이 저리도 가관이란 말인가.

바람소리 물소리
눈 오는 소리

　　눈 덮인 금오산 품안에 들어섰다. 구름을 두른 설봉에는 시취가 감돌고 앙상하던 나뭇가지는 금방 향기를 뿜으며 이름 모를 백화로 흐드러졌다.

　　개울을 건너 채미정에 들어섰다. 깍, 깍, 까치가 이 나무에서 저 나무로 옮겨 앉았다. 객을 맞는 건지 쫓는 건지 모르겠으나 어쩌면 저 까치들은 고사(高士)의 시녀들일까? 슬그머니 나는 옷매무새를 다독였다. 눈에 눌려 휘어져 있는 대나무가 한결 고고해 보인다. 두 왕조를 섬기기를 마다했던 야은(冶隱)의 고절(苦節)인가? 대 수풀은 매운바람을 안고 뭔가를 거부하듯 사뭇 서걱거리고 있다. 두 왕조라 하지만 백성은 하나인데 그 충절이 백성을 위해 무슨 의미가 있느냐고 묻고 싶어진다.

　　채미정을 돌아 나오니 바람 끝이 더 차갑다. 지난 봄, 벚꽃이 눈송이처럼 펄펄 날리던 정경을 바라보며 눈이 내릴 때 꼭 여기를 다시 찾으리라 마음먹었었는데, 오늘은 눈을 밟고 서서 그날의 낙화를 연연해하는구나!

　　계곡으로 들어서니, 소녀 서넛이 산길을 오르고 있다. 눈을 던지며 장난을 친다. 쏴아, 하고 바람이 몰아친다. 소나무 가지 위에서 무수한

눈가루가 안개처럼 뿌옇게 시야를 가리며 내려앉는다. 목덜미를 출싹거리며 눈가루를 털고는 외투 깃을 세우고 잠시 눈을 감아 본다.

"아아, 바람소리다."

앞서가던 한 소녀가 탄성을 지른다.

"아니, 물소리야."

다른 한 소녀가 급히 말을 되받는다. 이때다. 쏴아, 하고 또 한 차례 눈가루가 몰아친다.

"봐라, 바람소리지."

"아냐, 바람소리 아냐."

"그럼, 무슨 소리?"

바람소리 물소리를 굳이 가려서 뭐 해. 그들의 대화가 곧 바람소리 물소린 것을…….

얼마를 걸었을까. 갑자기 잔뜩 찌푸린 날씨가 미심쩍더라니 잿빛 하늘에 눈발이 서면서 점점 폭설로 쏟아졌다. 서둘러 허둥대며 되짚어 버스 정류소까지 내려왔다.

눈을 피할 곳이 마뜩찮은지 사람들은 남의 가겟집 처마 밑에 몰려 서성거리고 있다. 왁자하던 아까와는 달리 별로 말이 없다. 아마도 집에 돌아갈 일이 걱정이 되는 모양이다. 눈에다가 또 눈이 쌓이니 걱정이야 되겠지만 세상이 온통 눈에 파묻혀 개체의 고유한 형상이 없어져서 도리어 좋지 않은가? 눈에 덮이는 산천초목을 바라보며 나는 갑자기 득의한 듯,『장자』의「제물론」(齊物論) 한 단락을 소리 내어 외운다. 내 목소리가 문득 높아진다. 정상에는 약사암 목탁 소리도 한껏 드높아 있을까? 눈빛이 눈부신 산야를 바라보며 일체의 시비와 일체의 진위가 절대적이 아니며 천지만물과 내가 일체임을 새삼스레 느끼는 것은 아마도 치소(緇素)가 다르지 않을 터.

천지만물과 내가 일체라고 하는 것은, 내가 천지만물과 같다진다는 말인가? 천지만물이 나와 같아진다는 말인가? 전자는 장자의 생각이요, 후자는 불학의 견지일 것이다. 천지만물이 나와 같아지면, 그러한 나는 곧 본래면목(本來面目)이 아닌가.

바람소리, 물소리, 눈 오는 소리, 까치 소리를 굳이 가려 뭐 해. 오랜만에 나는 마음이 편안하다. '눈아! 오거든 그치지를 말고, 그치거든 부디 녹지를 마라.' 이렇게 입속으로 웅얼거리며 나는 눈을 맞고 가만히 서 있는데, 저만치서 타야 할 버스가 체인이 감긴 바퀴를 조심스레 굴리고 있다.

획, 한 줄기 눈보라가 인다. 채미정의 수풀에서는 까치들이 무슨 항변이라도 하는 것처럼 이쪽을 보고 요란하게 짖어대고 있다. 눈보라 때문일까, 출발을 알리는 버스의 경적 때문일까? 어느 쪽도 아닐 것이다. 아마도 채미정 까치들은 은사(隱士)의 시녀가 맞는 모양이다. 까치가 영물이라지만 사람의 마음까지 읽는가? 나는 열없이 웃으며 눈을 턴다.

책연기冊緣記

십여 년 전의 일이었다. 한 노인으로부터 아주 희귀한 책 한 질을 빌려 본 적이 있었다.

그때 그 책에 대한 나의 호기심은 대단했다. 그 책을 구하려는 욕망은 마침내 책을 가진 노인에 대한 아련한 그리움으로 바뀌어 갔다고나 할까. 그 책을 빌리려 소백산 속으로 그 노인을 찾아 나설 때는 삼고초려의 장면을 떠올려 보기도 하면서 마냥 현자를 찾아 나서는 그런 기분이 되어 있었다.

물어물어 노인의 산방을 찾았다. 노인은 몹시 깡마르고 꼬장꼬장했다. 방안으로 들어서니 네 벽을 메우다시피 한 책들이 압도해 왔다. 거의가 고서 같았다. 창문 위에 '城復于隍'(성복우황)이라는 네 글자가 벽면에 그냥 씌어 있었다. 대뜸 그 네 글자의 뜻을 물어 보았다.

"성을 쌓을 때 움푹 파인 곳을 隍(황)이라 하지. 그 성은 허물어져 황지(隍池)를 메우게 되고……"

노인의 설명을 듣고는 그제야 책을 빌리러 온 용건을 털어놨다.

"젊은 분이 케케묵은 걸 뭘 하러?"

조금은 퉁명스럽다고 느껴졌다. 이분으로부터 뭔가 듣고 싶었지만 나의 이런저런 말엔 도무지 대꾸도 않으셨다. 어느새 그 다섯 권의 책을 내 앞에 내밀었다. 두 달 뒤에 돌려 드리겠다고 했더니 일부러 오지 말고 우편으로 부치라고 했다. 그러나 나는 약속을 어겼다. 그 해 연말을 며칠 앞두고서야 겨우 노인에게로 갈 수가 있었다. 너무 늦어서 우편으로 보내기가 좀 뭐했기 때문이다.

그 노인이 얼마 전에 십여 년이 지난 지금 내 집을 찾아왔다. 깜짝 놀랐다. 현자를 예우하는 정중하고 약간은 들뜬 기분이 되어 그를 맞이했다.

잠깐 방안을 둘러보고는,

"책은 다 어디 있고?"

첫마디가 책에 대한 것으로 시작했다. 월간지 나부랭이가 뒹굴고 있을 뿐 별다른 책들이 눈에 띄지 않는 것에 실망하고 있었을까.

"지금 곧 집으로 가야 하네. 붙잡지 말게.……오늘 밤 긴한 볼일이 있어서….."

이렇게 떠날 것을 단호히 선언해 버리더니만, 갖고 온 보따리를 슬슬 풀었다.

"이건 자네가 빌려갔던 그 책일세. 이걸 자네한테 맡기려고 온 걸세. 자네가 가지게."

"……"

"이 책은 다섯 책이 질을 이루고 있지만 사실은 산질본이었지. 네 권은 고향에 두고, 보고 있던 한 권만 갖고 난리 통에 넘어왔으니까.……어쨌거나 질을 맞추긴 했지만 판이 다르고 종이가 다르고 연대가 달라서 책의 구색이 원래 만하진 않아…… 산질본, 특히 한두 책이 빠져 있거나 한두 책만 남아 있는 산질본을 대할 때면 북녘 땅 가족이 절절히 그리워.

나 같은 산질본이 언제 완질이 될까. 나는 내 가족을 찾듯 흩어진 고서의 질을 찾아 경향 각처의 고서점을 돌아다녔다네."

"아, 그러셨군요."

나는 겨우 이 말밖에 할 수가 없었다.

"그 밖에도 몇 권 쓸 만한 것만 골라서 화물로 부쳤네."

비비적비비적 품안에서 쪽지를 꺼내더니 내 앞으로 내밀었다. 물표였다. 나는 뒤통수를 얻어맞은 듯 정신이 멍해 있었다. 노인은 훌쩍 떠났다. 붙잡아도 막무가내.

도리 없이 그 노인의 책들을 인수키로 하고 며칠 후 황황히 노인을 찾아갔다.

난리 통에 갖고 왔다는 그 한 권의 산질본. 가족을 찾듯 질을 맞추기 위해 전국을 누볐다는 그런 책을 수십 권이나 물려주듯 남기고 쫓기듯 떠나는 그 노인의 뒷모습. 그 허허한 모습에서 나는 차츰 어떤 불길한 느낌이 들게 되었기 때문이다.

노인의 산방은 비어 있었다. 휑하니 비어 있는 고가는 대낮인데도 괴괴하기 짝이 없었다. 한 노파의 얘긴즉슨 이러했다.

노인은 이래 전에 죽었다.…….

노인은 월남 후 독신으로 살아왔다. 재혼을 권유해도 '글쎄' 이러면서 북녘 하늘만 바라볼 뿐이었다. 딸아이 하나를 주워서 키웠는데, 과년이 차도 한사코 시집가길 거부해 왔다.

"아버지! 이제부턴 저는 아버지의 며느리가 되는 겁니다. 이 아긴 손자로 삼으시고……"

딸을 시집보내려는 아버지를 단념시키기 위해 그 딸은 사내아이를

주워서 키웠다. 그런 딸이 어느 날 아이와 한꺼번에 교통사고로 죽고
말았다. 이때부터 노인은 표표히 떠돌아 다녔고……. 이레 전인가. 번하
게 동이 틀 무렵 동네 개들이 하도 짖기게 몰려와 보니 웬 책들을 불태워
버리고 노인은 뒷산 소나무에 목을 매어 있었다고…….

　속으로 날짜를 꼽아 보았다. 책을 남기고 표연히 떠나던 바로 그날
밤이었다. 방문을 열어 보니 그 많던 책들은 하나도 보이지 않고, 휑뎅그렁
한 방안에 '城復于隍' 네 글자만 그때와 같았다.

　성은 허물어져 황지로 돌아가지만 노인은 어디로 갔단 말인가. 휴전선,
그 피맺힌 성을 넘어 외로운 혼은 구름처럼 날아갔을까. 여기 묻힌 두
인연으로 하여 남과 북의 하늘을 방황하고 있었을 것을——.

　돌담 곁엔 무심한 해당화만 하나 둘 꽃망울을 터뜨리고 있었다.

나무꾼한테 길을 묻다

　　'3·15부정선거'가 자행되던 날, 닭이 홰를 칠 때 나는 책상을 탁 치고 길을 떠났다. 불로장생의 연단(煉丹)을 만든다는 도사나 한번 만나 볼 작정을 한 거다.

　한점심을 엿 한 가래로 에우고 지친 걸음으로 다다른 곳이, 뒷산이 등에 업히고 앞산이 턱을 괴는 첩첩산중. 구름은 짙고 인적은 드물었다. 산길로 접어들어 한 나무꾼한테 길을 물었다.

　산 중턱을 돌아 오르막 나뭇길을 한참 올라가니 골짜기 하나가 온통 만개를 앞둔 복사꽃으로 메워져 있었다. 줄잡아도 백 구루는 되지 싶었다. 그 한가운데 청태 낀 자그마한 띳집 한 채가 엎드려 있었다. 울도 담도 없는 집. 댓돌이며 봉당을 살펴보아도 보이는 거라곤 새카만 남자 고무신 한 켤레뿐이었다. 몇 번 기침을 해도 아무 기척이 없더니 봉두난발에 장비 수염을 한 장년의 사나이가 방문을 반쯤 열고 앉은 채 멀거니 내다보았다.

　서너 발자국 다가서서 공손히 인사를 해도 아무런 말이 없었다. 더 다가서서 큰소리로 말을 해보아도 여전히 말이 없었다.

　조금 망설이다가 그냥 밀고 들어갔다. 화로에서 주전자 하나가 김을

뿜고 있을 뿐 텅 빈 방이었다. 주전자를 건드려도 역시 아무 말이 없었다. 주전자든 사람이든 너 따위야 안중에도 없다는 듯 반안(半眼)을 뜨고 묵연히 앉아 있는 이 바위 같은 사람은 대체 누구란 말인가.

벙어리 호적(胡狄)을 만난 격. 말없이 대좌했다. 그래도 도끼 자루는 썩었던지 밖으로 나오니 해는 서산에 뉘엿거렸다.

산모퉁이를 막 돌아갈 때였다. 갑자기 대금 소리가 들렸다. 저만치 바위 위에 하얀 한복 차림의 내 또래 젊은이가 보였다. 청송에 둘러싸인 흰옷이 반쯤 속세를 떠났고 긴 대금을 한 쪽 어깨 위로 비스듬히 고이 잡고 고개를 누인 모습이라니, 갑자기 활개를 치고 표연히 몸을 날릴 듯 영락없는 백두루미의 웅크린 모습이었다.

가까이 다가갔다. 긴가민가했더니 아까 그 나무꾼이었다. 그 벙어리 도사가 정말 축지도 하고 둔갑도 하느냐고 물어 보았으나 답은 않고 웃기만 했다. 여관도 없는 산골이라 한뎃잠을 자게 생겼다 했더니 내 소매를 잡고 놓지 않았다.

부부가 살고 있는 초가삼간. 그는 나보다 나이가 조금 더 들어 보였는데 나무꾼이라기엔 너무 유식했다. 주안상을 가운데 놓고 두 사람은 잔을 기울였다. 시국을 한탄했다. 종신 집권을 노리는 이승만 정권을 질타하고 비분강개하여, 유례없는 부정선거를 매도했는가 하면 동족상잔, 절대빈곤을 자조했던 것 같다.

술이 거나해지자 차차 두 사람은 보다 근원적 본질적인 것으로 화제가 바뀌어 갔다. 그는 주로 황로학을, 나는 설익은 역학을 횡설수설 떠벌렸던 같은데 별안간 그는 술주정인 듯, 귀신이라도 썬 듯이 어깨춤을 췄다. 풍물패의 놀이에 엉덩이가 들썩거리듯 나 또한 신명이 났다. 자연스레

그를 따라 짧은 주문을 외웠다. 날이 번히 샐 무렵이었다. 내 입에서
갑자기 악 하는 소리가 나왔다. 감전이 된 듯 짜릿한 느낌이 스치는
순간 내 몸이 기계가 작동하듯 했다. 내 몸을 내가 문지르기도 하고
두드리기도 하고 두 사람이 어우러져 덩실덩실 춤을 추기도 했다. 이런
동작들이 저절로 그리 되었다.

무슨 도술이냐고 물어 보았더니, 중국 팔선(八仙)의 하나인 여동빈(呂
洞賓〈名:嵒〉)의 연년술(延年術)이라고만 했다.

성도 이름도 묻지 말라던 그 나무꾼을 한 달포 뒤 그러니까 4 · 19가
터진 뒤에 다시 찾아갔으나 행방이 묘연했다.

이백과 두보가 함께 화개군(華蓋君)이라는 도사를 찾아간 적이 있었다
한다. 이때 이백은 마흔네 살, 두보는 서른세 살이었다.(천보 3년, 서기
744년) 이백이 수도 장안에서 일 년 가까이 한림학사를 지내다가 자유분방
한 행동으로 조정에서 쫓겨난 것은 그해 봄이었다. 이때 두보는 낙양에
있었는데 그해 여름에 낙양을 지나던 이백과 두보가 처음으로 만나게
됐다. 두 사람은 금방 친해졌다. 이백이 장안에서 쫓겨나는 걸 본 두보는
벼슬길에 나아가려는 뜻이 한동안 사라져 버렸던 것 같다. 당시 양귀비를
둘러싼 음란하고 추잡한 궁정의 작태와 썩을 대로 썩어 가는 조정의
꼬락서니를 두보는 이백을 통해 소상히 알게 된 거다. 마침내 두보와
이백은 옛 양나라 송나라 지역을 유람하며 선도를 익히고 연단을 구하려
했다. 두 사람은 그해 가을에 일엽편주로 황하를 건너 고생고생하면서
왕옥산(王屋山)으로 갔으나 화개군이라는 그 도사는 이미 오래 전에
죽고 없었다. 그 뒤에 이백은 제주(齊州:지금의 산동성 제남)로 고천사(高
天師)를 찾아가 도가의 비록을 얻고 연단의 길로 들어섰지만 두보는

그때 화개군이 죽은 걸 알고는 뜨거운 눈물을 쏟았다. 불로장생이며 이백이 그토록 만들려는 연단에 대해 크게 낙담했다. 두보는 그때의 허망한 심정을 뒷날 시로 썼는데 두어 마디만 옮겨 본다.

弟子誰依白茅屋 盧老獨啓靑銅鎖 巾拂香餘搗藥塵 階除灰死燒丹火 ——「憶昔行」抄

제자는 누가 남아 띳집에 의지했나 / 노씨라는 늙은이 홀로 청동 자물쇠를 여는구나 // 헝겊에 향기 떨치니 약 빻던 먼지 남았고 / 섬돌에는 재가 식었으니 연단 불이 탔겠네

세속에의 뜻을 꺾고 신선 공부나 하려고 도사를 찾아갔다가 도사는 죽고 없고 도사가 빻던 약의 먼지며 약 달일 때 생긴 식은 재만 멍하니 바라보는 두보의 허탈한 모습이 눈에 잡힐 듯하다.

나는 해마다 3월 15일 무렵이 되면 그 옛날 산속에서 해후했던 그 나무꾼 생각에 밤잠을 설친다. 그가 살아 있다면 팔순이 넘었을 것이다. 이 밤도 두드리고 춤을 추고 있을까. 신선이 되려 했던 이백과 두보가 신선은커녕 이백은 진갑 년에 두보는 쉰여덟 살에 죽고 말았듯이, 우화등선(羽化登仙)을 발원하며 두드리고 춤추는 그 나무꾼의 수련 또한 허망한 일이겠지.

나는 더러 주문을 외우긴 했지만 신선 같은 건 발원하지도 않았다. 무심히 두드리고 춤춘다. 두드리면 가슴속에 우레가 울고 춤을 추면 겨드랑이에 돌개바람이 인다. 일만 근심이 사라지는 듯. 하지만 아무리 뇌풍(雷風)이 섞여 쳐도 속절없는 근심거리가 내게 딱 하나 남아 있다. 처음 가는 이역의 땅 그 종착역이 가까워지면 괜히 술렁이는 나그네의

불안 같은, 시름 같은.

　종착역! 거기에는 길을 물어 볼 나무꾼인들 있겠나.

탈출구脫出口

서재에서 책을 읽다가 잠시 눈을 감고 가만히 있자니 어디서 치르르, 치르르 하는 가냘픈 소리가 났다. 살펴보아도 아무것도 없었다. 바람소리였나 싶었다. 다시 눈을 감고 있는데 그 소리가 또 들렸다.

메밀잠자리 한 마리가 유리창에 붙어 있었다. 11월도 다 가려 하는데 잠자리라니, 아마도 방안에 들어온 지가 꽤 된 것 같았다.

잡아도 가만있었다. 곧 죽을 것 같았다. 막 허물을 벗고 나왔을 때처럼 힘 하나 없어 보였다. 제자리에 놓아 줘도 날아갈 줄 모르고 여전히 그 자리에 가만히 있었다. '다른 것들은 계절에 맞춰 변화를 이루었을 텐데 이놈은 왜 이러고 있담!'

창문을 열었다. 바람이 선득했다. 잠자리는 문이 열린 곳을 못 찾는 건지, 바람이 싫어서 다가가지 않는 것인지 그 자리에 가만히 있었다. 아마도 잠자리는 심한 길치인 모양이다. 들어온 문도 기억하지 못하는데 그까짓 날개가 무슨 소용인가. 밖으로 내보내면 얼어죽을지도 모르고 그렇다고 이 방안에서 언제까지나 살아갈 수도 없는 노릇이다. 일단, 어찌하나 보려고 잠자리를 창밖으로 집어던졌다. 순간, 잠자리는 허공으로 화살처럼 비상했다. 순식간에 한 점 점으로 사라졌다. 나는 넋을 잃었다. 앙큼하게 어디에다 그런 힘을 숨기고 있었을까. 아니, 잠자리는 오랫동안 감금되어 있었지 않았나. 몰골이 그 지경이 되도록 아무것도 못 먹고 홀로 감옥살이를 한 것이니, 생각하면 할수록 기막힌 일이 아닌가.

창문을 닫고 의자에 앉았다. 다시 책을 폈으나 생각은 자꾸 잠자리를 좇고 있었다. 책을 덮고 눈을 감았다. 유리창에 붙어서 치르르 치르르 하던 그 소리가 내 귓속에서 영 떠나질 않았다. 화살처럼 비상하던 그 모습이 눈에 삼삼했다.

잠자리는 탈출구(脫出口)를 찾지 못했다. 그런 잠자리를 내가 바라보았듯 누가 나를 그렇게 바라보고 있을지도 모른다. 탈출구! 이것이야말로 이미 초월하여 학문이나 지식 따위가 필요 없게 된 경지일 것이다. 내 눈길이 한평생 책만 들여다본다고 해서, 책장 종이에만 부딪친다고 해서 종이가 뚫리겠는가?

문득 한 친구가 생각난다. 오십 년도 넘은 옛날, 나는 건강이 좋지 않아 봄 한철을 어느 절에서 휴양을 하게 되었는데 내가 들어 있는 요사채에서 먼 뒷간 가기만한 거리에 오막살이 한 채가 조는 듯 엎드려 있었다. 울도 담도 없는 이 집을 사람들은 초막(草幕)이라 했다. 눈치 없이 중뿔나게 뻗대고 다가앉은 바위 하나, 그 곁에는 흰 매화 한 그루가, 나무도 늙어서 그런지, 청아한 개울물 소리에 잠깐 정신이 팔려서 그런지 겨우 여남은 개의 꽃을 피우다 말다하고 있었고, 그 가지에는 웬 커다란 바랑 하나가 자주 걸려 있었다. 약초 바랑이라 했다. 이 초막에는 식구래야 고작 홀아비 영감과 곁방살이하는 나그네 하나뿐이었다. 영감은 약초 캐러 구름처럼 떠다니고 건넛방에 사람이 산다 하나, 고등 고시 공부를 하는 한 청년이 굴속에서 겨울잠을 자는 곰처럼 틀어박혀 있을 뿐, 숲속의 이 초막은 대낮에도 괴괴하기 짝이 없었다.

그 곰 같은 청년과 나는 금방 친해졌다. 그는 키만 클 뿐 공부 때문인지 수숫대처럼 마르고 얼굴은 창백했다. 아픈 나보다도 더 아픈 사람 같았다.

영감은 빙그레 웃으며 우리에게 약초로 빚은 누런 술을 곡차라면서 내밀 때도 있었다. 쩍쩍 들러붙는 전내기 술이었다. 영감이 외출하고 없는 어느 날 밤이었다. 어디서 퍼 왔는지 그 독한 술을 그 청년은 물을 마시듯 했다. 지난날을 떠듬떠듬 털어놓았다.─ 한 시절 장안이 뜨르르 하는 한다한 양반가의 후손으로 태어나 이 나라 최고의 명문 경기중학에 들어갔다. 1·4 후퇴 때, 그때는 이미 한강 인도교가 끊어졌었기 때문에 결빙된 마포 강을 건너 피난길에 올랐다. 난리 통에 부모를 잃고 고아가 되었다. 부산에서 껌팔이며 구두닦이 같은 걸로 목숨을 부지하다가 같은 처지로 만나 대여섯 해를 함께한 고 계집애가 돈을 몽땅 털어서 야반도주를 해 버렸다. 고학으로 야간 고등학교를 나왔지만 대학은 엄두도 못 내고 고등고시 응시 자격시험인 '고등고시 예비시험'에 합격했다고 했다. ─ 여기서 더는 말을 잇지 못했다. 달막대는 그의 어깨 위로 흐르는 달빛이 슬펐다.

그와 나는 가끔 사찰 경내를 산책하기도 했다. 더러 일주문까지 내려가기도 했었는데 한번은 일주문에 걸려 있는 "入此門來 莫存知解…"(입차문래 막존지해…)라는 주련(柱聯)을 본 그가 나더러 해석해보라고 했다. 양재기 물처럼 얕아 빠지기도 하지 그 사이에 벌써, 내가 한문을 조금 읽었다는 티를 드러냈던 모양이다. 하지만 겨우 『명심보감』 정도를 배운 주제에 한문의 문리를 어떻게 알겠으며, 하물며 불학의 깊은 뜻이 담겨 있을 법한 일주문의 이 글귀를 어찌 제대로 알 수가 있었겠는가? "이

문안으로 들어오거든 아는 것으로써 풀려고 하지 말라."라고만 얼버무리고 말았다. 그러나 이 글귀가 그의 심금을 울리기라도 했는지 그 후 그는 자주 나의 소매를 일주문으로 끌었다. 그리고 이상하게도 차차 말수가 줄고 창백한 얼굴에는 좋아하는 기색이 없어져가는 것 같았다.

  헤어진 지 네 해째였지 싶다. 어느 날 발신자의 이름도 주소도 없는 편지 한 통이 날아왔다. 그의 편지란 걸 나는 직감으로 알았지만 겉봉을 앞뒤로 뒤치며 얼른 뜯지 못했다. 사연은 이러했다.

> 우리는 매화 가지에 약초 바랑이 걸려 있던 초막에서 노야(老爺)가 주던 걸쭉한 조당수 같은 금빛 곡차를 거나하게 마시곤 했었죠? 그 노야가 약초 캐러 가고 없는 날에는 제가 앞장서서 그 반야탕(般若湯)을 축내기도 했고요? 아, 알고도 눈감아 주던 그.…….
>
> 저는 마흔이 가깝도록 여러 번 낙방했습니다. 어릴 적부터 병골이어서 공부를 제대로 할 수가 없었습니다. 초막에서 형을 만났던 그때도 시름시름 앓기는 했으나 공부 때문인 것으로만 여겼지요. 심한 폐결핵이었습니다. 사랑하는 여자가 있었는데 그녀는 문득 사소한 일로도 툭하면 까탈을 부리더니 종적을 숨기더군요. 저의 병을 알게 된 모양이에요. 그녀를 원망하지 않습니다. 두 여자를 실망하게 만든 저 자신이 죄 많은 사람이라고 생각합니다.
>
> 한동안 저는 절체절명의 상태에서 어디로 가야 빠져나갈 구멍을 찾을지 몰랐습니다. 육법전서에는 그런 지혜가 없었습니다. 옛날 일주문 생각을 참 많이 했답니다. 지식을 쌓는 것이 공부가 아니란 걸 깨달았습니다.
>
> 삼년을 피를 토하다가 부처님의 가피로…… 삭발하고 중이 되었습니다.

  그리고는 지금까지 서로 소식을 모르고 살아왔다. 그는 일주문이 가르치는 대로 앎을 내려놓았을까? 앎을 내려놓는다는 것은 결국 모두를 내려놓는 것이 된다. 모두를 내려놓으면 무아(無我)다. 무아는 공(空)이다. 공(空)은 삼계육도(三界六道)의 윤회에서 벗어나는 탈출구라고나 할까.

　오늘처럼 옛날의 그 초막이 그리워지는 날이면, 나는 가끔 이 편지를 꺼내 본다. 누렇게 빛바랜 편지 위에 손가락으로 그림을 그린다. 뚫린 구멍을 하나 그린다. 언제나 손가락이 아프다.

해곡海曲을 떠돌며

　　버스를 타고 경주를 거쳐 포항으로 들어가자면 들머리에서 아름다운 산수화 한 폭을 보게 된다. 끌린 듯 홀린 듯 멀리 달려온 형산강과 여인의 젖가슴마냥 흐벅지게 불룩한 곤제봉의 숨 막히는 애무가 나그네의 가슴을 뛰게 한다. 여기서 강을 끼고 산모롱이를 돌아들 때면 벌써 두 눈은 까치발을 디디고 바다를 기웃거리게 되리라.

　　이 해곡에 머문 지 4년 반 동안 숙소를 열네 번이나 옮겼다면 나의 방랑벽은 다한 말이다. 수탉이 암탉을 호리며 한쪽 다리를 치키고 빙그르르 돌 듯 나는 그렇게 바다에 홀려 영일만 언저리를 휘돌아다녔다고나 하리라.

　　영일만 하면 포항이요, 포항 하면 '포항 종합 제철'이다. 더러는, 송도 바다가 오염되었다고 혀를 찬다. 창틀에 먼지가 수북이 쌓인다고 눈살을 찌푸리기도 한다. 포항 제철 탓을 한다. 그러나 밤하늘에 핏빛 불을 뿜어대는 포항의 괴물, 용광로의 그 휘황찬란한 야경을 보게 되면 열린 창문을 얼른 닫지 못할 것이다. 뭔가 부정하고 싶을 때 이 고로의 장관을 바라보노라면 포항제철이야말로 포항의 긍정이며 상징이며 자존심이란 걸 깨닫게 되리라.

영일만 언저리는 풍치가 아름답다. 포항에서 영덕 쪽으로 천첩옥산 감고 도는 해변 도로의 주변 경치는 영남 굴지의 풍광명미라 할 만하다. 신운이 표묘한 내연산의 유벽(幽僻)한 운림(雲林), 폭포며 보경사가 자주 보아도 싫지 않고, 칠포 월포 화진 그리고 영덕의 장사로 차례차례 병풍처럼 펼쳐지는 고운 바다가 나그네 마음을 사로잡는다. 산과 바다가 톱날인 양 들락거렸으나 건너뛰면 닿을 만하고 동으로 내닿는 산줄기들이 바다에 부딪쳐 멈칫, 안간힘을 쓰다가 남긴 기기묘묘한 바위가 물속에 들락날락 자맥질한다. 황홀하다 할까, 현란하다 할까. 꼬불꼬불 이곳을 달리고 있노라면 여길 오길 잘했구나 하는 생각이 든다.

여기를 지나노라면 영덕행 차표가 아깝긴 하지만 뛰어내리고 싶어진다. 칠포 월포 화진은 그냥 스치더라도 장사 해변엔 한 번쯤 내려 볼 일이다. 첫눈에 '장사상륙작전 전몰용사 위령탑'이 들어온다.

경주의 안강전투에서도, 포항여중전투에서도 그렇지만 이 해변에는 군번도 없이 죽어간 어린 학도병들의 슬픈 사연이 있다. 6·25 때 맥아더 장군은 인천상륙작전을 하루 앞 둔 1950년 9월 14일에 인민군의 시선을 다른 곳으로 돌리려고 이 해변에서 상륙작전을 감행했다. 미처 훈련도 제대로 받지 못한 학도병 772명(?)을 주축으로 구성된 유격대였지만 이들은 9월 19일까지 6일 간의 악전고투 끝에 이 전투에 승리함으로써 인민군의 보급로를 차단하고 인천상륙작전에 결정적인 도움이 되었다고 한다. 이른바 성동격서(聲東擊西)요, 양동 작전(陽動作戰)이었다. 이 전투에서 섬멸 당한 인민군 병사도 학도병 또래의 열일고여덟 살 꽃다운 나이였다. 나는 그때 열일곱 살이었다. 학도병들은 주로 내가 살고 있는 대구 지방의 학생들이었고 한다. 만감이 교차한다. 학도병이며 인민군,

그들은 왜 죽어야 했는가? 이 엄중한 질문을 던지며 조국의 현실을 바라볼 때면 나는 언제나 우주적 탄식을 금할 수가 없다.

영일만을 소요하면서 가끔은 부두에 나가 본다. 뿌웅, 뿌웅, 뱃고동 소리에 그리움을 누르다가 뜻밖에 울릉도를 다녀오는 서울 친구를 만날 때면 소매를 끌고 죽도시장으로 들어간다. 회집이 즐비하다.

아직은 해가 한 발은 실히 남았는데 담배 연기 자욱한 목롯집 구석에는 하급 노무자 같은 사나이들이 지친 어깨를 맞대고 안주도 없이 술잔을 기울이고 있다. 하는 일이야 저들과 달랐지만 나 또한 젊은 한때 땀에 절은 옷을 입지 않았던가. '서비스인 척하고 아나고(붕장어)나 돈지(도다리) 한 접시를 저 술판에 내주라고 해야지.' 마음속으로 지갑을 열어 본다.

"너무 비싸이더."

"아따 그 양반, 돈 없으면 외상으로 디립시더." 생판 낯선 사람한테 외상을 긋게 하다니, 아지매의 유별난 풍정이 분위기를 푸근하게 한다.

포항의 인심은 이러하다. 뱃사람의 본새를 폄훼하는 사람이 있다면 그는 아직 바다를 제대로 보았다고는 할 수 없을 것이다. 백곡(百谷)을 모두 담고 청탁을 두루 삼키는 바다. 투박한 사투리며 호탕한 웃음, 일호 탁주에 건곤을 논하는 영일만 사나이. 옷 잘 입고 교양 있는 멋쟁이 여자, 여자, 여자. 아, 포항 물회와 더불어 오래오래 사랑하리라.

나는 지금 구만리 바닷가를 어슬렁거리고 있다. 오는 길에 구룡포 바다를 바라보면서도 시린 눈을 주체하지 못했는데 구만리 바다에서는 해천일벽(海天一碧), 바다와 하늘이 하나로 푸르다고 밖에 더 보탤 말을 찾지 못한다.

지도에서 토끼 꼬리라고도 하고 범의 꼬리라고도 하지만 토끼 꼬리는 왜놈들이 억지로 붙인 명칭일 뿐 범의 꼬리가 옳다고 한다. 그 꼬리가 호미곶이며 구만리는 그 꼬리의 맨 끝 부분에 해당하는 작은 마을이다. 바다가 구만리여서 구만리라는 동네 이름이 붙었을까.

횟집도 있고 가게도 있지만 어딘가 폐허처럼 쓸쓸한 구만리. 주택이며 행색이 초라해 보인다. '호미곶등대' 곁에는 관광객도 있고 젊은 남녀가 무슨 게임 같은 것도 벌이고 있어 꽤나 왁자지껄하건만, 그런데도 왜 이리 호젓하고 쓸쓸할까.

철썩, 철썩, 파도는 흰 머리를 치키며 모래를 핥는다. 작은 포말이 바람에 날려 내 얼굴을 치다가 쓸쓸히 물러난다. 파도 소리 바람소리가 한데 어우러져 모두가 파도요, 바람이요, 그리고 하늘이 있을 따름인데 나는 왜, 덧없는 인간의 일들을 생각하고 있는가. 멍하니 섰다가 실팍한 돌멩이 하나를 집어 바다로 힘껏 던져 본다. 하찮은 거리에서 침몰하고 만다. 자신의 한계를 깨닫는 건 괴롭고, 체념은 슬프다.

바다엔 낙조가 비낀다. 저 멀리 어화(漁火)가 깜빡인다. 등대에도 불이 켜졌다. 파도 소리는 점점 높아져 간다. 쉿! 신음 소리다. 영일만, 해를 잉태한 만삭의 바다가 진통이 뭔지를 모를 리 없다. 신산(辛酸)을 겪고 일어서는 사람이 저러할까.

솔연率然

　　요즘 젊은이들 얘기로는 머리가 크면 외계인이요, 다리가 짧으면 F학점, 배가 나오면 파면감이라고 한다.

　　중년이후가 되면 조금 달라진다. 머리는 치매만 안 걸리면 족하고 다리는 관절염이나 골다공증 같은 것만 안 걸리면 되는 모양이지만 배가 나오면 파면감이 아니라 송장감으로 여긴다. 등산이다, 수영이다, 뭐다, 뭐다…. 선불 맞은 멧돼지가 되어 간다. 배가 나오지 않을 것, 이것은 남녀노소를 막론하고 현대인의 화두다.

　　미래에는 머리가 좋기보다는 가슴이 따뜻하고, 다리가 미끈하기보다는 심성이 넉넉한 사람이 세상을 지배하게 될 것이라는 얘기가 심심찮게 나온다. 가슴이 따뜻한 사람, 듣기만 하여도 가슴이 따뜻해진다. 미래가 아니라 현재도 가슴부터 보자는 사람들이 있긴 있다. 의사들이다. 병원에 가면 머리와 팔다리에 청진기를 들이대는 의사는 없지만 병원이 아닌 곳에서는 대뜸 머리와 팔다리에 청진기를 들이대는 또 다른 이름의 의사가 있다. 말하자면 수필의 의사들이다.

　　수필 같은 짤막한 글에도 대가리가 있고 몸통이 있고 꼬리가 있는 모양이다. 어떤 사람들은 말하기를 대가리를 잘 내밀어야 한다고 하고,

어떤 사람들은 꼬리를 잘 사려야 한다고 하는가 하면, 또 어떤 사람들은 대가리와 꼬리가 잘 어우러져야 한다고 말한다. 이들의 하는 말이 얼마나 교묘한지 듣고 있노라면 넋을 잃을 지경이지만 말이 그렇지 그게 어디 입맛대로 되던가.

그러나 아직 몸통부터 들고 나오는 사람은 없는 것 같다. 이런 사람들까지 나온다면 수필 쓰기가 점점 더 어려워질 것 같다는 생각이 든다.

대가리를 말하는 사람들은 떡잎만 보아도 장차 줄기, 가지, 꽃, 열매까지도 어떠할까를 대번에 알 수 있다고 눈썹을 치킨다. 신기한 재주이다. 도미(掉尾)를 찬양하는 사람들은 이를테면 꼬리만 보면 대가리와 몸통을 보지 않아도 담비인가 개인가를 당장 알아차릴 수가 있다는 사람들이다. 신기한 재주이다. 대가리와 꼬리를 아울러 살피겠다는 사람들은 수미(首尾)가 조응하는 목목(穆穆)한 기운을 본다는 사람들이다. 신기한 재주이다. 그들은 모두가 남의 글은 대가리며 꼬리만 읽을 사람들이다.

옛날 중국 회계(會稽)의 상산(常山)에 솔연(率然)이라는 이름을 가진 이상한 뱀이 있었는데, 대가리를 건드리면 꼬리가 이르고 꼬리를 건드리면 대가리가 오고 허리를 찌르면 대가리와 꼬리가 함께 이르렀다. 손무(孫武)는 말하기를 용병을 잘하는 사람은 이 뱀과 같다고 했다. '상산진'(常山陣)이니 '상산사세'(常山蛇勢)니 하는 말들은 모두 여기에서 나온 말이다.

서두를 떡잎에 비기는 사람들이나 결미를 짐승의 꼬리에 견주는 사람들, 그리고 대가리와 꼬리를 동시에 저울질하는 사람들, 이러한 사람들의 들레는 소리에 귀가 먹먹해질 때면 나는 차라리 '솔연'이라는 상산의 이 뱀을 좀 만나 보아야겠다는 생각을 해 보기도 하지만 구태여 상산까지 가서 어렵게 '솔연'을 만나랴! 머리는 외계인, 다리는 F 학점, 몸매는 파면감이라 하더라도 가만히 바라보고 있으면 사람의 마음을 흔드는 그러한 여자를 만날 일이다. 배운 것도 가진 것도 내세울 것도 아무 것도 없다 하더라도 가만히 바라보고 있으면 사람의 마음을 편안하게 하는 그러한 남자도 찾아 볼 일이다.

백비白賁

　　가도(賈島)가, "중은 달 아래 문을 두드리네."라고 할까, "중은
달 아래 문을 미네."라고 할까를 두고 고심했듯이 글은 부단히 고쳐야
한다. 헤밍웨이는 『노인과 바다』를 이백 몇 번이나 고쳤다 하지 않는가.
고친다는 건 꾸미는 것이다. 어떻게 꾸밀 건가.

　　옛날의 귀부인들은 비단 옷을 입은 뒤에 경의(褧衣)라고 하는 얇은
홑옷을 덧입었다고 한다. 경의의 소재는 삼베라는 설도 있고 모시라는
설도 있다. 경의로 외화(外華)를 경계하는 것이 참으로 옷을 잘 입는
거라고 생각한 것 같다. 나는 한동안 남방셔츠 색깔을 자주 바꾸고는
했었는데 이제는 흰색만 좋아한다. 꾸미기가 궁극에 다다르면 '흰색으로
꾸민다.'라는 뜻을 가진 백비(白賁)라는 고인의 말이 똑 나 들으라고
한 소리인 것 같아 씩 웃음이 나온다. 그러나 나의 남방셔츠 색깔이
흰색인 줄은 내가 알지만 나의 글들이 흰색인지 아닌지는 내가 모른다.

　　꾸미는 데 빠지다 보면 비단옷처럼 화려해져서 거짓되게 되기 쉽다.
흰색으로 꾸민다는 말은 꾸미지 않는다는 말이 아니라 화려함으로 해서
본 바탕을 잃을까 염려해서 한 말이다.

　　흰색도 색이다. 무색이 아니다. 흰색도 꾸미는 것이다. 그러나 그

꾸밈은 정직하다. 무슨 색이든 무슨 내용이든 그대로 내보이는 색이 흰색이다. 모든 색의 바탕이 되면서도 모든 색을 초월한, 눈부시게 아름다운 색이 흰색이다. 모든 말의 바탕이 되면서도 모든 말을 압도하는, 심금을 울리는 말이 정직이다. 흰옷 입은 여자 앞에서는 나는 늘 마음이 흔들리고 흰 종이를 대하면 나는 항상 가슴이 띈다. 정직한 여자 앞에서는 나는 늘 파계승이 되고 정직한 글을 읽으면 나는 항상 연서를 읽는다.

　내가 글을 꾸미는 기본 정신은 더 정직한 글이 되게 하려는 데 있다. 부끄럽고 누추하고 초라해도 정직하려고 애쓴다. 겸양은 때로 같잖은 오만이 된다. 정직하지 않기 때문이다. 오만은 때로 사람을 즐겁게 한다. 정직하기 때문이다. 정직하려는 이 노력은 독자에 대한 수필의 최소한도의 예의라고 생각한다.

무언처 無言處

1. 강에 잉어가 뛴께

뭔가를 버리고 나면 가슴이 후련해지는 법인데 후련해지기는커녕 한바탕 드잡이를 놓은 듯 도리어 가슴이 더부룩해질 때가 있다. 책을 버릴 때이다.

나의 성명을 틀리게 쓴 책은 우편함에 그대로 둔 채 '수취거부'라는 빨간 글씨를 쓴 딱지를 붙여 둔다. 내 이름을 잘못 써서 기분이 언짢기도 하거니와 이런 책이, 보낸 사람이 지은 것이라면 보나마나 그 내용이 정밀하지 못할 것 같기 때문이다.

정밀하지 못한 건 많다. 이를테면 '계간평'이라고 되어 있는 계간 문예지가 있다. 그런 책을 내 서재에 둔다면 다른 책들의 자존심을 상하게 할 것이다.

내용이야 어떻든 책을 마구잡이로 버리기도 한다. 문단 간부의 선거 때가 되면 평소에는 송아지 개 보듯 하던 사람들이 책을 시새우듯 보내 준다. 뱃속이 빤히 들여다보인다. 불결하여 다른 사람을 찍든지 기권을 하게 되는데 그 책을 내가 공짜로 가질 수야 없지 않는가.

불결하지는 않더라도 냉소를 짓게 될 때가 있다. 지나치게 과장하거나 미화된 기념문집 같은 것을 대하면 엉터리 송덕비나 날조된 묘비를 보는 것 같아서다.

　냉소를 짓게 하는 경우는 많다. 사람은 자칫 말과 행동이 일치하지 않듯, 글은 이론과 실제가 일치하기가 쉽지 아니한 모양이다. 수필문학의 한 이정표를 세웠다는 평가를 받은 적이 있었던 윤오영의 경우만 해도 그렇다. 윤오영은, "문장은 또 평이해야 한다.…(중략)…남의 말을 빌려 오는 것이 탈이요, 다 아는 것을 혼자 아는 체하는 것이 탈이요,…(후략)…" 라고 했다.(尹五榮, 『隨筆文學入門』「문장과 표현」, 서울:관동출판사, 1975) 짧은 글인 수필에 남의 말을 장황하게 늘어놓을 겨를이 없다는 건 옳은 말이다. 그러나 그의 글은 어떤가? 흔히 수작으로 꼽히는 「염소」에서는 총 1,169자 가운데 방소파의 말 61자와 페이터의 말 187자를 합치면 248자가 되어 인용문이 글 전체의 5분의 1(약 21.21%)을 웃돈다. 인용이 없는 글이 없다시피 그의 수필에는 인용이 많다. "採菊東籬下 悠然見南山"(陶潛, 「飮酒」), "桐千年老恒藏曲 梅一生寒不賣香 (月到千虧 餘本質 柳經百別又新枝)"(申欽, 『象村集』「野言」), "無邊落木蕭蕭下 不盡 長江滾滾來"(杜甫, 「登高」), "蝸牛角上爭何事 石火光中寄此身 (隨富隨貧 且歡樂 不開口笑是癡人)"(白居易, 「對酒五首詩」), "風來疎竹에 風過而竹 不留聲이요, 雁渡寒潭에 雁去而潭不留影"(洪自誠, 『菜根譚』)과 같은 한문을 출처도 밝히지 않은 채 번역도 하지 않은 채 원문 그대로 인용하기도 한다. 인용에 관한 그의 지론을 스스로 파기한 거다. 이러한 인용은 독자에 따라서는 '평이'하게 느껴지지 않을 수도 있고 반면에 '다 아는 것을 혼자 아는 체하는 것'으로 비칠 수도 있다.

이런 시문(詩文)을 원전에서 인용한 자가 윤오영만은 아니겠지만 윤오영이 인용하고 나서부터 이런 인용이 부쩍 많아졌을 뿐만 아니라 인용문의 원전을 물으면 대답을 못하거나 얼버무리는 걸 보면, 원전에서 인용한 것이 아니라 남이 인용한 것을 말도 없이 재인용한 것으로 보인다. 윤오영 덕분에 수필계에는 제법 유식하게 된 에피고넨이 수두룩하게 된 거다. "강에 잉어가 뛴께 사랑방 목침이 뛴다."더니 무슨 이끗을 보겠다고 남의 꽁무니를 따라다니는지 모르겠다. 젊은이라면 장래성이 없고 늙은이라면 추하다. 뿐만 아니라 지금까지 나와 있는 한국의 수필 이론서며 수필 논설이란 것들이 하나같이 앞에 말한 윤오영의 『隨筆文學入門』을 교묘히 변형시켰거나, 단장취의(斷章取義)의 수법이랄 수 있을지는 모르지만 여기저기에서 글을 따 와서 조각보를 만들었거나 하는 수준이 아닌 걸 나는 아직 만나보지 못했으니 딱한 현상이 아닌가.

글을 읽다가 쾌재의 문장을 만나면 벌떡 일어나서 방안을 이리저리 왔다갔다한다는 어느 교수의 문장을 두고 입에 침이 마르도록 찬탄한 어느 여류 수필가의 글을 읽고 나는 모처럼 박장대소를 했던 적이 있다. 이덕무(李德懋, 1741~1793)는 「간서치전」(看書癡傳)에서 이런 말을 했다. "심오한 경지를 만나면 기쁘기 그지없어 일어나서 돌아다닌다."(得其深奧 喜甚 起而周旋) 그 교수의 말은 이덕무의 이 말과 같지만 이런 표현은 글줄깨나 읽은 사람이라면 결코 놀랄 일이 아니요 사랑방 목침이 뛴 것도 아니다. 여자를 꾀어 여관에 들어가서 방 한복판에 앉혀 놓고 여자를 둘러 돌고 도는 색한도 있다지만 나는 문득, 매화가 좋아서 매화를 둘러 돌고 돈다는 고인의 경지를 생각해 본다. 인간의 이런 본능은 수천 년 전에 이미 『주역』이 '반환'(磐桓)이라 한 것에 나타나 있거니와 "무고송

이반환"(撫孤松而盤桓)이라고 한 도연명(陶淵明)이 뭘 좀 알고나 磐桓 대신에 盤桓이라 했는지 모르겠다. 역(易)을 말하는 자 치고 磐桓의 깊은 뜻을 제대로 아는 자 나는 여태껏 들은 적이 없다.

2. 해시불변亥豕不辨

이이(李珥)의 「역수책」(易數策)에 있는 '天津鵑叫'(천진견규)의 天津 은 天津이라는 지명이 아니라, 지금은 없어졌다지만 낙양의 남쪽 낙수(洛 水)에 있었던 부교(浮橋)인 天津橋를 뜻한다. 내가 이를 알지 못한 것은 『소씨문견록』(邵氏聞見錄)을 읽지 않았기 때문이다.(朴籌丙, 『까치밥』, 서울:미래문화사, 1995. p. 234, p. 320)

공덕룡이 "지나침(過猶)보다 미치지 못함(不及)이 속편하다"라고 하여 '지나침'을 '過猶'라 한 것이라든가,(『에세이문학』 「계절의 미각, 요리」, 2006, 겨울호, 서울:에세이문학사. p. 208. 이하 『에세이 문학』이라 한다) 심경호가 "낙백(落魄)한 문인들은 노랗고 둥근 국화를 동전에 비유해 자조하고 스스로를 위안했다."에서 낙탁(落魄:零落)이라 해야 할 경우에 낙백(落魄:넋을 잃음)이라 한 것은 아마도 실수인 것 같다.(李御寧 책임 편찬, 『국화』, 서울:종이나라, 2006, p. 80)

김규련이 「개구리 소리」에서, "열반이라 함은 번뇌의 불길을 불어서 끈다는 취소取消(nirvana)의 뜻이 아닌가."라고 했다.(金奎鍊, 『강마을』, 서울:汎友社, 1982 /金奎鍊, 『귀로의 사색』, 대구:도서출판 그루, 2003 /金奎鍊, 『즐거운 소음』, 서울:좋은수필사, 2007) 여기서 取消는 吹滅이라야 옳다. 군이 '취소'라고 하려면 吹消라고 하면 모를까. 한낱 단어 하나를 두고 트집잡는다 할지 모르지만, 이 문장은 이 단어가 틀리면 문장이 아니요, 이 문장은 이 글의 추뉴(樞紐)의 하나이기 때문에 문제삼지 않을 수 없다. 이 오류는 실수가 아니라 무지의 소치인 것 같다. 이 글이 그가 내세우는 대표작의 하나일 뿐만 아니라 오랜 세월을 두고 여러 지면에 실렸기 때문이다. 그만큼 김규련 자신이 이 글을 살펴볼 기회가 많았다는 말이다.

같은 글 서두에 나오는 "서성거려 본다."는 "어정거려 본다."로 해야 바른 표현이 된다. 사전에 보면 '서성거리다'라는 말은 "자꾸 서성서성하다"라는 뜻인데 '서성서성'이란 "[어떤 일을 결단하지 못하거나 불안하여] 한곳에 서 있지 못하고 왔다갔다하는 모양"이라는 뜻으로 되어 있다. 그런데 이 글 서두에는 어떤 일을 결단하지 못한다거나 불안하다거나와 같은 그런 상황이 전혀 나타나 있지 않기 때문이다.

또 이 글에서, "개구리 소리를 밤이 이슥하도록 혼자 듣고 섰으면 드디어 열반의 경지에서 불사선(不思善) 불사악(不思惡)을 느끼는 순간을 맛보게 된다."라고 한 것은 적절치 않다. 불학에 판무식인 나 같은 사람도 아는 얘기이긴 하지만, 우선 "선도 생각하지 말고 악도 생각하지 마라."(不思善 不思惡)라는 이 말과 관련하여 불문에 전해져 내려오는 이야기 하나를 지루하나마 다시 음미해 보기로 한다.

의발(衣鉢)을 빼앗으려는 혜명상좌(慧明上座)한테 육조(六祖) 혜능(慧能)이 남방으로 쫓겨 대유령(大庾嶺)에 다다랐다. 혜명상좌가 당도한 것을 알아차린 육조는 의발을 바위 위에 놓고 이렇게 말했다. "이 의발은 믿음을 표시하는 것인데 완력으로 어찌 다툴 것인가. 그대가 가지고 가려거든 가지고 가라." 혜명상좌가 그것을 들려고 하니 산과 같아서 움직이지 않았다. 깜짝 놀라 벌벌 떨면서 말했다. "내가 법을 구하러 왔지 의발 때문은 아니요. 원컨대 행자 육조는 가르쳐 주시오." 혜명은 상좌요 육조는 행자였지만 깨달음에 있어서 그런 지체며 위계 같은 것이 무슨 소용이 있겠는가. 이에 육조가 말하기를, "선도 생각하지 말고 악도 생각하지 마라. 이러할 때 어떤 것이 (혜명)상좌의 본래면목인가?"(不思善 不思惡 正當恁麼時 那箇是上座本來面目)라고 했다.(『無門關』 제23칙 抄)

위에서 "내가 법을 구하러 왔지 의발 때문은 아니요. 원컨대 행자 육조는 가르쳐 주시오."라는 혜명상좌의 말끝에 육조가 한 말이, "선도 생각하지 말고 악도 생각하지 마라."였다. "내가 법을 구하러 왔지 의발 때문은 아니요."라는 혜명상좌의 말은 겁에 질려서 한 거짓말이었다. 실은 의발을 빼앗으려고 온 것이 아니었던가. 이것이 육조가 말한 악이다. "원컨대 행자 육조는 가르쳐 주시오."라는 혜명상좌의 말은 잘못을 뉘우친 말이다. 이것이 육조가 말한 선이다. 요컨대 육조는, 비단 선악뿐만 아니라 일체의 상대적 분별심에서 초탈하여 자신의 본래면목을 깨쳐야 한다는 뜻으로 '불사선 불사악'이란 말을 한 것이었다. 부모미생전(父母未生前)이니 천지미분전(天地未分前)이니 하는 말들 또한 이 본래면목이란 말과 맥락을 같이 하거니와, '불사선 불사악'이 되어 자신의 본래면목을 깨쳐야만 구경의 경지인 열반에 이를 수 있는 것이거늘, "열반의 경지에서 불사선(不思善) 불사악(不思惡)을 느끼는 순간을 맛보게 된다."라는 김규련의 말은 갑자을축이 을축갑자가 되었으니 우습지 아니한가. 이 말 한마디를 잘못 하는 바람에 김규련의 「개구리 소리」는 귀때 떨어진 주전자요, 족자리 깨진 중두리며, 굴타리먹은 호박이 되고 말았다.

김규련은 같은 글에서, "문명의 소리가 동동이라면 자연의 소리는 정靜이다. 그리고 개구리 소리는 선禪인지도 모른다."라고 한껏 멋을 부렸다. 개구리 소리도 자연의 소리다. 개구리 소리만을 자연의 소리에서 분리하여 선의 소리라고 하고 이를 자연의 소리에 대비시킨 것은 논리에 어긋난다. 논리에 맞지 않으면 이미 문장이 아니다. 한낱 무문농필(舞文弄筆)에 불과하다.

김규련이 「자괴의 독백」이란 글에서 '導骨三穿'이라 한 것을 보고 박장대소를 했다.(『수필세계』, 2009, 가을호, 대구:수필세계사, 이하『수필세계』라 한다) '踝骨三穿'이 옳다. 이 말은 정약용(丁若鏞)의 고족제자(高足弟子)인 황상(黃裳)이 스승을 추모하면서 "日事筆硯 踝骨三穿."(날마다 붓과 벼루를 써서 복사뼈가 세 번이나 구멍이 파였다)이라 한 데서 유래한다.(「與裵州三老」)

김규련이 난(蘭)의 향기를 암향(暗香)이라 한 것은 암향은 매화에, 유향(幽香)은 난초에 쓰는 전례(典例)로 미루어 보면 암향이란 말이 거꾸로 인쇄된 글자가 되어 버렸다.(『隨筆公苑』「蘭을 바라보며」, 통권 4호, 서울:태양사, 1983, 이하『隨筆公苑』이라 한다)

김규련이 「성찰의 계절」이란 글에서 "늘그막에는 하동포구에서 풀꽃을 따며 소꿉질하던 유년의 동심으로 돌아가 하늘의 구름처럼 살고 싶다."라고 했다.(『수필세계』, 2009, 겨울호, p. 51) 이미 여든 살을 넘은 노인이 '늘그막에는'이라니 맞지 않는 말이다.

역시 같은 글에서 "송백과 향나무는 엄습하는 혹한을 이겨내고 청신한 녹색으로 만고심을 드러내고 있다."라고 한 문장은 애매모호하다. 만고심이란 단어 때문이다. 만고심이란 단어가 어찌 된 영문인지 우리나라의 각종 사전에는 나오지 않는다. '萬古心'이란 말은 한국의 수필문단에서는 내가 처음으로 사용했거니와,(『계간 수필』「萬古心」, 2008, 겨울호, 서울: 수필문우회. 이하『계간 수필』이라 한다.) 만고심이란 "천만년 옛날부터 지금까지, 그리고 영원한 장래를 생각하고 그리워하는 마음"을 의미한다. (諸橋轍次, 『大漢和辭典』, 東京:大修館書店. 平成 11年) 따라서 조금 전의 해서 쓴다 하더라도 '만고의 그리움' '만고의 시름' '만고의 한(恨)' 등과 같은 뜻으로 쓸 수는 있어도 나무가 만고심을 드러낸다고는 할 수 없다. 고인의 글에서 용례를 보기로 한다. 관다산(菅茶山)의 「동야독서시」(冬夜讀書詩)에서는 "閑收亂帙思疑義 一穗靑燈萬古心"이라 했고, 주희(朱熹)의 「무이도가」(武夷棹歌)에서는 "林間有客無人識 欸乃聲中萬古心(茅屋蒼苔魏闕心)"이라 했다. 윤선도는 「어부사시사」에서 주희의 '欸乃聲中萬古心'을 그냥 옮겨다 놓았다. 요즘 같으면 표절의 논란이 있겠다.

또 김규련이 「말이 없는 친구들」이란 글에서 "이런 나에게 아침마다 살가운 미소로 반겨 주는 너희들이 있어 고졸한 내 생활에 기쁨이 그윽하다."라고 했다. 자신의 생활을 두고 '고졸한'이라 표현한 것은 귀에 거슬린다. '고졸하다'는 말은 "(작품이나 분위기가) 기교는 없으나 예스럽고 멋이 있다."라는 뜻인데 자기의 생활을 고졸하다고 말하는 것은 겸손한 태도가 못 된다.(『수필세계』, 2010, 봄호, p. 20)

김규련이 「용골(龍骨) 없는 문학」이란 글에서 '讀破書萬卷'은 '讀書破萬卷'의 오류다.(「奉贈韋左丞丈二十二韻」)(『대구문학』, 2010, 통권 85, p. 11) 讀破란 말은 두보의 이 시어에서 유래하거니와, 한시는 글자 한 자 한 자가 놓일 자리에 놓여야 한다. 또 같은 글에서 '語不驚人 雖死不休'에서 雖자는 빼는 것이 바람직하다. 원래 이 말은 칠언고시에서 한 말이기 때문이다.(「江上値水如海勢聊短述」)

　김규련이 「겨울 산책」이란 글에서 "……엄동설한에도 흠향할 수 있는 계절의 향취가 있음에랴."라고 했다. 살아 있는 사람이 흠향(歆饗)한다고 한 것은 고금에 없는 망언이다.(『수필세계』, 2010, 겨울호, p. 21)

　이희승이 「책을 아끼자」라는 글에서, "책은 적어도 아버지와 같은 정도로 소중히 여겨야 한다는 말이다."라고 한 것도 망언이다.(李熙昇, 『벙어리 냉가슴』, 서울:일조각, 1957, p. 198) '적어도'라니 말이 되는 소릴 해야지.

　자신의 아버지를 두고, "나의 아버님은 천수(天壽)를 누리셨다."라는 망발을 서슴지 않는 자가 있으니 상제가 방립(方笠)을 쓰는 뜻조차 알지 못하는 사람일 거다.

　양주동이 「객설이 문학인가」라는 글에서 "…(전략)…注意와 공갈을 섞어 말한 셈이었으나…(후략)…"라고 했다. 여기서 '공갈'은 '협박'이라 해야 한다. 이 글의 전후를 살펴보면 금품을 뜯어내거나 하는 목적이 없기 때문이다.(梁柱東, 『文酒半生記』, 서울:新太陽社, 1960, p. 153) 그는 다른 글에서 "잃어진 고기가 가장 크게 보인다."라고 했다. 여기서 '잃어진 고기'는 '잃어버린 고기' 또는 '놓친 고기'라 해야 옳다.(梁柱東, 『无涯詩文選』, 서울:耕文社, 1960, p. 133) 이 말들이 자칭 국보 양주동의 말이라면 누가 곧이듣겠는가.

　양주동의 고제(高弟)인 이어령이, " '국화를 따면서 먼 남산을 바라본다.'는 도연명의 유명한 「귀거래사」에도 남산이 나오고,…(후략)…"라고 한 말에서 「귀거래사」는 「잡시」 또는 「음주」라고 해야 옳고,(李御寧 책임 편찬, 『소나무』, 서울:종이나라, 2005, p. 12) 대나무는 뿌리를 깊이 박지 않는 법인데, "동북아시아의 대나무들은 밑뿌리가 땅속으로 꾸불꾸불 깊이 뻗어 있어…(후략)…"라고 한 것은 허풍이 되고 말았다.(李御寧 책임 편찬, 『대나무』, 서울:종이나라, 2006, p. 12)

장백일이 "庸言之信 庸行之謹"이란 말을 庸이란 글자가 들어 있다고 해서 그랬는지 『주역』에 있는 말인 줄 모르고 『중용』에 있는 말이라고 한 것은 이른바 '추측 운전'이 사고를 낸 것과 같다.(『에세이 문학』「매화가 심어준 가훈」, 2002, 봄호)

정약용이 '죽란시사'(竹欄詩社)라는 시인 단체를 만든 것은 유배되기 전의 일이며 '죽란'(竹欄)은 대나무를 잘라서 만들었는데, 정목일은, "정약용이 귀양지에서 만든 시 동인회가 '죽란시사'다. 집 뜰에 대나무 난간을 둘러 사람들이 다닐 적에 옷에 댓잎이 스친다 하여 죽란이라 불렀다."라고 했다.(『에세이문학』, 2002, 여름호, p. 197) 정약용이 강진 유배지에서 많은 저술을 하였으니 죽란시사도 강진에서 만들었을 것으로 추측을 한 거다. 여기서 '죽란'(竹欄)을 '대나무 난간'이라 한 것은 엉터리다. 난간이란 계단 툇마루 다리 따위의 가장자리에 만드는 것이지 평평한 마당에 만드는 것은 난간이 아니다. 여기의 란(欄)은 '울타리'의 뜻이다. 欄에도 울타리(籬)의 뜻이 있다. 따라서 '죽란'이란 '죽리'(竹籬) 곧 '대나무 울타리'다.

그는 또 지식과 지혜를 준별하여 지식은 간접체험에서, 지혜는 직접체험에서 나온다고 단언하면서 수필은 지식과 정보를 걷어내고 지혜에서만 나와야 한다고 했다.(『月刊文學』, 2003, 12월호, 서울:한국문인협회 월간문학사, pp. 688~692. 이하 『月刊文學』이라 한다) 그러나 그의 주장은, 지혜와 지식은 인식방법의 문제이지 대상의 문제가 아니란 것을 간과했다. 같은 말도 지혜일 때가 있고 지혜가 아닐 때가 있을 뿐이다.

지식과 지혜를 대상의 문제로 본다 하더라도 그의 주장은 글의 지반을 도외시한 같잖은 도그마에 불과하다. 고저(高低)가 있어 산이 되고 곡직(曲直)이 혼재하여 수풀을 이루고 청탁이 합쳐 바다가 되는 줄 정목일은 진정 모르는가. 그의 주장대로라면, 지혜는 지식과는 전혀 무관한 것인지, 수필이 오로지 지혜만의 소산이라야 하는지, 그런 수필이 있기나 하는 것인지, 수필이 지혜에서 나오기만 하면 '죽란시사'를 정약용이 유배지에서 만들었다고 하고 '죽란'을 대나무를 잘라서 만든 것이 아니라 살아 있는 대나무 난간이라 하고 '울타리'를 '난간'이라 해도 되는 것인지 모를 일이요, 또 사실과 전혀 다르게 지어낸 가짓말을 지혜라고 할 수 있을 것인지 더욱 모를 일이다. 만약 정목일이 수필을 말하면서 툭하면 지혜를 들먹이는 것이 감히 반야(般若)를 염두에 둔 것이라면 과욕이요 부회(附會)다. 반야는 예사 지혜가 아니기 때문이다. 그의 지론대로 글이 지혜에서만 나오려면 문자반야(文字般若)를 이룬다면 모를까. 수필은 불립문자(不立文字)도 아니요, 선사의 계송(偈頌)도 아니다. 문자반야를 이루어야 되는 것은 더욱 아니다.

정목일은 「차 한 잔」이란 글에서 이런 말을 했다. "찰나 속에 영원이 담기고 영원은 찰나 속에 숨을 쉰다."(정종명 외, 『숨은 사랑』, 서울:도서출판 청어, 2010). 이 말을 들으면 『화엄경』(華嚴經)의 정수라고나 할, 의상대사의 「법성게」(法性偈:華嚴一乘法界圖)에 나오는 "無量遠劫卽一念 一念卽是無量劫"이란 말을 연상하는 사람이 퍽 많을 것이다. 정목일이 알고 한 소린지 들은풍월인지는 모르겠으나, 그의 말은 「법성게」의 '무량원겁'을 '영원'으로, '일념'을 '찰나'로 바꾸고, '담긴다' '숨을 쉰다'라는 말로 연막을 친 결과가 되어 버렸다. 이 성형한 얼굴을 알아볼 사람이 없을 거라고 생각했다면 그 추측은 독자를 얕잡아 본 거다. 표절의 논란이 없지 않을 것이다. 만약, "영겁은 일념에서 떨어져 있지 않다." "영겁과 찰나는 둘이 아니다." 등으로 말한다면 이는 이미 일반화된, 불학의 지식(상식)을 말한 것일 뿐 탈잡을 일이 못되지만, 여기서 정목일의 말을 문제삼는 까닭은 그의 표현 방식이 「법성게」를 번역한 것과 진배없기 때문이다.

장백일이며 정목일의 경우처럼 추측 운전이 사고를 내는 일은 비일비재하다. 한계주가 「〈적벽부〉를 통해서 본 인간 소동파」라는 글에서, "소동파인들 자신의 경륜을 마음껏 펼치고 싶은 마음이 왜 없었겠는가. 그러나 그는 타고난 자유인으로 평생을 유배생활을 할망정 소신을 굽히지 않았다.〈아우에게 주는 회답시〉에 그는 정처없이 떠도는 자신의 삶을 '기러기, 눈밭에 잘자국 남기기'라 표현했다."라는 글이 그렇다.(『에세이문학』, 2009, 여름호) 한계주가 말하는〈아우에게 주는 회답시〉란 「면지에서의 옛일을 생각하며 자유에게 답한다」(和子由澠池懷舊)라는 시를 뜻한다. 우선 〈아우에게 주는 회답시〉에서 낫표 안의 말이 정확하지 않다. 낫표를 하지 않는다면 모를까, 낫표를 할 때에는 반드시 「면지에서의 옛일을 생각하며 자유에게 답한다」라는 식으로 가급적 원문의 뜻을 정확하게 나타내야 한다.

소식(蘇軾)은 그의 나이 스물여섯 살 때 봉상부첨판(鳳翔府僉判)으로 부임하기 위해 면지를 거쳐 봉상(鳳翔, 지금의 섬서성 봉상)으로 들어가고 있었는데, 이때 「면지의 일을 생각하며 자첨 형님께 보냅니다」(懷澠池寄子瞻兄)라는 동생 소철(蘇轍)의 시에 대한 화답으로 위의 시를 지었다.

오년 전 동생과 함께 아버지(蘇洵)를 따라 수도 개봉으로 과거시험을 보러 가면서 겪었던 어려운 일을 회상한 시다. 소식이 이 시를 짓던 당시는 막 환로에 나아가기 시작할 무렵이었고 정처없이 떠돈 적이 전혀 없었다. 유락의 길로 들어서기 시작한 것은 이 시를 지은 지 십년 후인 서른여섯 살 때부터이다. 한계주의 말은 허풍이 되고 말았다.

맹난자가, '原始反終'을 "시작된 근원으로 마침을 돌이킴이니⋯⋯(후략)"라고 한 것은 한문의 문리에 어긋난다.(『月刊文學』. 2009, 3월호, p. 254) 原始와 反終처럼 대칭 어구인 경우에는 두 어구가 문법적으로 대등하다. 反 자는 동사로 쓰고 原 자는 형용사로 쓰는 법은 없다. 原 자 또한 마땅히 '찾다' '근본을 캐다' '추구하다' 등 동사로 해석해야 한다. 따라서 原始反終이란 "시작을 캐고 마침을 돌이킨다."라고 해야 한다. 이와 비슷한 말로 原始要終이 있다. "시작을 캐고 마침을 추구한다."로 해야지 "시작된 근원으로 마침을 추구한다."로 해석하면 말이 뜻에서 배돈다. 학자들도 마찬가지다. 주자의 『易學啓蒙』의 '原卦畫'(원괘획)에서의 原 자 또한 '찾다' '근본을 캐다' '추구하다' 등 동사로 해석해야 하는 줄 알지 못하고 이상한 소리를 한 번역들뿐이다. 또 맹난자가 "지뢰복(地雷復)괘의 괘사 '복(復)에 그 천지의 마음을 본다(復其見天地之心乎)'에서⋯⋯"라고 했다.(『月刊文學』, 2010, 8월호, p. 320) 여기서 '본다'는 '볼진저!'라고 해야 한다. '-ㄹ 진저'는 종결 어미로서 '마땅히 그러 해야 한다'는 뜻을 감탄조로 장중하게 나타내는 말이다. 말의 뉘앙스를 맹난자는 알지 못했다. 괘사(卦辭)는 단전(彖傳) 또는 단사전(彖辭傳)이라 해야 옳다. '전(傳)'은 '사(辭)'를 풀이한 것이다. 괘사(卦辭)는 단사(彖辭)라고도 하거니와 괘사(단사)와 단전(단사전)을 구분하지 못했다는 것은 「십익」

(十翼)을 정확하게 모르는 소치다. 또 '其'를 '그'로 해석한 것은 적절하지 않다. 여기서의 其는 '아마(도)'라는 뜻인 줄을 요즘 학자들은 말할 것도 없거니와 선유 가운데도 아는 자가 거의 없었다. "其有聖人乎" "作易者其有憂患乎"와 같은 문장에서도 其는 모두 '아마(도)'의 뜻이다.

『주역』을 잘못 읽으면 미친다는 말이 있다. 문단에 『주역』을 공부한 사람이 더러 있는 모양이지만 거개가 미친 소리만 하고 있다. 다만 김동리(金東里)는 다르다.「天命을 즐긴다」라는 그의 수필이 이를 말해 준다. 하지만 그는 이 글에서 天命이란 말을 구차하게도「계사전」(繫辭傳)의 "旁行而不流 樂天知命"이라는 문장에서 이끌어 내었을 뿐 天命이란 말은 「계사전」의 이 말에 앞서 천뇌무망괘(天雷无妄卦)의 단전에 "天命不祐行矣哉"라고 하고 있음을 알지 못했다. 김동리의 주장은 애석하게도 한갓 요동시(遼東豕)가 되었다 할까.(金東里,『생각이 흐르는 강물』, 서울:甲寅出版社, 1985. pp. 171~180)

손광성이, "매화는 일생 추위에 떨어도 그 향기를 팔지 않고, 거문고는 천 년이 지나도 그 소리를 바꾸지 않는다."라고 한 것이 "桐千年老恒藏曲 梅一生寒不賣香"이라는 신흠(申欽)의 시에서 얻어 온 말이라면 큰 흠이랄 수는 없다할지 모르지만 말의 앞뒤가 바뀌었고, '오동'을 '거문고'로 표현한 것은 비약이 지나쳤다.(孫光成,『하늘잠자리』, 서울:을유문화사, 2011, p. 229) "한약에서 감초는 빠져도 대추는 빠지는 법이 없다."는 말은 틀렸다.(孫光成, 前揭書, p. 222)『동의보감』『경악전서』『방약합편』등등 어떠한 의서를 보아도 대추가 들어가지 않는 한약 처방이 대추가 들어가는 한약보다 훨씬 더 많기 때문이다. "그리고 여인의 치맛자락이 스치는 소리와…(후략)…"에서 '여인'은 '여자'나 '여성'으로 하는 것이

합리적이다.(孫光成, 前揭書, p. 39) 왜냐하면 여인이란 '성년이 된 여자'를 뜻하기 때문이다. 손광성의 말대로라면 미성년인 여자의 치맛자락은 포함되지 않게 되는데 과연 손광성은 그런 생각이었을까? "은은한 향기는 멀수록 더욱 맑다."에서 '은은한'을 '그윽한'으로 바꿔야 옳다. '은은한'이란 낱말은 소리를 두고 쓰는 말이지 향기를 두고 쓰는 말이 아니다.(孫光成, 前揭書. p. 140)

염정임이 「한 장의 사진」에서, "몇 년 사이에 두 선생님은 앞서거니 뒤서거니 영원을 향해 떠나셨다."라고 한 문장에서 '앞서거니 뒤서거니'는 적절치 않다.(『月刊文學』, 2009, 10월호, p. 176) '앞서거니 뒤서거니'란 말은 이를테면 A와 B 두 사람이 A(앞)B(뒤)가 되기도 하고 B(앞)A(뒤)가 되기도 한다는 뜻인데 저승길을 앞서거니 뒤서거니 갔다니 참 괴이한 소릴 다 듣겠다.

정혜옥이 "옛집과의 해후는 그렇게 허망하게 끝이 났다"에서 '해후'는 옳지 않다.(정혜옥, 『강물을 만지다』, 서울:선우미디어, 2008, p. 55) 해후란 우연히 만나는 것인데 이 글에서 필자가 옛집을 만나는 것이 우연이 아니기 때문이다. 또 "짚을 엮어 만든 신은…(중략)…엮은 끈이 떨어지면…(중략)…짚신 같은 걸 엮었을 것이다"에서 '엮어'는 '결어'로, '엮은'은 '결은'으로, '엮었을'은 '결었을'이나 '삼았을'로 각각 바꿔야 더 친절하다. (정혜옥 전게서, p. 98)

처음부터 벼슬길에 나아가지도 않았을 뿐만 아니라 종신불취(終身不娶)였던 임포(林逋)를 두고, "벼슬살이와 처자를 버리고 서호에서 은둔하면…(후략)…."라고 한 조희웅의 말은 사실에 어긋나고,(『매화』, 서울:종이나라, 2005, p. 84) "벼슬 버리고…(후략)…"라고 한 김규련의 말은

애매모호하다.(『계간 수필』, 2007, 가을호, p. 3)

　두보(杜甫)의 「등고」(登高)에 나오는 "無邊落木蕭蕭下 不盡長江滾滾來"에서도 마찬가지겠지만, 구활(具活)이 소식(蘇軾)의 「적벽부」(赤壁賦)에 나오는 "哀吾生之須臾 羨長江之無窮"에서의 '長江'을 '긴 강'이라고 번역한 것이 옳지 않은 것은 백두산(白頭山)을 '흰 머리 산'이라고 번역해서는 아니 되는 것과 같다.(『한국수필가』「赤壁을 노래한 蘇東坡를 그리며」, 2005, 겨울호, 서울:한국문인협회 계간한국수필가, 이하 『한국수필가』라 한다)

　중국에 적벽(赤壁)이라 일컬어지는 산 이름이 넷이고 강 이름이 하나인데 산 이름 가운데 하나는 호북성(湖北省) 가어현(嘉魚縣) 동북 쪽, 양자강 가에 있는 적벽으로 주유(周瑜)가 조조(曹操)를 격파한 곳이다. 또 하나는 호북성(湖北省) 황강현(黃岡縣) 성(城) 밖에 있는 적벽으로 흔히 적비기(赤鼻磯)라고 부르거니와 소식이 이 적비기에 찾아와서 주유와 조조가 싸웠던 그 적벽인 줄로 잘못 알고 「전후적벽부」(前後赤壁賦)를 지었던 건데, 오늘날 글을 쓴다는 사람들이 적벽이 여러 곳인 줄을 알지 못하는지 소식이 적벽대전이 벌어졌던 적벽에서 「적벽부」를 지은 걸로 잘못 알고 있으니 우습지 아니한가.

　"십합혜 짚신은 씨줄 열 개를 나란히 하여 짚으로 촘촘하게 날줄을 넣은 것이어서 단단하고 질겼다. 그러나 오합혜는 다섯 개의 씨줄에 날줄을 듬성듬성하게 엮은 것으로 보기에도 어설프고 수명 또한 짧았다."라는 구활의 문장은 진사 열두 번 해도 모를 소리다.(『대구펜문학』「오합혜 짚신과 산펭」, 통권 제7호, 대구:도서출판 그루, 2007, p. 260. 이하 『대구펜문학』이라 한다) 우선 씨줄과 날줄을 혼동했고, 십합혜 오합혜를

정반대로 설명했다. 나이 열 살에 손수 삼은 짚신을 신고 일제의 '국민학교'
에 다녔던 나 같은 사람도 못 알아듣는 이 말을 짚신 삼는 걸 보지도
못한 사람들이 알아들을지 모르겠다.

또 구활이 '聞香'을 '향기를 듣는다.'라고 한 것과(『수필세계』 「연꽃
필 때 들리는 소리」, 2009, 겨울호) 법정 화상이 "꽃향기는 맡는 것이
아니라 듣는다. 옛 글에도 문향(聞香)이라 표현했다. 이 얼마나 운치
있는 말인가."라고 한 것은 적절치 않다.(법정, 『홀로 사는 즐거움』,
서울:샘터, 2010, p. 26) 이때의 聞자는 '들을문 자'가 아니고 '맡을문
자'이다. 국어사전에도 문향(聞香)을 "향기를 맡음"이라 했다. 법정 같은
이름 있는 승려가 설마 황벽선사(黃蘗禪師)의 박비향(撲鼻香)을 몰랐을
까.(不是一番寒徹骨 爭得梅花撲鼻香/『五燈會元, 龍門遠禪師法嗣, 道場
明辯禪師』)

법정이 '동족상쟁'이라 한 것은 말이 되지 않는 것은 아니나 '동족상잔'
(同族相殘)이라 해야 '聞香'을 두고 그가 한 말마따나 운치 있는 표현이
된다.(법정, 『버리고 떠나기』, 서울:샘터, 2010, p. 264)

미륵을 두고 석인(石人)이라 한 윤자명의 말을 들으면 무덤 앞에 세운
돌로 만든 사람이 제 이름 빼앗겼다고 입을 비죽할지도 모를 일이다.(윤자
명, 『도요 속의 꽃』, 부산:도서출판 전망, 2006, p. 194)

김진식의 "봉황은 오동나무의 열매만 먹는다지 않는가."라는 문장에서
'오동나무의 열매'를 '죽실(竹實)'로 바꿔야 옳다.(『계간수필』 「복伏들이
산간의 하루 그리기」, 2008, 가을호)

수필 평론을 한다는 강돈묵의 "소각시켜야 할 것에 음식물을 집어넣는
양심도 보이고, 제대로 분리하여 내어놓는 깔끔한 성격도 만난다."라는

글에서 '양심'은 '비양심'이라 해야 옳다.(『계룡수필』「재를 치우며」, 2008, 제6집) '홀아비'란 말은 '과부'와 대칭되는 낱말로 아내가 없는 사람을 일컫는 말인데 아내가 있는 사람이 아내와 떨어져 지낸다 해서 "홀아비답게 간소한 아침 식사가 끝났다."라고 한 김태길의 말은 적절치 않다.(金泰吉,『窓門』, 서울:汎友社, 1976, p. 66) 아내가 있는 사람은 '홀아비답게'가 아니라 '홀아비처럼'이라고 하는 것이 옳다.

　신부나 목사는 자신을 일러 신부님이니 목사님이니 하지 않는데 중은 자신을 일러 스님이라 한다. 지위의 고하를 막론하고 중들 거의가 그 모양이다. 스님이라 함은 '중'을 높여서 이르는 말인 줄 설마 모르고 하는 소릴까? 법정 스님은 열권이 넘는 그의 저서에서 한 번도 자신을 스님이라 하지 않은 걸 보면 중노릇 제대로 한 사람인 것 같다.

　임산부(姙産婦)라 함은 아이를 밴 여자 곧 임부(妊婦/姙婦)와 해산한 지 얼마 되지 않은 여자 곧 산부(産婦)를 아울러 이르는 말인데 임부나 산부를 가리켜 임산부라 하는 사람이 문인 행세를 한다. 참으로 개탄할 현상이다. 전교(全校)라 함은 예컨대 고등학교는 1학년부터 3학년까지를 뜻하는 말인데 3학년 전체에서 1등을 한 학생을 전교 1등이라 하는가 하면, 날다람쥐의 털을 청설모라 하는데 날다람쥐를 청설모라고 하는 사람이 많다. 세상은 말세다, 전교와 학년도 분간 못하는 사람이 누구 말마따나 '교사의 꽃'이라는 장학사를 했는가 하면 털모자(毛)도 모르는 사람을 수필의 우상으로 떠받든다.

　박용수는, "면도하는 일이란 수려한 얼굴을 보는 일이었고,……"라고 하여 자신의 얼굴을 수려한 얼굴이라고 하였는데 이 글에서는 자신의 얼굴을 '수려한'이라고 말할 계제(階梯)가 아닌 것 같다.(『수필세계』,

2013 여름호, p. 148) 유혜자는, "사람의 운명이 주어진 시간의 그물망 속에서 엮어지듯이 시력도 망막에 의해 빛이나 태양의 빛을 흡수하는 감광(感光) 현상이 일어나야 가능한 것임을 절감하는 시간이었다."라고 했다.(전게서, p. 21) "사람의 운명이 주어진 시간의 그물망 속에서 엮어지듯이"라는 말은 운명을 해설한 꼴이 되겠는데 운명이란 말을 그렇게 쉬이 해설할 수가 있을까? 방만한 표현이 종잡을 수 없이 모호하다. 망막의 작용을 말하기 위해 시간의 그물망을 먼저 말한 것은 억지다. 운명과 시력을 비유하는 것 자체가 무리다.

'일체 끊고'라고 한다든가,(安大會, 『선비답게 산다는 것』, 서울:푸른역 사, 2007. p. 18) '일절 갖추고'라고 한다든가, 딱한 경우를 들기로 한다면 한이 없다.

3. 사전을 보지 않는 사람들 / 사전이 틀린 줄을 모르는 사람들

'전호기'를 '신호기'로 고친다.(『수필문학』「간이역에서」, 1995, 11월호, 서울: 수필문학사) 이럴 때는 웃고 만다. '傳號旗'라는 한자를 쓰지 않은 건 내 불찰이기도 하니까. 그러나 "백년(百年)의 직장"에서의 '백년'(百年)을 '100년'으로, '백일'(百一)이란 백 마디 말 가운데 참말은 한 마디가 될 둥 말 둥한 가짓말쟁이를 일컫는 말인데 '백일'을 '101'로, '구천'(九泉)을 '9천'으로, "가슴을 허빈다."를 "가슴을 후빈다."로, "인물도 좋것다, 학벌도 좋것다."에서 '것다'를 '겄다'로, "이제 곧 이별이렷다."에서 '렷다'를 '렸다'

로, "유리창을 깬 것이 분명 너는 아니엇다."에서 '엇다'를 '었다'로, '어리비치는'을 '얼비치는'으로, "아무나 할 수 있는 일이 아니다. 무엇이 씌기라도 해야 한다."에서의 '씌기라도'를 '씌우기라도'로, '터앝'을 '텃밭'으로, '에부수수한'이나 '메부수수한'을 '매우 수수한'으로, '짬짜미'를 '짬짬이'로, '꾀죄한'을 '꾀죄죄한'으로, '외돌토리'를 굳이 '외톨'로, '설을 쇠다'를 '설을 쉬다'로, '고 계집애'를 '그 계집애'로, '그득한'을 '가득한'으로, '가짓말'을 '거짓말'로,(『대구문학』「맞선꼴」, 2007, 봄호) '2^{n-1}'을 '2n-1'로,(『대구문학』「맞선꼴」, 2007, 봄호) '길래'를 '길게'로,(『에세이문학』, 2007. 겨울호, p. 344) '제물에 무너져 내린다'를 '제풀에 무너져 내린다'로,(『에세이문학』, 2007. 겨울호, p. 347) '하늘땅'을 '하늘∨땅'으로,(『에세이문학』, 2007. 겨울호, pp. 345~346) '탄핵소추한 것이'를 '탄핵소추∨한 것이'로,(『에세이문학』, 2010, 겨울호, p. 225) '이아침'을 '이∨아침'으로 고쳐 놓기가 예상사다. 이렇게 고치면 그 글은 급전직하 죽지 부러진 새로 전락해 버리는 줄을 그들이 알 턱이 없다. 반점을 아무데나 수없이 찍어서 문맥을 난도질해 버리기도 하고, 문단을 무수히 나누어서 시의 형태를 만들기도 한다. 어중이떠중이 문예지는 말할 것도 없고 한다한 종합문예지도 다르지 않다. 물론 다 그렇다는 말은 아니다. "계곡을 뻐개고 흐르는 물줄기"를 "계곡을 타고 흐르는 물줄기"로, "나는 참 나쁜 사람이다."를 "나는 참 나쁜 사람이 아닌가."로 고치기도 한다. 오리의 다리를 늘이려 하고 학의 다리를 자르려 하는 사람들이다. 이런 사람들은 하필 글의 추뉴(樞紐)만을 골라서 먹칠을 해 놓기가 예사다. 이런 짓들은 옛날의 재래식 공동변소의 낙서와 무엇이 다른가.

어느 대학 선생이 국어사전의 틀린 곳을 지적한 적이 있지만 그분이 지적한 것 밖에도 틀린 것은 더러 있다. 이를테면, '삼성(三省)'을 "하루에 세 번씩 자신이 한 일에 대해 반성함."이라고 되어 있는 국어사전은 틀렸다. '세 번'이 아니라 '세 가지'다.(曾子曰吾日三省吾身爲人謀而不忠乎與朋友交而不信乎傳不習乎.—『論語』「學而第一章」)

석과불식(碩果不食)을 "[큰 과실은 다 먹지 않고 남긴다는 뜻으로] '자기의 욕심을 버리고 자손에게 복을 끼쳐 줌'을 이르는 말."이라고 한 국어사전의 해석도 사이비 해석이다. "[큰 과실은 먹히지 않는다는 뜻으로] 궁상반하(窮上反下)의 씨앗이 되는 이치를 상징적으로 표현한 말."이라는 정도로 설명하는 것이 핍진하다. 『주역』(周易) 박괘(剝卦)의 상구(上九)는 장차 복괘(復卦)의 초구(初九)로 반전하기 때문이다. 따라서 碩果不食에서 不食을 정자(程子)는 不見食으로, 주자(朱子)는 不及食으로, 정약용은 不爲所食으로 해석하는 등 선철의 주석은 모두 국어사전과는 달리 "먹히지 않는다."라고 피동으로 해석한 것이다.

邪(사/야) 자와 耶(야/사) 자가 통용되는 경우가 있기는 하지만, 간장막야(干將莫邪)에서의 邪를 耶로 표기한 국어사전은 틀렸다. 莫邪는 본디 사람 이름이기 때문이다. 『순자』(荀子)의 「성악편」(性惡篇)이나 『오월춘추』(吳越春秋)의 「합려내전편」(闔閭內傳篇)을 보면 모두 莫邪로 되어 있다.

欸乃聲을 애내성이라고 한 국어사전는 틀렸다. 애애성이 옳다. 乃자가 뱃노래를 뜻할 때는 '애'로 발음해야 하기 때문이다.

4. 천리마는 천리마다

비평은 어떠한가. 이원성은 「졸렬한 문장의 수필들」에서, "나무·풀·새·벌레·야생 동물을 모두 '미물'이라 했는데, 미물의 뜻은 ①변변하지 못하고 작은 물건, ②썩 자질구레한 벌레란 뜻인데, 나무·풀·야생 동물들을 미물이라 하는 것은 당치도 않다. 이는 스스로의 무지를 드러낸 것이라 하겠다."라고 했다.(『한국수필가』, 2005, 여름호) 풀이나 나무를 미물이랄 수 없다는 말은 틀리지 않았으나, '①변변하지 못하고 작은 물건'을 미물이라 했는데 그렇다면 몽당연필이나 닳은 지우개 이 빠진 그릇 같은 것도 미물이란 말인가? '②썩 자질구레한 벌레'를 미물이라 했는데 그렇다면 새나 짐승은 미물이 아니란 말인가? ①과 ②가 모두 틀렸다. 미물은 반드시 '생명 있는 동물'이라야 한다. '생명 있는 동물'이라면 짐승이나 날짐승은 물론 때에 따라서는 사람도 미물이라고 하는 경우가 있는 줄을 알지 못하면서 가마가 솥더러 검정아 했다. 가소롭게도 이런 비평을 치켜세우는 것이 현재의 우리 수필문단의 수준이기도 하다.

한상렬은 「고뇌하는 존재의 상상력」에서, "혹시 옛 사람의 말을 좇아 담장(淡粧)한 미녀에 비기지 말게나. 세속 밖의 가인(世外佳人)이라던데 분을 칠한다고 되겠나?"라는 문장은 '세외가인'을 회피하지 않았는데 도리어, "화자는 흔히 말하는 '세외가인'이라는 상투적인 찬사를 굳이 피하고 있다."라고 얼토당토않은 소리를 했다.(『한국수필가』, 2005, 겨울호)

"…(전략)…그 옛날, 솔개에 채여 가던 가여운 우리 집 병아리들을 나는 여태껏 잊을 수가 없다. 병아리를 품고 한사코 솔개에 항거하다가 눈알이 뽑힌 어미닭을 떠올리면 나는 아직도 가슴이 아파 견딜 수가 없다. 솔개도 닭도 우리는 다 겪어 봐서 안다. 청학 백학이 구고(九皐)에서 울고 떼를 지어 훨훨 창공을 날았으면 좋겠다. 창공 드높이, 청학 백학이 가끔 무리지어 싸운다면 그것 또한 장관일 게다."라고 한 문장을 두고 평자 이병용이 「수필의 맛과 멋」이란 글에서 이르길, "'박수병의 청학 백학은……'는 최근 우리의 정치 상황이 '상생의 정치'에서 이탈하고 있음을 경계하면서, '병아리를 품고 한사코 솔개에 항거하다가 눈알이 뽑힌 어미닭'의 역할을 해결책으로 제시하고 있다."라고 한 걸 보고 나는 박장대소를 했다.(『月刊文學』, 2004, 9월호)

한상렬의 데면데면함이나, '朴籌丙'을 '박수병'으로 두 번씩이나 잘못 쓰고,('籌'를 틀리게 쓰는 까닭은 '壽'를 바르게 못 쓰기 때문이다. 문인이 '목숨 수' 자도 못 쓴대서야!) '병아리를 품고 한사코 솔개에 항거하다가 눈알이 뽑힌 어미닭'을 해결책으로 제시했다고 함으로써 학을 닭이라고 말한 이병용의 무례와 생트집은 내가 세상에 문명을 들날리지 못했기 때문일까? 문단에 어떤 세력도 부식(扶植)하지 못했기 때문일까?

강돈묵은, "지나치게 옛 문헌에 의존한 나머지 자신의 말이 빈약하다. 많은 자료를 담아 놓아 보기에는 풍성한데, 무슨 요리인지 알 수가 없다.… (중략)… 작가의 것에 조미료로만 사용하는 것이 좋을 것이다. 선현들의 생각에 내 생각과 해석이 조미료가 된다면 지혜로운 수필쓰기라고 하기에는 어렵지 않을까 한다."고 했다.(『月刊文學』「수필의 글감 사냥과 요리」, 2008, 1월호)

강돈묵의 위의 말들은 한마디로 덮으면 바보 돌 깨는 소리다. 강돈묵이 쓴 위의 비평문에서 문제가 된 수필 「漢江風雲」은 길이가 200자 원고지 21.9 매인데 작가의 말이 18.0 매이고 이른바 선현의 말은 네 사람을 합쳐서 3.9 매에 지나지 않는다. 18.0 매가 3.9 매의 조미료라고 했다. 18.0 매나 되는 작가의 도광(韜光)의 언어들을 빈약하다고 하고 3.9 매에 불과한 절제된 인용을 지나치게 옛 문헌에 의존했다 했다. 자신의 말이 빈약하다고 하는 그 말이야말로 강돈묵 자신의 지적 빈약을 드러낸 말인 줄 그는 모른다. 모르는 것이 뭔 자랑인가? 무슨 요리인지 알 수가 없으면 평을 하지 말든지 알 수 있도록 공부를 더 한 뒤에 평을 하든지 그랬어야 옳았다. "문인상경 자고이연"(文人相輕 自古而然─魏, 文帝)이라지만, 작가를 무시하고 모독하고 독자를 우롱하는 이 따위 논평을 대하면 수필 문단에도 비평이 있느냐고 자문하게 된다.

만사 만물이 그러하듯 글 또한 유변소적(唯變所適)이랄까, 오직 변화하는 곳으로 좇는다. 글에서 변화하는 곳이란 어딘가? 과거와 미래에 이어져 있는 것이 인간의 삶이듯이 의고(擬古)와 창신(創新) 곧 전통의 계승에서 새로움을 추구하는 곳일 거다. 도사득금(淘砂得金), 모래를 일어서 금을 얻을 일이요, 점철성금(點鐵成金), 쇠를 다루어서 황금을 이룰 일이다. 또 온고이지신(溫故而知新)이라야 한다. 여기서 '溫'(온)이라 함은 식은 밥을 버리지 않고 먹긴 먹되 데워서 먹는다는 뜻인 줄 아는 사람이 드물다.

「漢江風雲」이라는 이 글은 온고이지신이고자 한 글이다. 아름다움을 안으로 머금고 밖으로 드러내지 않는 '含章(함장)이고자 한 글이다. 단순히 선현의 언어를 소개하고 설명한 것이 아니라 한 귀퉁이를 들어서 세 귀퉁이가 반응하도록 했다."(擧一隅不以三隅反則不復也─『論語』「述而」) 절제된 언어로 응축된 철학, 그 행간을 강돈묵은 전혀 읽지 못했다. 줄 바깥의 소리를 듣지 못하는 자가 어찌 거문고를 안다 하랴! 유마(維摩)의 일묵(一

黙)이 만뢰(萬籟)와도 같다는 말 들어 보지도 못했나?

수필의 비평은 공평하지 못하다. 무문곡필(舞文曲筆)이다. 문단에 힘깨나 쓰는 사람의 글에 대해선 굽실굽실하다가도 한사의 천의무봉(天衣無縫)에는 먹칠을 한다. 평자의 안목이 없다. 해(亥)와 시(豕)도 분별할 줄 모르는 자가 자건(子建)의 솜씨를 나무란다. 말을 잘 아는 사람이 천리마를 보고 천리마라 해도 천리마는 천리마이고, 말을 잘 모르는 사람이 천리마를 보고 천리마가 아니라고 해도 천리마는 천리마다.

비속한 대중들 틈에서 인기를 얻는 사람, 이른바 향원(鄕原〈愿〉)은 덕의 도둑이라 했다.(鄕原德之賊也, 『論語』 「陽貨」) 대중이 미워하는 것도 반드시 살펴볼 것이며 대중이 좋아하는 것도 반드시 살펴볼 것이라고도 했다.(衆惡之必察焉衆好之必察焉) 향원의 죄를 묻는 논객이 문단에 있는가? 수필문단에 형안독수(炯眼毒手)의 정론(正論)을 나는 아직 보지 못했다.

5. 사이비 철학

비평이 철학 타령일 때도 있다. 철학 용어만을 쓴다고 해서 글이 철학성을 띠게 되는 건 아니라는 걸 모르진 않을 텐데, 남의 글에 철학 타령하길 좋아하는 사람 치고 철학 용어를 남발하지 않는 자는 드물다. 자신의 같은 글에서 아카데메이아[Akadēmeia, Academy(Plato's)]의 학인이 되기도 하고 리케이온[Lykeion, Lyceum(of Aristotle)]의 학도가 되기도 한다. 철학을 전공하지 않은 사람이 철학을 전공한 사람보다 철학 용어를 더

자주 쓰는 것 같다. 가장 많이 쓰이는 용어는 실존(existence/ Existenz)이라
는 말인 것 같은데, 본질(essence/ Wesen)이라고 해야 할 경우에 실존이란
말을 쓰기도 하고, 실존이라고 해야 할 경우에 본질이라고 하는 걸 보면
실존철학에 대한 깊은 이해는 고사하고 본질과 실존은 서로 반대가 되는
말이란 것조차도 모르는 모양이다. 이런 철학이야 소가 다 웃겠다.

철학 용어나 철학자의 말을 인용하는 것은 사유의 깊이를 드러내게
마련이다. 이를테면, "어떤 철학자는 '생각함으로써 나는 존재한다.'고
선언하였다. 그렇다면 모과나무와 비둘기와 꿩은 생각이 없기 때문에
무존재가 되는 것일까?"라고 한 김시헌의 말이 그렇다.(『계간 隨筆』
「無知」, 창간호, 서울:수필문우회, 1995)

"나는 사유한다. 그러므로 나는 존재한다."는 데카르트의 양언(揚言)은
직접적이고 직관적인 인식을 말하는 것이지, "모든 사유하는 자는 존재한
다." "나는 사유한다." "그러므로 나는 존재한다."라는 삼단논법이 아니다.
우리들은 일체의 것을 의심할 수 있으나 우리들이 의심한다는 사실,
우리들이 사유하면서 존재한다는 것만은 의심할 수 없다는, 사유하는
존재의 확실성을 두고 그렇게 멋스럽게 표현한 것에 지나지 않는다.
데카르트의 이 말은, 이를테면 "나는 그녀를 사랑한다. 고로 나는 존재한
다."라는 말은 그녀를 사랑하지 않으면 나는 무존재가 된다는 뜻이 아닌
것과 같은 이치의 말이다. 사람은 생각이 있기 때문에 존재하고 모과나무
와 비둘기와 꿩은 생각이 없기 때문에 무존재가 되는 거냐고 한 김시헌의
주장은 누구보다도 수필에 철학을 강조하는 사람의 말이라고는 믿어지지
가 않는다.

물론 글에 철학이 있어야 한다고 하는 말에서 철학이란 데카르트와

같은 철학자의 철학을 뜻하는 것이 아니라 '사상'을 일컫는 말이란 걸 내가 모르는 바는 아니나 그래도 그렇지, 군이 철학자의 철학에 대해 말을 하려거든 뭘 좀 제대로 알고 말을 해야 툭하면 철학을 입에 담는 사람으로서 체면이 서지 않겠나? 김시헌의 이 글이 실린 그 잡지는 철학하는 김태길 박사가 발행인이었으니 그가 김시헌의 이 글을 읽고 그 오류를 알아차리지 못했을까?

잘 알지도 못하면서 불교 용어를 떠들어 대는 사람이 한둘이 아니다. 앞서 말한, 하나의 미진(微塵) 속에 시방세계가 들어 있다고 말하는 「법성게」처럼 호호탕탕한 것이 불교란 걸 그들이 알고나 그러는지 모르겠다. 여기서 미진을 그냥 '작은 티끌'인 줄로만 아는 주제에 온갖 불교의 문자에 얽매여 거기에서 깨달음을 이루려 한다면 사문(沙門)이든 아니든 공부를 제대로 했다고는 할 수 없다. 불학의 표현을 빌린다면 한낱 '송장을 짊어지고 돌아다니는'(祇管傍家負死屍行) 사람에 지나지 않는다. 아마도 그들은 염라대왕한테 치러야 할 짚신 값(草鞋錢)이 꽤나 많을 것이다.

미진이란 불교 용어로서 외색진(外色塵)이라고도 하거니와 지금 우리가 말하는 전자, 핵자,(核子:원자핵을 구성하고 있는 '양자와 중성자'의 통칭.) 원자 같은 것을 일컫는 것이니 "하나의 미진 속에 시방세계가 함유되어 있다."라는 「법성게」의 말은 과학이 입증한 셈이다. 하지만 얼른 들으면 불교는 이처럼 호호막막하기 그지없어 보여서 빗나가는 소리를 조금 지껄여도 홍로일점설(紅爐一點雪)일 뿐이다. 알아볼 사람이 많지 않다. 법률전문가가 아닌 사람이 법률 용어를 쓰면 당장 밑천이 드러나는 것과는 매우 다르다. 따라서 별로 공부를 하지 않은 사람이라 하더라도 그다지 전문적이 아닌 불교 용어 몇 마디만 섞어 놓으면 꽤

유식해 보인다. 이것이 수필 쓰는 사람들 가운데 불자 또는 불교 철학자가
많아 보이는 주된 원인인 것 같다.

철학 타령하길 좋아하는 사람들의 염불 같은 소리를 가만히 듣고
있으면 정신이 어지럽다. 물(物)과 아(我), 영원과 수유, 유위와 무위,
그림과 여백, 삶과 죽음이 둘이 아니라는 어투다. 많이 들어 본 알쏭달쏭한
소리가 원효(元曉)의 화쟁(和諍) 논리까지 터득한 사람으로 보인다. 생하
는 일도 멸하는 일도 없고, 끊어지는 일도 영속하는 일도 없고, 같지도
않고 다르지도 않고, 오는 일도 가는 일도 없는, 일체의 대립을 초월한
경지라고나 할, 소위 공(空)을 깨친 사람들인 듯도 싶다. 해공(解空)의
선사들. 공도 또한 공하다고 하는 필경불가득공(畢竟不可得空)까지도
효득했으렷다. 이 세상에 나온 것도 떠나는 것도 다 업보연기(業報緣起)일
뿐이니 즐거워할 것도 슬퍼할 것도 없이 때를 따라 편안하다고 떠벌린다.
반은 부처가 된 사람 같다. 이러한 경지를 해탈이라 해야 할지, 도통이라
해야 할지, 칠원리(漆園吏)의 이른바 현해(縣〈懸〉解)라고 해야 할지,
차라리 프리드리히 니체가 타기해 마지않았던 '천박한 박식'이라고 해야
할지, 아니면 한낱 딜레탕트의 흰소리라고나 해야 할지…. 허무를 떠벌리
든 적멸을 들먹이든 무슨 소릴 하든 할말만 하고 얼른 물러나면 누가
뭐랄까? 현란한 문체로 글치레를 하거나 비 맞은 중이 담 모퉁이를 돌아가
며 주절대듯 하니 짜증이 난다.

6. 나는 돌아앉아 거문고 줄이나 고르리

짜증이 나긴 해도 혼자 주절댈 때에는 그런대로 멀쩡하던 것이 조직화가 되면 어떠한 사상도 나빠지게 되는 모양이다. 문단의 사이비 또한 거의가 '패거리주의'에서 나왔다. 패거리를 지으니 타락하는가, 타락하기 위해 패거리를 짓는가. 수필 문단의 교초(翹楚) 행세를 하려는 것이 그들의 내심이다. 종사병(宗師病)에 걸린 사람들이다. 그들은 '신인추천'을 남발하여 패거리의 두목이 되고, 필문(華門)이 주문(朱門)이 되고, 모장(毛嬙)과 여희(麗姬)를 좌우에 두고, 별의별 요사스러운 짓거리를 한다. 이런 모리배의 독미(纛尾)에 들꾀는 발밭은 무리들의 교언(巧言)과 영색(令色)과 주공(足恭)을 보게나. 알랑방귀를 잘 뀌거나 분 냄새를 살살 풍기거나 하리놀거나 해서 문학상을 타기도 한다. "작은 산이 큰 산을 가리니, 멀고 가까운 땅이 같지 않음이네."(小山蔽大山 遠近地不同)라는 이 시는 정약용이 일곱 살 때 지었다고 한다. 작은 산이 큰 산을 가리게 하여 상을 탄 사람이나 그런 상을 준 사람의 책은 손에 닿자마자 거열에 처한다. 그럴 때면 흡사 바퀴벌레를 손으로 때려잡은 기분이 들어서 정말이지 그때마다 나는 비누로 손을 씻고는 한다.

수필계는 지금 춘추전국시대다. 제 소리 들어 보라고 야단법석을 떤다. 수필의 시대가 온다고 우 몰려 돌아다닌다. 독자가 시와 소설보다 수필을 선호하는 시대를 수필의 시대라고 한다면 그런 시대가 올지는 모른다. 그러나 한음(翰音)을 보았겠지. 날갯짓 소리 하늘에 오르나 몸은 따르지 못하는 닭의 허장성세(虛張聲勢), 외화내빈(外華內貧)을 보았겠지. 성문과정(聲聞過情)이로다. 시와 소설을 압도하는 수필이 나오지 않는다면 수필의 시대는 한낱 닭일 뿐이다. 닭이 한 만 마리쯤 모인다면 그 소리 크기는 천둥소리만 할지는 모르지만 천둥소리는 아니다. 팔공산 꼭대기에 초라니패, 각설이패들이 들끓어 고샅소리며 장타령을 한다 해도 베토벤의 「합창(교향곡 9번)」이 될 수는 없는 법이다. "거문고 소리 맑으면 학이 저절로 춤추고, 꽃이 웃으면 새가 응당 노래한다."(琴淸鶴自舞 花笑鳥當歌) 나는 돌아앉아 거문고 줄이나 고르리.

수필계는 지금 백가쟁명이다. 방귀깨나 뀌는 사람이라면 수필 이론서 하나쯤은 내놓았다. "천하는 같은 곳으로 돌아가면서 길만 다르고 하나로 합치면서 백 가지로 생각하니 천하는 무엇을 생각하고 무엇을 걱정하는가."(天下同歸而殊塗一致而百慮天下何思何慮)라는 공자님 말씀을, 수필을 두고도 생각하게 한다.

오늘날 우리의 수필이 대체로, 그 품격은 고아(古雅)하지 못하고 그 정취는 창윤(蒼潤)하지 못하고 그 기상은 청고(淸高)하지 못하고 그 문장은 문채가 나지 않고 그 하는 말은 굽은 듯 적중하게 할 줄 모르고 그 주제는 벌인 듯 은미(隱微)하게 할 줄 모르는 까닭은, 수필 이론이 없어서가 아니라 수필 밖의 공부가 깊지 않기 때문이다. 비는 늘 비 아닌 데서 오는 법이다. 수필을 잘 쓰려면 이론서 같은 것을 쓸 생각은 하지 말 일이다. 수필 이론서를 쓰고 나더니 남의 흉만 잘 보고 정작 글은 이전보다 못 쓰게 되는 사람이 널려 있다. 젠체하는 교만이 글이 나올 구멍을 막아 버린 거다.

7. 현학적이란 말은

비평을 한답시고 자신의 눈높이에 맞지 않거나 표현이나 내용이 어려우면 '현학적'이라고 몰아세우기도 한다. 이것은 비평이 아니라 위장된 야유요, 오활한 둔사(遁辭)다. 그 야유와 둔사는 선의가 아니다. 검정빛이다. 솥뚜껑으로 자라 잡기 식이다.

'현학적'이라는 말은 표현이나 내용이 난해하다는 뜻이 아니라 "학문이나 지식을 뽐내는 (것)"이라는 뜻이다. 어려운 글을 현학적이라고 하려면 어려운 글이 동시에 뽐내려 한 글이라야 하는데 그런 경우도 없진 않겠지만 모두가 그럴까? 또 어렵다는 것은 상대적이어서 초등학교 생도의 눈에는 거의가 현학적인 글로 보일 거다. 현학적이라는 말로 남의 글을 탈잡는 사람 치고 현학적이라는 말의 뜻을 제대로 아는 자 나는 아직 보지 못했다. 어떤 말이 '현학적인 말'인가는 딱 정해져 있는 것이 아니다. 같은 말을 해도 학문이나 지식을 뽐내는 것으로 보이면 현학적인 것이 되고 그렇지 않으면 현학적인 것이 아니기 때문이다. 표도르 도스토예프스키의 『악령』을 두고 표현이든 내용이든 난해하다고는 해도 현학적이라고는 하지 않는다. 같은 말을 해도 문단에 힘깨나 쓰는 문학 정치쟁이나 대학 선생이 하면 철학이 되고, 문단에 세력이 없는 사람이거나 교사, 시간강사 같은 사람이 하면 현학이 되기도 한다.

8. 수필이 쉬워야 한다는 말은

시나 소설은 난해해도 좋고 수필은 난해하면 아니 되는가? 그런 식으로 말하는 사람도 있다. 황송문의 「수필을 어떻게 쓸 것인가」에서, "수필 독자들은 시나 소설처럼 어떤 심오한 철리(哲理)라든지, 가스똥 바슐라가 말한 바 있는 '순간의 형이상학' 같은 것을 원치 않는다. 그저 길 가는 나그네가 느티나무 그늘에서 잠시 쉬어 가는 기분으로 그렇게 읽는 것이 수필이다."라는 주장이 그렇다.(黃松文, 『수필창작법』, 서울:국학자료원, 1999) 이 주장은 결국, 독자가 원하는 글을 써야 한다는 말인데 독자의 취향이란 것이 천차만별임을 알고나 하는 소린지 모르겠다. 수필이 시나 소설처럼 심오한 철리를 수용하면 왜 아니 되는가? 수필이 문학이기 위해선 철학이어야 한다고 믿는다. 그 연장은 필연적으로 형이상학에 닿는다.

피천득이 그의 「수필」이란 글에서, "수필은…(중략)…심오한 지성을 내포한 문학이 아니요, 그저 수필가가 쓴 단순한 글이다.…(중략)…수필 은 흥미는 주지마는 읽는 사람을 흥분시키지는 아니한다."라고 했다.(皮 千得, 『수필』, 서울:汎友社, 1976) 이 말은 심오한 지성을 내포한 글은 수필이 아니며 수필가는 지성이 심오하지 않아야 하고 사람을 흥분시키는 글은 수필이 아니라는 소리로 들리는데 말이 되는 소린지 모르겠다.

대저 수필의 평이성을 표현에서 모색할 때 지양해야 할 것은 획일주의 요, 내용에서 강구할 때 경계해야 할 것은 자기비하다.

수필이 평이해야 한다는 것은 누구에게나 이해되어야 한다는 말이 아니다. 표현이 쉬워야 한다는 소리지 사상까지 쉬워야 한다는 말이 아니기 때문이다. 표현이 쉬워야 한다는 말은 이를테면 바로 말해도 될 걸 멋을 부리겠다고 말을 뱅뱅 돌려서 얼른 알아듣지 못하게 한다든가, 유식하게 보이려고 자기 자신도 잘 모르는 '존재론' '형이상학' 같은 철학 용어를 겁 없이 쓴다든가, 글을 아름답게 보이게 하려고 미사여구를 늘어놓아 문맥을 어지럽힌다든가 하는 따위를 의미하는 말이지, 이를테면 절류(折柳), 청분(淸芬), 역린(逆鱗), 시참(詩讖), 상우(尙友), 우물(尤物), 무술[玄酒], 구실아치, 이아침, 길래, 굴타리먹다, 족자리, 귀때와 같은 말은 어렵거나 잘 쓰는 말이 아니니 수필에 쓰지 말아야 한다는 그런 뜻이 아니라는 걸 모르는 사람이 원로 가운데도 의외로 많다.

수필이 쉬워야 한다는 말을 오해하는 사람들 가운데는 수필에 쓰는 어투가 따로 정해져 있는 양 말하는 사람도 있다. 이를테면 '다음과 같다' '불구하고' '그러므로' 같은 말은 수필에 써서는 안 된다는 식이다. 글을 사십 년 이상이나 썼다는 사람이 이 지경이다. 논리는 글의 골격이란 걸 안다면 이런 말을 못할 거다.

모든 사람이 다 이해할 수 있는 글이란 평이한 것이 아니라 무가치하다. 남을 속속들이 이해할 수 없듯이 남의 글을 다 이해할 수 없는 건 당연한 이치다.

9. 음식 타령

신문 잡지 영화 라디오 텔레비전 등 매스컴에서 만사를 음식에 빗대어 떠드는 것은 차치하고라도, 「수필의 맛과 멋」이라는 이병용의 글에서처럼, "「수필의 글감 사냥과 요리」" "무슨 요리인지 알 수가 없다." "작가의 글에 조미료로만 사용하는 것이 좋을 것이다.…(중략)… 내 생각과 해석이 조미료가 된다면…(하략)….".이라고 한 강돈묵의 비평문에서처럼 글에서도 툭하면 음식 타령이다. 설마 아귀(餓鬼)가 들린 건 아닐 텐데 천박하게도 수필을 가지고도 음식의 맛에 빗대어 떠드는 사람들이 요즘들어 부쩍 늘어났다. 누군가 한 번, 수필의 맛이니 멋이니 하고 나니 너도나도 덩달아 야단이다. 하기야 먹자 타령이 예로부터 없었던 건 아니다. 우리나라의 정체(政體)가 뭐냐고 물으면 자유민주주의가 아니라 '먹자주의(뇌물)'라고 답해야 옳다는 풍자가 내가 고등학교에 다니던 자유당 정권 때부터 학생들 사이에까지도 연애 소문처럼 번졌다.

10. 학력 콤플렉스

정봉구는 「박연구(朴演求)의 인간과 문학」 이란 글에서 박연구를 치켜세우길, "그는 책 한 권의 저작을 위해서 읽은 책들의 분량을 가지고 대학 졸업 몇 개 폭의 박학과 문학 지식을 과시한 바 있다. 과연이다."라고 치켜세웠다.(『隨筆公苑』, 1987, 봄호) 나는 박연구의 이런 글이 있는 줄도 모르지만, 박연구의 이 말은 학력 콤플렉스로 들릴 수도 있을 것 같고 한편으로는 대학 문전에 어정거렸을 뿐 공부를 제대로 하지 않은 나 같은 사람을 부끄럽게 만들기도 한다.

대학 졸업 몇 개 폭의 박학과 지식을 작가 자신이 과시하지 않더라도 감자를 캐 보면 감자를 알 수 있고 고구마를 캐 보면 고구마를 알 수 있듯이 작가의 글을 읽어 보면 누구나 금방 알게 된다.

11. 인격자의 꾸지람

"교사는 넘쳐나고 있지만 스승은 찾아볼 수 없습니다. 지식은 넘쳐나지만 지혜가 부족합니다. 사법고시 행정고시를 거친 사람을 만나보아도 그렇습니다. 눈이 맑지 못하고, 교만하고, 덕을 느낄 수 없고, 겸손하지 못하고, 인격이 느껴지지 않습니다." 정목일의 말이다.(『月刊文學』, 2009, 4월호, pp. 289~290) 이 말을 듣고 나는 돌팔매를 맞은 것 같았다. 나 또한 행정고시(보통고시) 출신이요, 내 딸은 교사이며, 아들은 사법시험 출신이기 때문만은 아니다. 눈이 맑고 겸손하고 후덕하고 인격을 갖춘 스승이며 판사 검사 변호사가 내 주위에 매우 많기 때문이다. 정목일의 이 말은 얼른 들으면 매우 불쾌하고 새겨들으면 무슨 콤플렉스에 푹 빠져 있는 사람의 벼르고 하는 소리 같이 느껴져 쓴웃음이 절로 나온다.

"인생 경지가 좋아야 수필 경지도 좋은 법이다.…(중략)…물질만능 시대인 현대엔 인격과 마음의 연마를 통한 인생 경지를 높이려는 노력이 부족함을 지적하지 않을 수 없다. 인격에서 향기가 나야 수필에서 향기가 나는 법이다". 이 또한 정목일의 말이다.(『月刊文學』, 2009, 7월호, p. 324) 높은 곳에서 내려다보고 질러대는 소리로 들린다. 귀가 따갑다. 속이 메스껍다. 정목일은 왜 이리 부르대는가?

12. 볼기에 살이 없으면

버릴까 말까 망설여지는 책이 있다. 이럴 때는 책을 힘껏 공중으로 집어던진다. 자빠지면 버린다. 엎어진 것은 부끄러운 줄이나 아는 것 같아서 잠시 그냥 두는 것이다.

자빠지는 책이듯 척하는 글이 있다. "낙목한천의 이끼 마른 수석(瘦石)의 묘경(妙境)을 모르고서는 동양의 진수를 얻었달 수가 없다." 이것은 조지훈의 말이다.(趙芝薰,『東問西答』「돌의 美學」, 서울:범우사, 1978) "이러한 순간을 느끼지 못한다면 그는 동양의 진수를 안다고 할 수 없으리라." "여기서 발길을 돌려 그냥 되돌아간다면 그는 무궁한 산정(山情)의 애무를 아는 사람이라 할 수 없으리라." 이것들은 김규련의 말이다.(앞의 말—金奎鍊,『강마을』「개구리 소리」, 서울:범우사, 1982 /金奎鍊,『귀로의 사색』「개구리 소리」, 대구: 도서출판 그루, 2003 /金奎鍊,『즐거운 소음』「개구리 소리」, 서울: 좋은수필사, 2007 // 뒤의 말—金奎鍊,『귀로의 사색』「거룩한 본능」, 대구: 도서출판 그루, 2003 /金奎鍊,『즐거운 소음』「거룩한 본능」, 서울:좋은수필사, 2007)

위에서 김규련의 어투는 조지훈의 어투를 빼 닮아서 만약 구양수(歐陽修)의 눈으로 본다면 "어디서 얻어 왔느냐?"(何處得來)라고 물을 만하다 할 수 있겠다. 조지훈의 글은 오만해도 밉질 않고 탄력이 있지만 김규련의 글은 척하는 티가 눈에 거슬리고 탄력이 없다. 전자는 생화요, 후자는 가화이기 때문이 아닐까.

대저 척하는 것이 근본이 없어서 그런 사람이 있다면 그의 글은 맹자의 말마따나 오뉴월 소낙비와 같다. 크고 작은 도랑들이 다 차지만 그 물이 말라 버리는 것은 서서 기다릴 수가 있다. 이런 걸 두고 유협은 "볼기에 살이 없으면 그 걸음걸이가 머뭇거린다."(臀无膚其行次且:『周易』夬卦)라는 말로 통쾌하게 비꼬았다.(劉勰,『文心雕龍』「附會」)

"어디서 얻어 왔느냐?"고 물을 만한 경우는 옛 사람의 시문이라고 해서 다르지 않다. 이를테면 도연명의「음주」(飮酒, 일명 雜詩)라는 시에서 "此間有眞意 欲辯已忘言"(이 사이에 참된 뜻이 있지만 말하려 하니 이미 말을 잊었다.")이라는 결구가 얼른 보면 사람을 놀라게 하지만 이 글귀는,『남화경』의 "得意而忘言"을 시격(詩格)에 맞게 풀어 쓴 것에 지나지 않는다. 요즘 같으면 표절의 논란마저 있을 수 있겠지만 옛날에는 이런 것이 용인되었을 뿐만 아니라 도연명이 살았던 그 시대는 현학(玄學)이 시대의 풍조였음을 상기할 일이다.

13. 말을 주름잡으면

글은 마땅히 주름잡을 일이다. 글을 주름잡는다는 말은 이를테면 두 줄에 담을 내용을 한 줄에 담는다는 뜻이다. 아니다. 두 줄의 내용을 한 줄이 되게 덜어내는 것이다. 내용을 사진처럼 줄일 것이 아니라 그림처럼 덜 그려야 한다. 주름잡는 것은 생략이 아니다. 생략은 생략한 부분이 빈 채로 있지만 주름잡은 글은 치마 주름처럼 주름잡은 걸 펴면 오롯하다. 말을 주름잡으면 문장은 템포가 빨라질 수밖에 없다. 이것이 함축이다. 함축은 여향(餘香)의 어머니. 여향이 꽃의 품격을 말한다면 에밀레종이 에밀레종인 것은 여운(餘韻) 때문이다. 한갓 꽃이며 쇠북 같은 것이 이러하거늘 하물며 글이며 하물며 인간이겠는가.

훈장들이나 종교인 특히 승려들의 글이 거의가 여향(여운)이 없는 것은 함축이 없기 때문이다. 그 대표적인 경우가 법정 화상의 글이다. 명작으로 꼽히는 「무소유」를 비롯해서 십여 권이 넘는 그의 글은 거의가 높은 데서 내려다보고 하는 설교일 뿐이다. 잘 풀어 쓴 경전이라고나 할까. 문학이 아니다. 문학은 설명이 아니기 때문이다. 설명이 아니란 말은 주제를 말하지 말라는 뜻이지 내용을 설명하지 말라는 뜻은 아니다. 과일은 보이나 양분은 보이지 않는다. 문장은 보이나 주제 곧 중심 사상은 드러나지 않아야 한다. 양분이 과일 속에 숨어 있듯 사상은 문장 속에 감춰야 한다.

함축이 없는 것은 말을 주름잡을 줄 모르기 때문이다. 주름잡기는커녕 더 부연하고 누굴 가르치려 드는 것은 그들의 직업적 습성에서 말미암은 것이다. 그들의 글이 흔히 요설이 되고 템포가 느리고 주제넘거나 교만한 것은 이 습성 때문이다. 강의나 잔소리나 설법은 말을 주름잡지 말아야 효과가 더 좋을는지 모르지만 수필의 독자는 수강생도 아니요, 신도도 아니다. 요설과 강의는 독자를 지루하게 하거나 메스껍게 만든다.

요설과 강의는, 고도로 압축된 선사의 게송에서도 발견할 수 있다. 이를테면 의상대사의 「법성게」에서 "하나의 미진 속에 시방세계가 함유되어 있고 일체의 티끌 속이 또한 이와 같다."(一微塵中含十方 一切塵中亦如是)라고 한 말에서 '일체의 티끌 속이 또한 이와 같다.'라는 말은 있으나 마나한 말이다. 췌사다. 하나의 미진의 속성은 당연히 일체 미진의 속성이기 때문이다.

말을 주름잡은 수필에는 시정이 감돈다. 작가의 언어를 벼리로 하고 독자로 하여금 그물을 엮게 하라.

14. 따라오게 할 수는 있어도 알게 할 수는 없다

『논어』「태백」(泰伯)의 "民可使由之 不可使知之"를 이항녕(李恒寧) 박사는 그의 『法哲學槪論』에서, "백성은 따라오게 할 수는 있어도 알게 할 수는 없다."라는 취지로 읽었다. "백성은 따라오게 할 것이요, 알게 할 것이 아니다."라는 종전의 sollen에서 sein으로 전도시킨 거다. 탁견이다. 백성뿐인가, 친구도 사랑도 그렇다. 친구도 사랑도 좋아서 하는 거지 다 알아서 하는 것이 아니다. 글 또한 따라오게 할 수는 있어도 다 알게 할 수는 없다. "文可使由之 不可使知之"라고나 할까.

15. 무언처無言處

글로써 말을 다하는 글이 없고 말로써 뜻을 다하는 말이 없다. 뜻이란 작가의 사상 곧 철학이다.

뜻은 형상의 앞에 있다. 특정한 꽃이 피기 전에 아름다움이라는 뜻이 먼저 있다. 꽃만 말하고 아름다움은 말하지 말라. 꽃이 피면 아름다움은 저절로 부쳐진다. 나무를 심기 전에 새가 먼저 있다. 나무만 말하고 새는 들먹이지 말라. 나무를 심어 놓으면 새는 저절로 찾아든다. 그런 뜻에서 글의 진경은 말하지 않는 곳 즉 '무언처'(無言處)에 있다고 말할

수 있겠다. 무언처로 하여금 말을 하게 할 줄 모르는 사람과는, 무언처가
하는 말을 들을 줄 모르는 사람과는 더불어 글을 논하지 말라. (원제:
「말을 닦아서 참을 세우다」 「씨아」)

4
/
기웃거리다가

정약용의 첫 번째 유배

정약용은 28세가 되던 1789년 1월에 성균관의 거재 유생(居齋儒生)에게 보이는 반시(泮試) 과거에서 임금에게 올리는 이른바 표문(表文)으로 수석을 차지하고, 이어 그 해 3월에는 임금이 직접 참가하여 보이는 과거의 마지막 시험인 전시(殿試)에서 둘째로 합격했다. 드디어 대과 급제를 했다.

첫 벼슬은 종 7품에 해당하는 직장(直長)이었다. 지금의 경기도 고양군 원당읍 원당리에 있는 중종의 계비 장경왕후(章敬王后)의 능(陵)을 지키는 능직이가 된 것이다. 능직이라면 한직 중의 한직이었다.

이때 정약용은 이런 시를 지었다.

자취를 숨기는 것은 참으로 나의 뜻이니
하게 된 벼슬이 바로 능직이라네
수풀 창 아침에는 고요함을 익히고
시냇가 언덕 해거름에 서늘함을 맞이하네
안개 걷히면 솔 빛이 곱고
산이 깊어 풀 기운 향기롭네
벼슬 낮지만 도리어 자취 아름답고
높이 날기를 연연해하지 않네

'자취 아름답다'는 말은 정약용의 아버지 정재원(丁載遠)이 일찍이 희릉 참봉(參奉)을 지낸 일이 있었는데 이제 아버지의 자취를 더듬게 되어 감개가 무량하다는 뜻이다.

능직이 생활은 길지 않았다. 이듬해 29세 때 우의정 채제공(蔡濟恭)이 정약용을 추천하여 윤지눌, 김이교와 더불어 한림의 후보 즉 한림회권(翰林會圈)으로 발탁되고, 시험을 거쳐 김이교와 같이 예문관(藝文館) 검열(檢閱)에 임명되었다.

정약용은 한림원(翰林院:藝文館)에서 숙직하던 날 밤에 이런 시를 지었다.

한미한 처지로 이제 막 초야에서 들어와
숙직하는 이 밤 내내 마음 설레네
한림시에 글 올리는 은총으로 족한데
한림으로 붓을 잡을 재주는 본디 아니라오

그런데 이때 사헌부에서 들고 일어났다. 한림의 선발 과정이 공정하지 못하다는 것이었다. 물론 반대파의 농간이었다. 정약용은 두 번이나 사직상소를 올리고는 정조 임금이 여러 차례 불러도 응하지 않았다. 이것이 또 말썽이 되었다. 반대파들은 옳거니, 하고 들고 일어났다. 정조는 그 해 3월에 정약용을 현재의 충남 서산군 해미면인 충청도 해미(海美)로 정배했다. 그러나 열흘 만에 해배되었다. 이것이 정약용의 첫 번째 귀양살이였다.

재능이 뛰어난 정약용은 처음부터 정조의 지우를 받게 되자 이를 시기하는 악당들은 평생을 따라다니며 정약용을 해코지 했던 것이다.

정약용의 대울타리

    정약용(丁若鏞)의 「죽란시사첩서」(竹欄詩社帖序)라는 글을 보면, 그가 마흔 살에 유배되기까지는 지금의 명동인 명례방(明禮坊)에 살았던 것 같다. 이곳은 고관대작들의 집이 많아서 수레바퀴 소리며 말발굽 소리가 날마다 시끄러웠고 아침저녁으로 완상할 만한 연못이나 정원도 없었다고 한다.

    생각 끝에 그는 마당의 절반쯤을 할애하여 경계를 짓고 좋은 꽃나무를 화분에 담아 그 곳을 채웠다. 「죽란화목기」(竹欄花木記)라는 그의 글을 보면 석류, 매화, 치자나무, 산다, 금잔화, 은대화, 파초, 벽오동, 만향, 부용 등인데 품종과 수효까지 적어 놓고 있다. 백훼함영(百卉含英)이라 할 만하다.

    그는 여기를 다니는 비복(婢僕)들이 꽃을 스칠까 걱정이 되어서 서까래 같은 대나무로 화단의 동북방을 가로질러 대울타리를 세웠다. 이 대울을 그는 '죽리'(竹籬)라 하지 않고 한껏 멋을 부려 '죽란'(竹欄)이라 했다. '欄'(란)이라는 글자에도 '울타리'(籬)라는 뜻이 있기 때문이다.

    '죽란'을 만들 이때는 그가 참으로 호강스러운 시절이었다. 재주와 학문이 발군한 데에다가 정조 임금의 지우(知遇)를 받고 눈썹을 치키며 활개를 치던 무렵이었다.

언제나 조회에서 물러나서는 건(巾)을 젖혀 쓰고 이 '죽란'을 거닐기도 하고 달 아래 술 마시고 시를 짓기도 했다. 고요한 산림과 원포(園圃)의 정취가 돌고 수레바퀴 소리며 말발굽 소리를 잊을 수가 있었다. 수레바퀴 소리며 말발굽 소리를 잊을 수가 있었던 것은 죽란에 온통 마음이 빠졌기 때문일 거다.

정약용이 함께한 시인의 모임이 하나 있었는데 그 모임이 흔히 '죽란'이 있는 정약용의 집에서 이루어졌기 때문에 그 모임을 '죽란시사(竹欄詩社) 라 했다.

살구꽃이 처음 피면, 복숭아꽃이 처음 피면, 외가 익으면, 초가을 서늘할 때 서지(西池)에 연꽃이 피면, 국화가 피면, 큰 눈이 내리면, 세모에 분에 심은 매화가 피면 그때마다 모인다. 모일 때마다 술, 안주, 붓, 벼루 등을 갖추어 술 마시며 시를 읊는다. 나이가 적은 사람부터 먼저 모임을 마련하여 나이 많은 사람에 이르고 한 차례 돌고 나면 다시 그렇게 한다. 또 아들을 낳은 사람이 있으면, 수령으로 나가는 사람이 있으면, 품계가 승진하는 사람이 있으면, 자제(子弟) 중에 급제하는 사람 이 있으면 그때마다 모인다.

이 '죽란시사'는 시인들의 모임이기 전에 젊은 문신들의 모임이었다. 정조 임금이 초계문신(抄啓文臣)이라 하여, 인재 양성을 목적으로 37세이 하의 당하문신(堂下文臣) 중에서 뽑아 규장각에 소속시키고 공부하게 하여 학제에 따라 매달 경학과 제술로 시험을 보이었고 사십 세가 되면 자동으로 초계문신에서 제외시켰다고 한다. '죽란시사'의 열다섯 동인 가운데 정약전 정약용형제를 비롯한 아홉 사람이 이 초계문신이었다고 하니 '죽란시사'가 얼마나 귀족적이었던가를 짐작케 한다.*

그러나 누가 알았으랴! 일진광풍에 아리따운 꽃들이 덧없이 흩어지듯 '죽란'의 언약은 사랑처럼 허망했다. 정약용 형제가 귀양을 떠나던 날 '죽란시사'의 남은 사람들은 약조에는 없지만 은밀하게 모이기라도 했는지, 그때를 생각하니 공연히 우울해진다.

비좁은 우리 집 뜰에 나무가 빽빽한 것은 정약용의 '죽란'을 재현해 보고 싶었기 때문이다. 모양은 '죽란'일지 몰라도 정약용과는 달리 담장 밖 수레바퀴 소리를 막지 못한다. 하는 짓이라고는, 매화꽃 그늘 아래 우두커니 서 있기도 하고 댓잎을 스치며 거닐어도 본다. 동녘에 달 떠오를 적에 마당의 나무 그림자가 슬며시 서쪽 담을 넘어가는 것을 물끄러미 바라보기도 하고 가만히 벌레 소리를 듣다가 아득히 지난날을 떠올려 보기도 한다.

꽃다운 시절, 깨어진 꿈, 애틋한 인연, 어느 것 하나 후회되지 않은 게 없고, 앞을 내다보면 남은 일들은 그저 막막할 따름이다. 마음이 편안하게 되어야겠는데 좌선을 하면 그리 되는지 모르겠다. "교법(教法) 의 승려들도 늙어지면 모두가 좌선을 한다."(經師晚年皆作坐禪)라는 말이 있다. 유가에서 보면 주자는 경사요, 육상산은 선사라 하겠지만 주자도 만년에 가서는 좌선 쪽으로 조금 쏠렸던 것 같다. 다산은 "내가 원하는 것은 선이다."(我所願者禪)라고까지 했다. 하지만 나는 한낱 구두선에

---

* 죽란시사 열다섯 동인은 다음과 같다. 李儒修(抄啓文臣, 司憲府掌令), 洪時 濟(大司諫), 李錫夏(抄啓文臣), 李致薰, 李周奭, 韓致應(抄啓文臣, 咸鏡觀察使), 柳遠鳴(抄啓文臣), 沈奎魯(抄啓文臣, 江陵府使), 尹持訥(抄啓文臣, 司憲府持 平), 申星模(抄啓文臣), 韓百源, 李重蓮, 丁若銓(抄啓文臣, 兵曹佐郎), 丁若鏞 (抄啓文臣), 蔡弘遠(吏曹參議).

그친다. 정주(程子와 朱子)이후의 송유(宋儒)들처럼 마음을 한군데에 집중하여 잡념을 버리는 이른바 주일무적(主一無適)의 수양 같은 거라도 조금 쌓았더라면 지금 그리 심란하지는 않을 텐데, 심서(心緖)는 봄바람에 수양버들 같으니 좌선이 아니라 좌치(坐馳)가 되고 만다. 젊어서는 같잖은 오골(傲骨)이었더니 늙어지니 그 벌을 받아 그런지 벗이라고는 오직 지팡이뿐이다. 거슬러 올라가 옛날의 어진 선비를 벗으로 삼는다는 이른바 '상우'(尙友) 같은 건 언감생심이고, 현전을 잊어버릴 만한 벽(癖)도 없다. 천지간에 어디로 도망을 치리. 아아, 무정세월 어쩌나. 살아간다는 것은 고독이며 허망을 깨달아 가는 과정에 지나지 않는 것이리라.

어쩌자고 무심한 나무들마저 이 밤따라 저리도 잠을 이루지 못하는가. 바람에 흔들리는 대나무 그림자가 창문에 어른거린다. 한사존기성(閑邪存其誠)이라 했다. 도적을 막으면 재물이 온존(溫存)하듯이 삿됨을 막으면 참됨이 오롯하다는 말이겠다. 진작 저 대를 베어다가 내 마음의 가장자리에 대울을 만들 수가 있었더라면, 지금쯤은 백화제방(百花齊放)이 되었을까. 요놈의 번뇌마를 막을 수가 있었을까. "마음이 멀어지니 땅이 저절로 외지다."(心遠地自偏)라는 도연명의 경지처럼 대울을 치느니 차라리 마음이 떠날 일인 것 같다. 하지만 마음이 마음대로 안 되는 이것은 뭔가.

장기현으로 유배된
정약용

1. 세로에 위험을 느끼고

동외곶(冬外串)이라 하면 잘 모르다가도 장기곶(長鬐串)이라 하면 다 안다. 그 아랫동아리에 옛 명칭으로는 장기현(長鬐縣) 마산리(馬山里), 지금 이름으로는 장기면 마현리(馬峴里)라는 마을이 있다. 어느 때의 명칭으로 하든 장기(長鬐)와 말[馬]를 합치면 '장기마'(長鬐馬) 곧 '갈기 긴 말'이 되기에 이 골목 저 골목 기웃거려 보아도 말 기르는 집은 보이지 않고 소 기르는 집만 더러 보인다.

장기 땅은 자주 유배지가 되었다. 조선조 때만 해도 여러 사람이 이곳에서 귀양살이를 했다고 한다. 정약용(丁若鏞)도 그 가운데 한 사람이었다.

정약용이 회갑 년에 자신을 평해 이르길, "그 사람됨이 선을 즐기고 옛 것을 좋아하며 행위에 과단성이 있었는데 마침내 이 때문에 화를 불렀으니 운명이다."라고 했다.(「自撰墓誌銘, 壙中本」) 정약용은 정조 임금으로부터 기재(奇才)라는 칭을 들으며 지우를 받고 있었지만 정조가 정약용과 그의 중형 정약전을 두고 평하길, "형이 동생보다 낫다."라고

매번 말했는가 하면 정약전이, "내 아우는 병통이 없지만 오직 국량이
작은 것이 흠이 된다."라고 했다. 정조의 말은 이 국량을 두고 한 말인
것 같거니와 본디 재주가 발군한 데다가 국량이 작고 과단성이 지나치면
독선적이게 마련이다. 더구나 임금의 지우까지 받고 있었으니 권모술수
와 중상모략이 판을 치는 환로며 정계에서 그의 앞날이 순탄치가 못할
것은 진작 예견되어 있었지 않았는가. 주위의 시기와 미움도 사고 탄핵도
받았던 것 같다. 고작 열흘 동안이긴 하지만 일찍이 귀양간 적도 있었다.

　정약용은 연하고질(煙霞痼疾)의 천품을 타고났던 걸까, 어릴 적에
눈 덮인 들판을 뛰어다닐 때면 어른이 불러도 좀처럼 말을 듣지 않았다
한다. 비록 환로에 들어서긴 했지만 금마옥당(金馬玉堂) 사이를 훨훨
날아다니다가도 마음은 문득문득 고향 소내[牛川] 앞에 흐르는 소양수(북
한강)에 노니는 한낱 어부요, 천생 일민(逸民)이었다.

　　곤곤히 흐르는 소양강 물
　　서남으로 광주를 지난다
　　늘 도연명의 전원시를 마음에 품고
　　사마상여가 객지로 떠돌 듯 한다(遊客梁旋歸蜀過臨邛:筆者注)
　　그림 속에 푸른 산봉우리를 옮겨놓고
　　말없이 흰 갈매기를 대한다
　　함께 숨을 사람 헤아려 보니
　　얼마쯤은 명사들이구나

　　袞袞昭陽水 西南度廣州 常懷元亮賦 猶作馬卿遊 有畫移靑嶂 無辭對白鷗 商量偕隱
　　者 多少是名流 ──「懷江居二首次杜韻」 제1수

교쾌한 시배(時輩)들의 미친 파도에 명주(溟洲)처럼 쓸리며 정약용은 불안했다. 서른아홉 살이 되자 세로(世路)에 더욱 위험을 느꼈다. 드디어 그해 음력(이하 음력) 유월에 처자를 이끌고 고향인 마재[馬峴]의 소내 곧 초천(苕川:지금의 경기도 남양주시 조안면 능내리)으로 돈연히 떠나갔다.(正祖 24, 庚申, 1800) 이 무렵을 전후해서 지은 걸로 추측되는 「고의」(古意)라는 시를 보기로 한다.

한강은 흘러 쉬지 않고
삼각산 드높아 끝이 없어도
산하는 그래도 변천이 있겠지만
떼거리 음흉한 놈들 파괴될 날이 없네
한 사람이 공작을 꾸미면
뭇 입들이 전하고 옮겨서
치우치고 삿된 것이 뜻을 얻으니
정직한 자 어찌 발붙일 것인가
외로운 난새는 깃털이 약해
가시를 이겨내지 못하는 것을
한 가닥 바람을 타고서
묘연히 서울을 떠나려 하네
방랑을 감히 좋아서가 아니야
머물러 봤댔자 무익함을 알아설세
대궐문은 호표가 지키고 있으니
무슨 수로 이내 충정 상달하리오
고인의 지극한 가르침이 있으니
향원(속인들 사이에서 의리를 지킨다고 칭찬 듣는 사람)은 덕의 도적이다[鄉原(愿)德之賊也—『論語』「陽貨」]

훗날의 유락을 읊조리듯 했으니 정약용의 운명은 시참(詩讖)이 되고 말았다 할까.

고향에 도착하자 그는 진작 세워 둔 비둔(肥遯)의 계획을 이제야 실천할 때가 왔다고 생각했던 것이다.

나는 약간의 돈으로 배 한 척을 사서 배 안에 어망 네댓 개와 낚싯대 한두 개를 두고 발 달린 솥(鐺鼎), 술잔, 반 등 여러 가지 양생에 필요한 기구를 갖추고서 방 한 칸을 만들고 온돌을 놓을 거다. 두 아들한테 집을 지키게 하고, 늙은 아내와 어린 아이와 어린 종 하나를 이끌고 부가범택(浮家汎宅:물에 떠다니면서 사는 배)으로 종산(鍾山)과 초수(苕水) 사이를 왕래하면서 오늘은 월계(粵溪)의 못에서 고기를 잡고, 내일은 석호(石湖)의 구석에서 낚시질하며, 또 그 다음날에는 문암(門巖)의 여울에서 고기를 잡는다. 바람을 먹고 물에 잠자며 물결 속 오리처럼 둥실둥실 떠다니며 때때로 짧은 노래 작은 시를 지어 기구하게 뒤섞인 심정을 스스로 펴 볼까 한다. 이것이 나의 소원이다. 고인 가운데 이렇게 한 사람이 있는데 (당나라 때) 은사 장지화(張志和)가 그랬다. 장지화는 본래 관각(館閣)의 학사(學士)로서 만년에 물러나 이렇게 하고 자호를 '연파조수'(煙波釣叟)라 하였다. 내가 그 풍취를 듣고 즐거워서 '초상연파조수지가.'(苕上煙波釣叟之家)라고 쓰고 이것을 공장(工匠)에게 시켜 나무에 새겨서 방(榜)을 만들어 그것을 간직해 온 지가 몇 해가 되었다. 이것은 장차 내 배의 방으로 한다. 가(家)는 곧 부가(浮家)를 말한 것이다. 경신년 초여름에 처자를 이끌고 초천의 별장에 이르러 막 부가를 지으려고 하던 차에 성상께서 내가 갔다는 말을 들으시고 내각에 명을 내려 나를 소환토록 하였으니 아, 내가 어찌하겠는가? 바로 다시 서울로 돌아갔는데 그 방을 꺼내어 유산(酉山)의 정자에 달아놓고 갔다. —「苕上煙波釣叟之家記」抄

정약용이 다시 도성으로 돌아온 지 며칠이 안 되어 정조는 유월 스무여

드렛날에 갑자기 승하했다. 정약용은 다시 초천 별장으로 돌아갔다. 부가를 만들기에 앞서 우선 형제가 한데 모여 날마다 경전을 읽으며 지내고 있었다. 별장에는 '與猶堂'(여유당)이라는 편액을 달아 놓았다. 「자찬묘지명」(自撰墓誌銘, 集中本)에서는 "당호를 여유라 한 것은 겨울에 물을 건너고 이웃을 두려워하는 뜻을 취했다."(堂號曰與猶取冬涉畏鄰之義也)라고 했고, 「여유당기」(與猶堂記)에서는 "노자가 말하기를, 주저하기를 겨울에 내를 건너듯 하고, 조심하기를 사방 이웃을 두려워하듯 한다."(老子之言曰與〈豫〉兮若冬涉川猶兮若畏四隣)라고도 했다. 그러나 정약용은 나아간 뒤에야 주저하려 하고 주위의 눈총을 받은 뒤에야 이웃을 조심하려 한 것이 아니었는지 모를 일이다.

2. 책농사건冊籠事件과 신유옥사辛酉獄事

정조가 승하하자 왕세자가 너무 어려서 영조의 계비 정순왕후 김씨가 대왕대비로 수렴청정을 하게 되었다. 지난날 정순왕후와 결탁하여 사도세자 참사를 획책했던 노론 벽파(僻派)는, 정조의 비호 아래 사도세자 사건에 연민의 정을 가졌던 노론 시파(時派)를 제거했다. 정권을 장악한 노론 벽파는 반대 정치세력인 남인을 몰아내는 것을 급선무로 정했다. 그러던 차에 그 해 섣달에 남인 천주교도들(崔必悌, 吳玄遠, 趙東還, 李箕延 등)이 서울과 양근(陽根) 충주(忠州) 등지에서 잡혔다. 위정척사(衛正斥邪)를 내건 노론 벽파가 남인을 제거할 명분이 생겼다. 이듬해(純祖 1, 辛酉, 1801) 정월 열하룻날에 정순왕후 김씨의 "코를 베어 멸망시키겠다."는 '사학금압하교'가 내려지고 천주교도들에 대한 수색이 더욱더 심해졌다. 다급한 남인 신도들은 증거를 숨겼으나 그 달 열아흐렛날에 한성의 포교가 붙잡은 어떤 사람의 농(籠) 속에서 천주교 교리서, 성구(聖具), 신부와의 교환 서찰, 대여섯 사람의 왕복 서찰들이 나왔다. 그 서찰 가운데는 정약용 집안의 서찰도 들어 있었다.

정약용은 이 책롱에 관한 일을 정월 그믐날에서야 이유수(李儒修) 윤지눌(尹持訥)이 서찰로 알려주었으므로 급히 말을 달려 도성으로 돌아와 명례방(明禮坊:지금의 명동 일대)의 자택에 머물면서 사태를 주시하고 있었다.

그 해 이월 초여드렛날에 양사(兩司)가 계를 올려 이가환 정약용 이승훈을 국문하기를 청했다. 정약용은 그 이튿날 새벽에 체포되어 입옥되었다. 그의 두 형 정약전 정약종과 이기양 권철신 오석충 홍낙민 김건순 김백순 등이 차례로 옥에 들어갔다. 그런데 그 문서 더미 속에는 정약용이 정약종에게 보낸 서찰도 들어 있었는데, "화색(禍色)이 박두하였으니 사학(邪學)을 믿으라고 꾀는 자가 있으면 내가 손수 칼로 찌르겠습니다."라는 것과 같은 정약용이 누명을 벗을 만한 증거가 많았으므로 곧 형틀을 벗고 일단 석방되어 금부 안에서 처분을 기다리고 있었다. 여러 대신들이 모두 백방하기를 의논하는데 오직 서용보(徐龍輔) 혼자 불가하다고 고집했다. 이 책롱사건이 터지자 얼씨구나 하고 차제에 정약용만은 꼭 죽여 없애려고 한 것이 서용보의 심보였다. 이때 악당들은 흩어진 문서 더미 가운데서 '삼구(三仇)의 설'(西敎에서 착한 일을 못하게 방해하는 육신, 세속, 마귀의 세 가지를 원수에 비겨 이르는 말.)을 찾아내어 억지로 정(丁)씨 집 문서로 정하고 무함하여 드디어 정약종에게 극률을 가함으로

써 정약용의 재기의 길을 막았다. 결국 정약용은 장기현으로, 정약전은 신지도(薪智島)로, 이기양은 단천(端川)으로, 오석충은 임자도(荏子島)로 정배(定配)되었지만 정약종과 나머지 사람들은 중형을 면치 못했다. 이른바 신유옥사(辛酉獄事/辛酉邪獄)다.

정약용은 체포된 지 십구 일 만인 이월 스무이렛날에 출옥하여 이튿날 귀양길에 들어섰다. 숭례문 남쪽 가까운 데 있는 석우촌(石隅村) 세 갈래 길에서 두 마리 말이 서로 장난치며 울고 있었다. 한 마리에는 정약전이 다른 한 마리에는 정약용이 타고 하나는 남으로 하나는 동으로 갈리며 제부(諸父) 제형(諸兄)들과 가물가물 멀어질 때까지 서로서로 손은 흔들었다. 한강 남쪽의 사평리(沙平里)에서 가족과 이별할 때 표정이야 비록 씩씩한 체했어도 마음이야 그라고 다르지 않았단다. 그믐날엔 죽산(竹山)에서 유숙하고, 삼월 초하룻날에는 가흥(嘉興)에서 유숙하고, 이튿날에는 충주 서쪽 이십 리허의 하담(荷潭)에 당도했다. 가문이 다 무너지고 죽느냐 사느냐 지금 이렇게 되었으니 이 세상 사람들이 아들 낳는 것 축하하지 않게 만들었다며 부모 무덤 앞에 엎드려 대성통곡을 했다. 탄금대에서는 임란 때 신립(申砬)이 한신만큼 지략이 있었던들 왜군이 충주를 함락치 못했을 거라며 신립을 일으켜 책언하고 싶었다. 연풍현 북쪽에 있는 무교(蕪橋)를 건넜는데, 계곡은 돌고 돌아 합치고 종일토록 건너도 하나의 물이었다. 지팡이를 짚고 가파른 산을 오르니 다리가 시고 아프건만 임란 때 순변사 이일(李鎰)이 왜군의 호접진에 걸려들어 군대를 버리고 도망칠 때에는 이 길도 평평하기가 숫돌 같았을 거라며 깊은 산속에서 혼자 중얼거렸다. 새재를 넘으며 지형을 살펴보고 임란 때 이 천혜의 요새를 버린 명청이 같은 작전계획에 또 한 번 탄식했다.

죽 벌여 있는 칠십 고을의 관약(管籥:關鍵)이 되어 깊이깊이 싸고 있는 문경 고을 남쪽 토천(兎遷·串岬遷의 異稱). 그 지리를 차지한 것이야말로 계림이 삼국을 통일한 하나의 원인이 되었다고 생각했다. 함창현의 공골 피(空骨陂) 못을 바라보며 천연적인 아름다움은 훌륭한데도 앉은 자리가 좋지 않아 아름답게 꾸민 사람이 없고 다만 벼 이삭에 물만 대 준다고 평하기도 했다. 이러구러 장기에 도착한 날이 삼월 초아흐레였다. 그 이튿날 이곳 마산리의 늙은 장교(將校) 성선봉(成善封)의 집에 거주하게 되었다. 지금의 장기초등학교 자리가 그 집터라고 추정할 뿐 확실한 위치는 아무도 모른다.

3. 저 멀리 내 고향 소내의 달은

장기초등학교. 설을 쇠었지만 학교는 아직 겨울 방학이 끝나지 않은 모양이다. 운동장에는 아이들 네댓이 공을 차고 있을 뿐 호젓하기 그지없 다. 어디쯤이 정약용이 머물렀던 그 집터란 말인가. 은행나무에서 새들만 뭐라고 조잘대다가 만다. 한쪽에 자리 펴고 누워 볼거나.

정약용은 귀양을 오자마자 삼월에 지은 「홀로 앉아」라는 시에서 스스 로를 늙은이라 했다. 갓 마흔 살에 얼마나 낙탁했다 싶었으면 그리 말했을 까. 귀골이 궁벽한 해우(海隅)에서 불편하고 갑갑하고 무료했겠지. 집 생각은 얼마나 났을까. 더구나 그 봄날은 내내 병치레를 했다지 않는가. 달팽이의 두 뿔 위에서 만씨와 촉씨가 싸운다는 칠원리(漆園吏)의 가설 곧 만촉지쟁(蠻觸之爭) 같은 당파 싸움 생각하다가 울기도 했다.

쓸쓸한 여관에 홀로 앉아 있을 때면
대 그늘도 끄덕 않고 어찌 그리 해는 긴지
고향 생각이 일면 곧바로 눌러 버리고
시구가 원숙해지면 끝까지 밀고 나간다
녹음방초 향해 눈길은 가지만
마음은 마른 나무 식은 재와 진배없다
나를 풀어놓아 집으로 돌아가게 하더라도
한낱 이 같은 한 늙은이일 뿐이리 —— 「獨坐」抄〈1801. 3월〉

산에 칡덩굴 푸르고 대추 잎 돋아나고
장기성 밖은 바로 작은 바다
돌로 눌러도 시름은 다시 일고
꿈길은 연기처럼 언제나 희미하다
극에 닿는 온갖 생각 모두가 부질없고
하늘은 어찌하여 내게 칠정을 주었을까 —— 「愁」抄〈1801〉

병상에서 일어나니 봄바람은 간곳없고
시름이 많으니 여름밤이 길다
잠깐 대자리에 누워 있는 사이에도
문득문득 고향 집이 그리워져
불을 붙이니 솔 그을음이 침침하고
문을 여니 대 기운이 서늘하다
저 멀리 내 고향 소내의 달은
흐르는 그림자를 서쪽 담에 비추리 —— 「夜」〈1801. 여름〉

만촉 싸움 분분하여 각각 한쪽으로 치우치고
객창에서 깊이 생각하니 눈물이 흐른다

산하는 옹색하여 고작 삼천린데

비바람 서로 싸워 이백 년이다

길 잃고 슬퍼한 영웅 한없이 많고

밭을 두고 싸우는 형제 언제나 부끄러움을 알까

하 넓은 은하수 퍼내어 씻어 내리면

밝은 해 밝은 빛이 온 누리에 비치리 ──「遣興」〈1801〉

'천주쟁이'로 몰린 그에게 말벗인들 있었을까. 마을 사람들은 그를 죄인이라고 가까이 하길 꺼렸다. "처음에는 작은 소리로 소곤소곤하더니 마침내 요란스레 떼 지어 떠든다."고 했다.(「惜志賦」)

차차 길잡이라도 생겼던가. 더러는 울울한 심정을 달래며 여기저기로 나다니기도 했다. 경주의 성산포며 계림까지도 나가보고, 장기읍성에 올라 해돋이를 보면서 햇살이 퍼졌다가 사라졌다 하는 것을 어가를 호위했다가 해산했다가 하는 것에 빗대어 보기도 했다. 소동파를 배우느라 바둑 못 배운 걸 후회하면서 기껏 이웃 영감과 장기나 두고, 일본산 자기 잔에 보리숭늉을 마시기도 했다. 해구신(海狗腎) 값이 올라서 서울의 재상들이 서신을 보낸다는 말도 있고 꽃게의 엄지발이 참으로 유명하건만 언감생심이지. 아침마다 국이라곤 가자미 국뿐인 데다가 개구리 알, 밀즉(蜜喞:쥐새끼를 꿀에 넣어 둔 것) 같은 것도 서로 권하는데 홀로 귀골 티를 내랴? 꾹 참고 먹었것다. 그래설까. 봄을 나자 습증이 중풍으로 변해 왼쪽 다리에 늘 마비 증세가 왔다. 스스로 이르길, 북녘 태생이 남녘 음식에 적응을 못해서라고 했지만 차차 병이 깊어져 한평생 절름거리게 될 줄 누가 알았겠나. 창출 술이 특효가 있는 줄을 번히 알지만 약 솥 들고 종은 와서 고향만 물었다. 신명나게 보리타작을 하는 광경을

보고는 사람들은 왜 고향 땅을 떠나 풍진객이 되느냐고 했고, 남가일몽(南
柯一夢)은 다시는 꾸지 않고 강가에서 낚시꾼이나 되는 것이 소원이라
했다. 지팡이에 의지하여 느릅나무 숲길을 비틀거리며 "이 몸이 있는
곳이 우리집이지."라고 자위했지만 가을이 되자 처자가 더 그리워졌던
모양이다.

> 어미 제비가 새끼한테 멀리 날게 연습시켜
> 고향에 돌아가려고 검정 옷을 입힌다
> 비비배배 그 수다가 모두가 헛소리지
> 가을바람 불어오면 날 버리고 돌아갈 거면서 ──「秋懷」제2수〈1801. 가을〉

 정약용은 자신이 비색(否塞)한 처지가 된 것은 자신의 마음 세움(立心)
이 잘못되어서가 아니라 재주가 적어서라고 했다.

> 진흙 모래가 땅에 가득한데 갈기 늦게 흔들었고
> 그물이 하늘에 가득한데 가벼이 날개 폈다
> 맑은 시절에는 괴로워라 활에 다친 새였더니
> 남은 목숨도 다를 게 없구나 그물에 걸린 고기라네
> 천년을 두고선들 어느 누가 나의 비색을 알랴
> 마음 세움이 굽어서가 아니라 재주 적어설세
> 늘그막에 나의 탕목읍이 장기현이 그란 말인가
> 고난을 겪어겪어 상전벽해라 머리 짧은 늙은일세
> 뜬 이름 사방에 떨쳤어도 이미 묵은 자취일 뿐
> 몸밖에는 한 가지로 비었고 대머리만 남았다 ──「自笑」抄〈1801〉

마음 세움이 굽지 않았건만 살을 맞기도 하고 그물에 걸리기도 했던 정약용이었다는 것은 천년을 기다리지 않아도 아는 사람은 많다. 왜 그런가? 그런 화살이며 그물이 한 번도 우리 곁에 없었던 적이 없었기에 그렇다. 장기현이 자신의 탕목읍(湯沐邑) 곧 채지(采地·食邑)라 한 것은 새겨들으면 눈물을 머금은 냉소요, 대머리가 되었다는 말은 얼른 들어도 세상을 버린 사람의 자조가 아닌가. 대머리에 상투 틀기도 어려웠을 터.

정약용은 좁다란 방에서 빈대며 지네 같은 것에 시달렸다.

> 빈대가 살 깨물어 잠을 이룰 수 없고
> 지네가 벽에 다녀 또 다시 놀란다
> 작은 벌레 이빨도 내 푼수가 아닌 줄을 알지니
> 이렇게 생각하고 기꺼이 세상 물정에 따르리 ──「鬐城雜詩」제23수〈1801〉

그를 옭아맨 악당들은 차라리 빈대며 지네라고나 할까. 빈대며 지네가 득실거리는 조정이며 관아. 조세와 부역이 무겁고 관리는 멋대로 잔악한 짓을 하여 백성은 편히 살 수가 없었다. 오죽하면 수박조차 심지를 않았을까.

> 호박은 새로이 떡잎이 나더니
> 밤사이 덩굴이 사립문에 얽혀 있다
> 평생토록 수박은 심지 않을 테야
> 못된 아전 놈들 시비 걸라

> 新吐南瓜兩葉肥
> 夜來抽蔓絡柴扉
> 平生不種西瓜子

剛怕官奴惹是非 ── 「長鬐農歌」 제4장〈1801〉

　한나절을 장기초등학교 근방에서 어정거리다가 동쪽으로 한 오리는 실히 걸었을까. 장기천을 따라 신창리 바닷가로 나왔다. 내내 속이 더부룩하더니 여기 오니 좀 트이고 배고픈 줄도 알겠다. 정약용도 그랬을 거다. '아아, 묘하도다! 저 작은 바위섬들.' 정약용의 탄성이 귓전을 울리는 듯하다.

　　서남해 바다 물빛 금릉과 인접해서
　　장삿배가 여기 동쪽까지 오는 것은 며칠이면 된다네
　　경뢰(瓊雷:중국의 瓊州海峽)가 보인다는 말 아직 믿지 못하노니
　　빽빽하게 모인 섬들 푸르고 험하구나 ── 「鬐城雜詩」 제26수〈1801〉

　정약용은 오징어와 백로를 두고 우화시를 지어 시대상을 풍자하기도 하고 해녀를 바라보며 「아가사」라는 시를 지었는데 '아가'란 말을 여기 와서 처음 들었던지, 지방 사람들이 자기 며느리를 가리켜 아가라 부른다고 말했다.

　　몸에 실오라기 하나 안 걸친 아가가
　　짠 바다 들락날락 맑은 연못 같다
　　꽁무니 높이 들고 대번에 물로 들어가서
　　오리처럼 의연히 잔 물결을 희롱한다
　　돌던 물결 슬며시 합하니 사람은 보이지 않고
　　박 한 통만 두둥실 물 위에 떠다닌다
　　홀연히 머리 내밀어 물쥐와 같더니

휘파람 한 번에 몸이 따라 솟구친다
아홉 구멍 전복은 손바닥 같아
귀한 분 술상에 안주로 올린다
때로는 바위틈에서 방휼이 붙는데
헤엄에 능한 자도 여기선 죽고 만다
슬프다 아가 죽음 어찌 족히 말하랴
벼슬길의 열띤 객들도 모두가 헤엄치는 사람이리 —— 「兒哥詞」⟨1801⟩

　방합과 도요새가 서로 물고 놓지 않고 싸우다가 둘 다 어부한테 잡히고
만다는 방휼지쟁(蚌鷸之爭)이란 말이 있듯이 위태롭기 그지없는 바위틈
에서 해녀 끼리 붙어 다투다가 종당에는 죽고 만다. 벼슬길에서 열을
올리는 무리들 또한 보자기와 무엇이 다른가.

4. 황사영 백서사건帛書事件

　정약용이 장기로 유배된 뒤에도 이른바 신유옥사는 그치지 않았다.
밀입국해서 포교하던 청나라 신부 주문모(周文謨)가 그 해 삼월에 자수했
다가 처형당했고, 구월에는 주문모를 도왔던 천주교도 황사영(黃嗣永)이
베이징에 머물고 있던 구베아 교주에게 비단에 쓴 편지를 몰래 보내려다가
도중에 발각되어 또 한바탕 피바람이 일었다. 꽤 긴 이 편지에는 노론
벽파에 의한 노론 시파와 남인의 퇴출 기타 조선의 정치 정세, 신도들의
소개, 주문모 신부가 처형당한 과정 그 밖의 천주교 박해 상황, 포교의
자유를 얻기 위한 방책으로 청나라 황제의 조선 내정 간섭과 많은 서양

함대와 병사를 요청하는 내용 등이 구체적으로 적혀 있었다.

서양함대를 불러들이려 하다니, 땅벌집을 쑤셔 놓은 거다. 조정은 발칵 뒤집혀 분노가 하늘에 닿았다. 황사영은 체포되어 대역죄로 극형에 처해졌고 귀양갔던 사람들도 다시 추국을 받게 되었다. 황사영은 정약용의 백형 정약현(丁若鉉)의 사위였으니 악당들은 옳거니 하고 정약용을 얽어매려 했다.

신유옥사가 벌어지던 지난 봄 사이의 대계(臺啓)는 거의가 홍희운(洪羲運: 洪樂安의 變名) 이기경(李基慶)이 종용한 것이었는데 그들은 이번에도 온갖 계책으로 조정을 위협하여 스스로 대관(臺官)의 벼슬자리에 들어가길 요구하고, 계(啓)를 올려 정약용과 그 외 여러 사람들을 다시 추국하기를 청했다. 정약용만은 꼭 죽이고야 말겠다는 것이 그들의 심보였다. 한편 정약용은 사년 전 서른여섯 살 때(正祖 21, 丁巳, 1797) 곡산부사(谷山府使)로 나가서 선정을 베풀었는데 때마침 정일환(鄭日煥)이 해서(海西:황해도)에서 돌아와 극력 말하기를, 해서에는 정약용이 그 곳을 떠나고 난 지금까지도 그에 대한 백성들의 칭송이 자자해서 만약 정약용을 죽인다면 반드시 옥사를 함부로 했다고 비방하는 여론이 일어날 것이라 하고, 또 황사영의 공초(供招) 곧 진술에 정약용이 관련된 내용이 없었던지, "진술조서(招辭〈供辭〉)에 나오지 않으면 체포(發捕)하는 법이 없다."라고 하고 영상 심환지(沈煥之)에게 홍낙안 이기경이 올린 계에 대해 움직이지 말 것을 권했다. 그러나 심환지는 이들을 추국할 것을 대왕대비에게 청하니 대왕대비는 윤허했다. 이에 정약용 정약전 이치훈 이관기 이학규 신여권 등이 체포되어 옥에 들어갔다. 위관(委官:죄인을 推鞫할 때 議政大臣 가운데서 임시로 뽑아 임명하는 재판관)이 정약용에게 '황사

영백서'를 보이면서 말하길, "반역의 변이 이 지경에 이르렀으니 조정에서
또 어떤 생각인들 하지 않겠소. 무릇 서양 서적을 한 자라도 본 사람은
죽어 살아남지 못할 것이오."라고 했다. 그러나 이들을 추국해 보니 모두
황사영 일당에 관여한 정상이 없었고 또 여러 대신들도 문서 가운데
정약용이 장기에서 지은 예설(禮說), 이아설(爾雅說), 시율(詩律)을 보았
으나 모두 안한(安閒)하고 정밀할 뿐 황사영 무리들과 내통한 흔적이
없었다. 이에 측은하게 여기고 어전에 들어가 무죄함을 고했다. 대왕대비
도 그것이 모함이라는 것을 살피고 여섯 사람(정약전 정약용 이치훈
이관기 이학규 신여권)을 아울러 참작하여 석방하라 하고, 호남에 근심이
남아 있으니 정약용을 강진현으로 이배(移配)하여 진정시키라 했다. 근심
이란 물론 서교에 대한 근심이다. 정약용을 그 후미진 지역에 유배하여
본때를 보임으로써 그 지방 사람들에게 일벌백계로 삼겠다는 심산이었다.
　정약용이 추국을 당하고 있을 때 교리 윤영희(尹永僖)가 정약용의
생사를 탐지하려고 대사간 박장설(朴長卨)을 찾아가 옥사의 사정을 물었
다. 마침 홍낙안이 오는지라 그는 옆방으로 피했다. 홍낙안이 말에서
내려 방에 들어가더니 발끈 성을 내어 말하기를, "천 사람을 죽이더라도
정약용 한 사람을 죽이지 못하면 죽이지 않는 것만 못한데 공은 어찌
힘써 다투지 않았소?"라고 하니, 박장설은 "그 사람이 스스로 죽지 않는데
내가 어떻게 그를 죽이겠소."라고 했다. 홍낙안이 나간 뒤에 박장설이
말하길, "답답한 사람이다. 죽일 수 없는 사람을 죽이려고 꾀하여 두
번이나 큰 옥사를 일으키고서 또 나더러 다투지 않았다고 책망하니 답답한
사람이다."라고 했다.
　동짓달에 정약용과 정약전이 같이 출옥하여 나주의 율정점(栗亭店)이

라는 한 주막거리에 이르러 형은 현산(玆山:흑산도)으로 아우는 강진으로
갈렸다. 이 율정의 이별이 이승에서 그들 형제의 마지막이 되고 말았다.

5. 인생의 비태에 정명이 없다고 할 수 있겠는가

정약전은 적거(謫居) 십육 년 만에 흑산도에서 세상을 뜨고(59세, 純祖
16, 丙子, 1816. 6. 6), 정약용은 그로부터 이태 뒤인 쉰일곱 살에 해배되어
고향 소내로 돌아가긴 했지만,(純祖 18, 戊寅, 1818. 9. 15⟨14⟩) 지병은
낫지 않았고 살림은 곤궁했다. 향리에 돌아와 보니 그를 죽이려 했던
서용보가 서쪽 이웃에 물러나 살고 있었는데 하루는 사람을 보내어 정약용
을 위로하고 친절한 뜻을 표했다. 그러나 그런 말이 겉으로만 인정을
베푸는 척하는 이른바 허덕색(虛德色)인 줄을 아는 데는 그리 오래 걸리지
않았다. 이듬해(純祖 19, 己卯, 1819) 겨울에 조정에서 경전(經田)하는
일에 정약용을 쓰려는 논의가 이미 결정이 되었는데도 서용보가 나서서
극력 저지하는 바람에 허사가 됐다. 서용보는 무슨 억하심정이었을까?
정약용이 강진에 유배된 지 삼 년(純祖 3, 癸亥, 1803) 겨울에 대왕대비가
특명으로 정약용과 채홍원을 석방하려 했을 때에도 상신(相臣)이었던
서용보가 저지했었다. 이런 일을 겪어 오면서 정약용은 무엇을 생각했을
까. 시대와 사물의 추이, 나아가고 물러나는 때가 정해져 있다고 생각했을
까. 그의 말을 들어 본다.

당초 신유 년(순조 1, 1801) 봄 옥중에 있을 때 하루는 시름에 겨워 있는데
꿈에 한 노부(老父)가 꾸짖기를 "소무(蘇武)는 십구 년을 인내했는데 지금

그대는 십구 일의 고통을 못 참는가?"라고 하였다. 출옥하여 헤아려 보니 옥에 있은 지 십구 일이었고 또 향리로 돌아와서(純祖 18, 戊寅, 1818. 9. 15) 헤아려 보니 경신년(正祖 24, 1800)의 유락으로부터 또 십구 년이었다. 인생의 비태(否泰)에 정명이 없다고 할 수 있겠는가?(人生否泰可曰無定命乎) ──「自撰 墓誌銘 集中本」

  믿는 것과 아는 것은 다르다. 정약용은 정명을 믿었을 뿐 알지는 못한 것 같다. 그의 저술 어디를 살펴봐도 명리를 알고 있는 어떤 흔적도 발견할 수 없을 뿐만 아니라, 그의 나아가고 물러남이 시지즉지(時止則止) 시행즉행(時行則行)이라 할 수 없고 지지지지(知止止之) 지종종지(知終 終之)를 못했기 때문이다. "두 소씨(漢의 疏廣과 疏受)는 기미를 보고 인끈을 푸니(벼슬을 버리니) 누가 핍박하랴!"(兩疏見機 解組誰逼)라는 『천자문』의 이 말을, 그 뜻은 삼척동자도 알만 하지만 천하의 숙유(宿儒) 로서도 이를 몸소 실행하기는 쉽지 않았던 모양이다. 내가 그를 조선조 제일의 학자로 인정하는 견해에 전혀 이의를 갖지 않으면서도 그에 대해 마음 한 구석에 늘 허전함을 느끼는 것은 그 까닭이 여기에 있다. 사람들은 낙천지명이란 말을 너무 쉽게 하는 것 같다.

  정약용은 본디 전원을 사랑하는 것만큼이나 현실 참여를 기구했던 사람이 아니었나 싶다. 유배 중에 쓴 「두 아들에게 보이는 가계」(示二子家 誡)(嘉慶庚午, 純祖 10, 1810. 首秋書于茶山東菴)라는 글에서 "나는 지금 이름이 죄적(罪籍)에 있으므로 너희들을 시골에서 숨어 살도록 했지만 장차의 계획은 오직 왕성(王城)의 십리 안에 살도록 하는 것이다.…… 만약 하루아침의 분노를 못 이겨 발끈해서 먼 시골로 이사해 버리는 사람은 천한 무지렁이(甿隷)로 끝나고 말 것이다."라고 한 말은 무엇을 뜻하는가. 국제간의 문물 교류가 신속하지 못했던 시대라 도성 가까이에 살아야 선진 문물을 일찍 접할 수 있다는 것이 표면적 취지였지만 그 취지란 결국 현실 참여의 정신에 기인한 것이었다고 본다. 해배 후 그는 다짐하길, 은거하면서 경서에 잠심할 거라고 했지만(『歸田詩抄』) 그의 은일은 번번이 좌절을 당한 뒤의 선택이요, 체념이 아니었던가. 부가를 타고 북한강을 오르내리며 오리처럼 살리라던 그 꿈 또한 이런 맥락으로 나는 이해한다.

6. 뜻은 한계와 곡운 사이에 있었다

부가를 타고 북한강을 소요하리라던 그 꿈은 진갑이 되던 해(純祖 23, 癸未, 1823)에 이루어졌다. 진갑(6월 16일)을 두 달 앞두고 그 해 사월 십오일에 장남 학연이 그 아들 정대림(정약용의 장손)을 데리고 춘천으로 납채를 하러 갈 때 동행한 것이지만 정약용은 "뜻은 한계와 곡운 사이에 있었다."(意在寒溪谷雲之間也)라고 토로했듯이 정작 사월 십구일의 납채례에는 참석치 않았다.

정약용은 아들과는 따로 넓은 어선 한 척을 구하여 지붕 있는 집으로 꾸몄다. 문설주에는 '산수록재'(山水綠齋)라는 편액을 손수 쓰고 좌우의 기둥에는 "장지화가 초계와 삽계에 노닐던 취향이요, 예원진이 호수와 묘수에서 노닐던 정취라."(張志和苕雪之趣 倪元鎭湖泖之情)는 대련(對 聯)을 강 건너 은거하던 신작(申綽)에게 청하여 예서체로 써서 붙였다. 정학연의 배에는 "황효수와 녹효수 사이에 노닌다."(游於黃驍綠驍之間)

라 쓰고 기둥에는 "물에 떠다니면서 사는 배."(浮家汎宅)라는 글과 "물에서 자고 바람을 먹는다."(水宿風餐)라는 글을 써 붙였다. 그리고 병풍, 휘장, 담요, 이불 등의 장구와 붓, 벼루, 서적 등에서부터 약탕기, 다관(茶罐), 반상기, 국솥 따위에 이르기까지 모두 갖추었다. 화공도 데리고 가서 "물이 궁하고 구름이 이는 땅이며 버들이 어둑하고 꽃이 환한 마을."(水窮雲起之地 柳暗花明之村)과 같은 경승지를 만나면 제목을 정하고 그림을 그릴 계획이었으나 초빙해 온 화공 방우탁(方禹度)이 한질(寒疾)이 나는 바람에 동행치 못했다. 이때 해배되기 사년 전(純祖 14, 甲戌, 1814)부터 사단(四端)을 놓고 그와 일곱 차례나 격론을 벌였던 성리학자 이재의(李載毅)도 함께 배를 탔다. 사월 보름날 아침에 소내의 사라담(鈔羅潭)에서 출범하여 열이레에 소양정 아래에 정박하고, 엿새 동안에 걸쳐 소양정 부근과 곡운(谷雲)의 아홉 골짜기를 돌아보고, 스무나흘 아침에 소양정 아래에서 귀범 길에 올라 스무닷샛날에 사라담으로 돌아왔다. 이것이 기록에 나오는 부가 유람의 처음이자 마지막이었다.(「汕行日記」)

이때 당색과 학풍이 그와 다른 신작에게 배에 달 영련(楹聯)의 글씨를 청한 것이라든가 논쟁자 이재의와 열흘 동안이나 한 배에서 침식을 같이 한 것을 보면, 경계를 긋지 않는 그의 실사구시의 정신이 번득이고 당파성을 떠나려 한 그의 금도(襟度)며 국량이 대인답다. 국량이 작다고 한 형의 젊은 날의 충고를 형이 세상을 뜬 지 오랜 세월이 흐른 뒤에도 가슴 깊이 새겨 두고 외로이 늙어 가는 아우의 만절(晚節)이 너무나 아름답다.

오늘 어디 갔었느냐고 누가 묻는다면 나는 답은 않고 멀거니 바라보며 마음속으로만, 장기에서 지은 정약용의 시 한 수를 읊을 것이다.

막다른 골목에서 이 마음 좁아질까 봐
바다 쪽 사립문에 우두커니 서 있네

窮途只怕胸懷窄
臨海柴門佇立遲 ──「自笑」抄〈1801〉

장기 땅의 두 적객謫客

　　동외곶(冬外串)이라 하면 잘 모르다가도 장기곶(長鬐串)이니 장기갑(長鬐岬)이라 하면 다 안다. 동외곶 장기곶 장기갑은 옛날 명칭이요, 지금은 호미곶(虎尾串)이라고도 한다. 그 아랫동아리에 옛 명칭으로는 장기현(長鬐縣) 마산리(馬山里), 지금 이름으로는 장기면 마현리(馬峴里)라는 마을이 있다. 어느 때의 명칭으로 하든 장기(長鬐)와 말[馬]을 합치면 '장기마(長鬐馬)' 곧 '갈기 긴 말'이 되기에 이 골목 저 골목 기웃거려 보아도 말 기르는 집은 보이지 않고 소 기르는 집만 더러 보인다.

　　장기 땅은 자주 유배지가 되었다. 『조선왕조실록』에 의하면 조선조 때만 해도 62명이, 향토사학자에 의하면 105명이 이곳에서 귀양살이를 했다고 한다.

　　나는 지금 나란히 서 있는, 송시열(宋時烈)과 정약용(丁若鏞)의 두 사적비 앞에 또 하나의 비석이 되어 서 있다. 포항시 남구 장기면 마현리의 장기초등학교 교정이다.

　　송시열이 유배된 것은 이른바 예송(禮訟) 때문이었다. 1659년(己亥), 효종이 죽자 대왕대비인 자의대비(慈懿大妃:인조의 繼妃인 趙氏)의 복상(服喪) 기간을 놓고 집권파인 송시열 등 서인의 기년설(朞年說)과 윤휴(尹

鑴) 등 남인의 삼년설 사이에 논쟁이 벌어졌는데 서인의 기년설이 채택되었다. 그러나 허목(許穆)에 이어 윤선도(尹善道) 등 남인이 다시 들고 일어나 기년설의 부당함을 주장하자 서인과 남인 사이의 논쟁은 급기야 당쟁이 되고 말았다. 윤선도는 삼수(三水)로 유배되었고 서인의 정치적 기반은 더 공고하게 되었다. 이 예송을 1차 예송 또는 기해예송(己亥禮訟)이라고 한다.

그 뒤 1674년(현종 15년, 甲寅), 효종의 비(妃)인 효숙왕대비(孝肅王大妃, 仁宣大妃張氏)가 죽자 또 자의대비의 복상 문제를 두고 서인은 대공설(大功說)을 주장하고 남인은 기년설을 주장하여 논쟁이 벌어졌다. 현종의 장인인 김우명(金佑明)과 김석주(金錫胄)는 서인이었지만 남인의 기년설에 동조하고 나섰다. 송시열을 제거하고 정권을 잡기 위해서였다. 이번에는 남인의 주장이 가납되어 남인이 정권을 잡게 되었다. 그러한 분란 중에 현종이 갑자기 죽고, 어린 숙종이 즉위했다. 진주 유생 곽세건(郭世楗)이 송시열을 규탄하는 상소를 올렸다. 기해예송에서 송시열이 예를 잘못 적용하여 효종과 현종의 적통을 그르쳤다는 주장이었다. 숙종은 이 상소를 받아들였다. 현종의 묘지명에 그 사실을 기록토록 하고 송시열을 지금의 함경남도 원산인 덕원부(德源府)로 정배했다. 서인들은 송시열을 구하려고 상소를 올리고, 남인들은 송시열과 그를 비호하는 서인들까지 모조리 처벌하려고 들었다. 마침내 서인이 물러나고 남인이 세를 얻게 되었지만 복제문제 때문에 당쟁은 끊이지 않았다. 이에 숙종은 1679년 음력(이하 음력) 삼월, 앞으로 예론으로써 말썽을 부리거나 상소를 올리는 자는 역률(逆律)로써 다스리겠다고 했다. 이로써 2차 예송은 끝났다. 이 2차 예송을 갑인예송(甲寅禮訟)이라고 한다.

숙종 원년(1675) 윤오월, 예순아홉 살의 노골 송시열은 덕원에서 장기현으로 이배되어 유월에 마산리(마현리)에 위리안치(圍籬安置)되었다고 비문에 적혀 있다. 이 해우(海隅)의 벽촌이 이미 울타리이겠는데 위리안치라 했으니 정말 가시 울타리 안에 가두었단 말인가. 가시 울타리 안에 갇혀 그는 무슨 생각을 했을까. 성리학 또는 성리학적인 명분을 내세워 냉혹하게 반대 세력을 척출했던 그가 성리학적 이념이 한낱 스콜라적 논쟁거리로 투색(渝色)되어 버린 그 시점에서도 여전히 그 이념을 내세워 반대파를 몰아낼 궁리에 절치부심하고 있었을까. 목계(木鷄)와도 같은 천하무적의 싸움닭이 되려고 내공을 닦고 있었을까. 이때 동생들과 측실(側室)과 노복들도 대동했으며 나중에는 아들, 손, 증손까지 함께 살았다고 한다. 비록 날개는 꺾였어도 그의 정치적 영향력이 아직은 이토록 컸던 모양이다. 그러나 부인 이씨의 상을 당했을 때도, 장녀의 부음을 들었을 때도 멀리서 통곡만 했던 궁조(窮鳥) 송시열. 그가 기거한 곳은 오도전(吳道全)의 집이라고 전해지는데 송시열이 쓴 「적거실기」에 의하면 오도전은 송시열을 사사하여 뒤에 향교의 훈장이 되었다. 오도전에 뒤이어 장기 땅에 문풍이 떨쳐 일어나게 되었고 남인 땅에 노론의 씨를 심는 계기가 형성됐다. 송시열은 장기에서 많은 저서를 남겼는데 『주자대전차의』(朱子大全箚疑) 『정서분류』(程書分類)가 그 대표작이다. 송시열은 여기서 약 4년을 보낸 뒤 숙종 오년(1679) 사월 초열흘에 일흔세 살의 노구가 다시 거제도로 이배되었다.*

---

* 거제면 동상리 반곡 골짜기에서 약 1년 2개월 동안 귀양살이를 했다. 1680년 경신대출척(庚申大黜陟)으로 남인이 실각하게 되자 중추부영사로 기용되었다가 1683년 벼슬에서 물러났다. 1689년 왕세자가 책봉되자 이를

송시열이 장기를 떠난 지 122년 뒤, 같은 마을에 정약용이 귀양살이하게
되었다.

정조가 승하하자 왕세자가 너무 어려서 영조의 계비 정순왕후 김씨가
대왕대비로 수렴청정을 하게 되었다. 지난날 정순왕후와 결탁하여 사도
세자 참사를 획책했던 노론 벽파(僻派)는, 정조의 비호 아래 사도세자
사건에 연민의 정을 가졌던 노론 시파(時派)를 제거했다. 정권을 장악한
노론 벽파는 반대 정치세력인 남인을 몰아내는 것을 급선무로 정했다.
그러던 차에 그 해 섣달에 남인 천주교도들(崔必悌, 吳玄遠, 趙東還,
李箕延 등)이 서울과 양근(陽根) 충주(忠州) 등지에서 잡혔다. 위정척사
(衛正斥邪)를 내건 노론 벽파가 남인을 제거할 명분이 생겼다. 이듬해(純
祖 1, 辛酉, 1801) 정월 열하룻날에 정순왕후 김씨의 "코를 베어 멸망시키겠
다."는 '사학금압하교'가 내려지고 천주교도들에 대한 수색이 더욱더
심해졌다. 다급한 남인 신도들은 증거를 숨겼으나 그 달 열아흐렛날에
한성의 포교가 붙잡은 어떤 사람의 농 속에서 천주교 교리서, 성구(聖具),
신부와의 교환 서찰, 대여섯 사람의 왕복 서찰들이 나왔다. 그 서찰
가운데는 정약용 집안의 서찰도 들어 있었다.

정약용은 이 책롱에 관한 일을 정월 그믐날에서야 이유수(李儒修)
윤지눌(尹持訥)이 서찰로 알려주었으므로 급히 말을 달려 도성으로 돌아
와 명례방(明禮坊:지금의 명동 일대)의 자택에 머물면서 사태를 주시하고
있었다.

시기상조라 하여 반대하는 상소를 했다가 제주도에 안치되고 이어 국문
을 받기 위해 서울로 오던 도중 정읍(井邑)에서 사사(賜死)되었다.

그 해 이월 초여드렛날에 양사(兩司)가 계를 올려 이가환 정약용 이승훈을 국문하기를 청했다. 정약용은 그 이튿날 새벽에 체포되어 입옥되었다. 그의 두 형 정약전 정약종과 이기양 권철신 오석충 홍낙민 김건순 김백순 등이 차례로 옥에 들어갔다. 그런데 그 문서 더미 속에는 정약용이 그의 셋째 형인 정약종에게 보낸 서찰도 들어 있었는데, "화색(禍色)이 박두하였으니 사학(邪學)을 믿으라고 꾀는 자가 있으면 내가 손수 칼로 찌르겠습니다."라는 것과 같은 정약용이 누명을 벗을 만한 증거가 많았으므로 곧 형틀을 벗고 일단 석방되어 금부 안에서 처분을 기다리고 있었다. 여러 대신들이 모두 백방하기를 의논하는데 오직 서용보(徐龍輔) 혼자 불가하다고 고집했다. 이 책롱사건이 터지자 얼씨구나 하고 차제에 정약용만은 꼭 죽여 없애려고 한 것이 서용보의 심보였다. 이때 악당들은 흩어진 문서 더미 가운데서 '삼구(三仇)의 설'(西敎에서 착한 일을 못하게 방해하는 육신, 세속, 마귀의 세 가지를 원수에 비겨 이르는 말)을 찾아내어 억지로 정(丁)씨 집 문서로 부회하고 드디어 정약종에게 극률을 적용함으로써 정약용을 다시 일어서지 못하게 했다. 결국 정약용은 장기현으로, 정약전은 신지도로, 이기양은 단천으로, 오석충은 임자도로 정배되었지만 정약종과 나머지 사람들은 중형을 벗어나지 못했다. 이른바 신유옥사(辛酉獄事/辛酉邪獄)다.

정약용이 장기에 도착한 날이 순조 원년(辛酉, 1801) 삼월 초아흐레였다. 그는 장교(將校) 성선봉(成善封)의 집에 기거하게 되었는데 그때의 상황을 잘 말해 주는 시가 있다. "작디작은 내 일곱 자 몸뚱이, 사방 한 길 방에 누울 수 있다. 아침에 일어나다가 머리를 박지만, 밤에 쓰러지면 무릎은 펼 수 있다." 그는 다짐했다. "더러운 것을 쏟아 버리려면 솥을

뒤집어엎어야 하고, 자벌레 꾸부리는 것은 펴고자함이다." 솥을 엎어야
한다는 말은 『주역』의 화풍정(火風鼎)괘의 구사(九四) 효사(爻辭)에서,
자벌레 꾸부린다는 말은 『주역』의 택산함(澤山咸)괘의 구사 효사를 연역
한 공자의 글에서 원용한 말이다.

봄을 나자 중풍에 걸려 왼쪽 다리에 늘 마비 증세가 왔다. 마음에
이미 화살을 맞았는데 다리마저 절름거리는 신세가 되었다.

정약용이 장기로 유배된 뒤에도 이른바 신유옥사는 그치지 않았다.
밀입국해서 포교하던 청나라 신부 주문모(周文謨)가 그 해 삼월에 자수했
다가 처형당했고, 구월에는 주문모를 도왔던 천주교도 황사영(黃嗣永)이
베이징에 머물고 있던 구베아 교주에게 비단에 쓴 편지를 몰래 보내려다가
도중에 발각되어 또 한바탕 피바람이 일었다. 이른바 황사영(黃嗣永)의
백서사건(帛書事件)이다. 일만 삼천여 자에 달하는 이 편지에는 노론
벽파에 의한 노론 시파와 남인의 퇴출 기타 조선의 정치 정세, 신도들의
소개, 주문모 신부가 처형당한 과정 그 밖의 천주교 박해 상황, 포교의
자유를 얻기 위한 방책으로 청나라 황제의 조선 내정 간섭과 많은 서양
함대와 병사를 요청하는 내용 등이 구체적으로 적혀 있었다.

서양함대를 불러들이려 하다니, 땅벌집을 쑤셔 놓은 거다. 조정은
발칵 뒤집혀 분노가 하늘에 닿았다. 그 해 시월에 황사영은 체포되어
대역죄로 극형에 처해졌고 귀양갔던 사람들도 다시 추국을 받게 되었다.
황사영은 정약용의 백형 정약현(丁若鉉)의 사위였으니 악당들은 옳거니
하고 정약용을 얽어매려 했다. 정약용은 다시 도성으로 압송되어 추국을
받았다. 정약용은 이 사건과 무관함이 밝혀졌으나 동짓달에 강진으로
정배되었다. 정약용이 여길 떠난 날이 시월 스무날이었다고 비문에 적혀

있으니 이곳에 머문 날짜는 온 날 간 날을 다 합쳐서 219일이다. 비문에서 220여 일이라 한 것은 착각이라 여겨진다.

정약용은 싸움닭이 아니었다. 정조 임금의 지우를 받고 눈썹을 치키며 금마옥당(金馬玉堂) 사이를 누빌 때에도 다만 재기와 과단성이 조금 모가 났을 뿐이다. 두루뭉술하고 능글능글한 무리들과 기질적으로 맞지가 않았던 것 같다. 굳이 꼬집는다면 대방무우(大方無隅)의 경지가 되지 못했다 할까. 정치 정세가 노론 벽파의 세상이 되자 모가 난 그의 지성은 그들의 쇠망치를 맞았을 뿐이다. 달팽이의 두 뿔 위에서 만씨와 촉씨가 싸운다는 칠원리(漆園吏)의 가설처럼 하찮은 당파 싸움을 유배지에서 깊이깊이 생각타가 분하고 억울해서 울기도 했다.

> 만촉 싸움 분분하여 각각 한쪽으로 치우치고
> 객창에서 깊이 생각하니 눈물이 흐른다
> 산하는 옹색하여 고작 삼천린데
> 비바람 서로 싸워 이백 년이다
> 길 잃고 슬퍼한 영웅 한없이 많고
> 밭을 두고 싸우는 형제 언제나 부끄러움을 알까
> 하 넓은 은하수 퍼내어 씻어 내리면
> 밝은 해 밝은 빛이 온 누리에 비치리 ——「遣興」〈1801〉

만촉지쟁(蠻觸之爭) 같은 당파 싸움의 여파는 이 후미진 해곡(海曲)에 까지도 미쳤다. 툭하면 유배지가 되다 보니 오히려 다른 지방보다 조정 정세에 더 민감했던 것 같다. 정약용이 장기에서 지은 「기성잡시」(鬐城雜詩) 한 수를 옮겨 본다.

죽림서원이 마산촌 남쪽에 있는데
대나무 느릅나무가 궂은비에 젖었다
멀리서 온 납촉을 주어도 받지 않더니
마을 사람들은 아직도 송우암만 들먹인다.

주림서원은 송시열이 이곳을 떠난 지 이십구 년 뒤에 발의가 되어
세웠는데 지금은 폐허가 되었다.

정약용은 남인이었는데 신유옥사(辛酉獄事)를 일으킨 노론 벽파는
아득히 노론의 우두머리 송시열에 닿아 있다. 게다가 '천주쟁이'로 몰린
정약용을 이곳 사람들인들 얼른 가까이 하려 했겠는가. 정약용이 선물로
동네 사람에게 납촉(蠟燭:밀랍으로 만든 불켜는 초)을 내밀었으나 받지
않았을 때 그 심정이 오죽했을까.

송시열과 정약용. 사람이 때를 몰랐던가, 때가 사람을 몰랐던가. "나뭇
잎 바람에 흩날려도 뿌리는 조용하고, 서리에 난초 꺾여도 그 뜻은 저절로
향기롭다."라든가 "너희들은 탓하지도 말고 원망하지도 말거라, 생사는
사람의 뜻대로 되지 않는 법이다."라는 말은 송시열이 장기에 있을 때
여러 손자들에게 시를 지어 보인 말이요, "인생의 비태에 정명이 없다고
할 수 있겠는가?"라는 말은 정약용이 18년 귀양살이가 끝난 뒤에『자찬묘
지명(집중본)』에서 한 말이다. 송시열과 정약용은 하늘에 순응하고 정명
을 기다렸을까. 그렇다 하더라도 그것은 화를 당한 뒤였을 뿐이다. 얻을
것만 알고 잃을 것은 몰랐다. 나아갈 줄만 알고 물러날 줄은 몰랐다.
그들은 앞만 보고 달리는 개울이요 시내며 강이었다.

마현리에서 장기천을 따라 동쪽으로 한 오리쯤 걸었을까. 신창리 바다
다. 바다는 청탁을 묻지 않고 만수(萬水)를 마다하지 않는다. 분별과

대립과 갈등과 집착을 넘어섰다. 일미(一味)다. 마침내 바다는 방행이불류(旁行而不流)라는 공자의 말마따나 모걸음을 걸을 뿐 흐르지 않는다. 송시열과 정약용은 공자의 이 말을 모를 리가 없을 텐데 어찌하여 바다를 눈여겨보지 않았을까?

다산의 매조도

　　방병성주(蚌病成珠), 조개가 병들어 진주를 이룰 수도 있듯 가치는 우환(憂患)의 소산인 경우가 많다. 우환은 더러 도저한 철학을 낳고 그 철학이 수렴하여서는 시가 되기도 하고 펴서는 그림이며 저술이 되기도 한다. 정다산(丁茶山)의 '매조서정도'(梅鳥抒情圖) 또한 이와 다르지 않다.

　　내가 지금 들여다보고 있는 이 매조서정도는 고려대학교 박물관에 소장되어 있는 걸 손바닥만 하게 축소하여 영인한 거다.

　　매화 그림은 새를 등장시킨 매조도이든 매화만을 그린 것이든 대개 나무는 험상궂은 고목(古木)으로 그려서 풍상에 찌든 노인을 연상케 하고 꽃은 단엽으로 그려 그 청초함이 정녀(貞女)를 떠올리게 하는데, 이 그림에서 다산은 나무의 몸체와 밑동은 그려 놓지 않았다. 왜 그랬을까?

　　이 그림을 보면 세로로 기다란 모양을 하고 있는데 전체의 3분의 1이 채 안 되는 위쪽만 두 개의 매화 가지로 안배되고 있을 뿐 나머지는 여백인데 그 여백은 크고 작은 글자들로 꽉 메워지다시피 되어 있다. 여백이 여백으로만 남겨지는 여느 매화 그림과는 다른 면모를 보여준다. 왜 그랬을까?

낭창거릴 듯 두 개의 가느다란 매화 가지가 그림의 상단 오른쪽 귀퉁이에서 완만하게 아래로 처지면서 왼쪽으로 뻗었다. 절지(折枝)는 한없이 어려도 드문 착화(著花)를 보면 풍상의 세월이 흐를 대로 흘렀다. 고매(古梅)이다. 아랫 가지의 한 중간쯤에 앉아 있는 두 마리의 새는, 아랫도리는 사북에서 교차되는 두 개의 벌어진 가위다리처럼 엉겨 있고 몸통은 가위다리를 벌린 듯 갈라져 있지만 부리를 치킨 대가리는 두 마리가 다 같이 왼쪽을 향해 무언가를 응시하는 모습이다. 사북을 축으로 한, 가위의 두 다리가 금방이라도 접치어지고 다시 벌어질 듯 그렇게 새들은 앉아 있다. 이것은 아마도 스스로 야광주(夜光珠)에 비겼던 그의 역저 『주역사전』(周易四箋)에 나오는 이른바 「반합」(牉合)[1]의 뜻을 그림에 담으려 한 것이 아니었을까 싶다. 가위다리를 친 아랫도리는 '혼배행례'(婚配行禮)를, 한 방향으로 응시하는 자태는 '부부정가'(夫婦正家)의 원리를 나타내어 그의 이른바 「반합」의 뜻이 드러난 듯 숨은 듯하다. 이 그림은 『주역사전』이 완성된 5년 뒤, 그의 나이 52세(순조 13, 계유, 1813) 때에 이루어진 것이기 때문에 이른바 야광주는 이 그림 속에서도 그 광채를 발하고 있을 터이지만 오늘날의 사람들이 제대로 알아보지 못한다. 어쩌면 이 두 마리 새는 딸에게 부부의 도리를 그림으로 가르치려 한 것일 수도 있다. 다산의 숱한 가계(家誡)에서 보듯, 자식을 바로 가르치려 하는 다산의 열의는 적거의 처지가 되고부터 더 절절했던 것 같다. 이 그림의 왼쪽 여백에 씌어 있는 작은 글씨의 후기에서도 그렇다.

---

1) 牉合에 대해서는 졸저 『周易反正』(서울: 學古房 2013), pp. 303~306 참조.

내가 강진에 귀양살이한 지가 수년이 넘었다. 홍(洪)부인이 헌 치마 여섯
폭을 보내 왔는데 해가 묵어서 붉은 빛이 바랬다. 이것을 잘라 네 개의 첩(帖)으로
만들어 두 아들에게 보내고 그 나머지로 작은 가리개를 만들어 딸아이에게
보낸다. ——余謫居康津之越數年 洪夫人寄敝裙六幅 歲久紅渝 剪之爲四帖 以遺二子 用其餘爲
小障 以遺女兒.

　　다산은 딸을 강진으로 데려와서 강진에 사는 친구 윤서유(尹書有)의
아들이자 자신의 제자인 윤창모(尹昌模, 1795~1856)에게 시집보내고 난
뒤 울적한 심정을 달랠 길 없었던 모양이다. 이 그림은 시집간 딸을
위해 그린 거다. "가경 18년(순조 13, 계유, 1813) 7월 14일에 다산의
동암에서 쓰다."라고 하였으니 다산은 갓 마흔 살에 아내와 이별한 지
12년이 되었고, 풍병을 앓고 있는 것도 12년, 너무 일찍 일그러진 52세의
초로가 되어 버렸다. 예나 이제나 늙어지면 외로운 법인데 하물며 귀양살
이하는 죄인이겠는가. 이들 내외는 한창 좋은 시절을 이렇게 하여 다
보낸 거다. 붉은 빛이 바랜 그 치마는 시집올 때 입고 온 다홍치마(紅裳,
紅裙)였고 그것을 보내는 마음이나 받는 마음이나 가만히 생각해 보면
가슴이 저려 온다. 부인의 체취라곤 이 치마뿐인데 이제 그 치마 여섯
폭(「霞帔帖題」에서는 '敝裙五幅'이라고 되어 있다. 착각일 뿐 같은 치마
다.)을 잘라서 두 아들에게는 3년 전(다산 49세, 순조 10, 경오, 1810)에
'하피첩'(霞帔帖)을 만들어 거기에 근검(勤儉)을 가르치는 교훈을 써서
보내고[2] 딸에겐 매조도를 그려 보내고는 있지만, 통한의 세월을 살아

---

2) 「又示二子家誡」에 '勤儉'의 구체적 내용이 나온다. 하피(霞帔)란 홍군(紅裙)
　　의 전용된 말이다. 「霞帔帖」이 2006. 4. 2. KBS 명품진품 시간에 처음으로
　　출품되었다. 감정가 1억원.

온 그의 심신은 푹 썩어 허물어져 가는 늙은 매화의 밑둥처럼 되고
말았으리라. 행서체와 초서체를 섞어서 연달아 내리쓴 화제(畵題), 그
시어들이 여백의 대부분을 차지하는 데에서 도리어 그의 적적한 심정을
읽기란 그다지 어렵지 않다. 여백이 여백으로만 남겨지지 않은 건 까닭이
여기에 있으리라. 사언으로 끊어서 번역문과 함께 적어 본다.

翩翩飛鳥　훌쩍 날아온 새
息我庭梅　내 집 뜨락 매화나무에 사는구나

有烈其芳　아름다운 그 향기에
惠然其來　즐거이 왔나 보다

爰止爰棲　머물기도 하고 깃들기도 하여
樂爾家室　제 집인 양 즐기는구나

華之旣榮　꽃 피어 흐드러졌으니
有蕡其實3)　많은 열매 맺겠네

　다산 가신 지 170년(2006년 기준), 나는 다산의 이 시에 외람되게 한
수를 덧붙여서 읊어 본다.

---

3)　'惠然其來'는 『詩經』 「邶風」의 「終風」章에 나오는 '惠然肯來'에서, '爰止爰棲'
　는 「邶風」의 「擊鼓」章에 나오는 '爰居爰處'에서, '樂爾家室' '有蕡其實'은 「周
　南」의 「桃夭」章에 나오는 "桃之夭夭 有蕡其實 之子于歸 宜其家室"에서 각각
　원용한 것으로 생각된다.

누가 내 그림에 둥치가 없다 하는가
풍상에 썩은 밑동 내가 차마 못 그린다

아내가 미워지고 딸한테서 서운한 생각이 들 때면 나는 가끔 이 매조도를 들여다본다. 갑자기 창 밖에는 봄볕이 가득하고 나는 스르르 낮잠이 늘어진다.

다산의 두 번째 매조도

　　　다산의 매화 그림은 고려대학교 박물관에 소장되어 있는 것만
이 아니었다. 개인이 소장하고 있던 또 하나의 매화 그림이 2009년 6월에
세상에 공개되었다. 크기는 고려대학교 박물관 소장의 것과 똑 같고
구도는 아주 닮았다. 그림의 3분의 2가 넘어 뵈는 아래 부분의 여백이
여백으로 남지 않고 시와 그 옆에 덧붙인 작은 글씨로 꽉 채워진 것도
전의 그림을 빼닮았다.

　그림의 오른쪽 상단에서 약간 아래로 처지면서 왼쪽으로 뻗은 가지는
전의 그림보다 훨씬 성기고 단조롭다. 활짝 핀 백매화 꽃이 여덟 송이
가량 되고 봉오리는 열 개쯤으로 보인다. 드문 착화(著花)를 보면 고매(古
梅)가 분명하다. 전의 것은 두 마리의 새가 서로 어긋매껴 있지만 이번
그림에는 한 마리뿐이다. 새가 바라보는 방향도 전의 그림은 왼쪽인데
반해 이 그림은 오른쪽이다. 둥치 쪽이다. 보관 상태가 좋아서 그런지
전의 그림과는 비교가 안 될 만큼 선명하고 아름답다. 그러나 이상하다.
풍기는 느낌이 전의 그림과는 판이하다. 전의 그림은 아늑한 기분이
드는데 반해 이번 것은 바라보고 있노라면 어쩐지 마음이 짠해진다.
외롭게 보이는 한 마리 새 때문인 것 같다.

시와 그 옆의 글을 옮겨 본다.

묵은 가지 쇠하고 썩어 그루터기 되려더니(古枝衰朽欲成槎)
뽑아낸 푸른 가지가 꽃을 피웠네(擢出靑梢也放花)
어디서 날아온 채색 깃 작은 새(何處飛來彩翎雀)
다소곳이 머무는 한 짝이 천애에 떨어졌구나(應留一隻落天涯)

가경 계유 팔월 십구일 자하산방에서 써서(嘉慶癸酉八月十九日書于紫霞山房)
혜포 터알에 씨 뿌린 늙은이에게 주려고 한다(擬贈種蕙圃翁)

자하산은 다산이란 산의 다른 이름이니 자하산방이란 다산초당이다. 계유년이면 1813년이니 고려대학교 박물관 소장의 매조도와 같은 해에 그린 것이다. 7월 14일에 딸에게 줄 그림을 그리고 불과 한 달 남짓 후에 이 그림을 그린 것이다.

다산이 1801년 동짓달 추운 날에 강진에 와서 거처를 못 정해 이곳저곳 기웃거리다가 동문 밖 한 노파의 주막집에 거소를 정한 뒤 한때는 절간으로 한때는 제자 이청(李晴)의 집으로 이리저리 떠돈 세월이 8년, 마침내 다산의 외족 윤단(尹慱)의 산정인 다산초당으로 거처를 옮기고 다시 흐른 세월이 10년, 회고하면 참으로 스산한 유락(流落)의 세월이었다. 처음 8년은 떠돌이 생활로 마음이 흔들렸지만 다산초당 시절은 신변이 비교적 안정되어 학문에 몰두할 수가 있었다. 그러나 제자의 수가 아들 둘을 비롯해서 18명에 이르렀고 혜장이며 초의 같은 승려들도 무시로 들락거렸것다, 다산초당의 살림살이는 번다할 대로 번다해졌다. 세 끼 식사만 해도 그렇고 빨래며 청소도 그랬다. 초당에 정착하고부터 혜장의 배려로 어린 중 하나가 수발을 들었으나 일이 벅차서 나중엔 종을 들였는데 이 녀석이 워낙 게을러서 쫓아냈다. 저술에 바쁜 사내들만으로는 갈마들며 번을 들긴 했지만 감당하기가 어려운 지경에 이르게 되었다. 해배는 이미 물 건너 간 것 같고 다산은 지병인 중풍이 악화되어 폐인이 되다시피 되었다. 다산은 죽어서 강진 땅에 묻힐 작정을 하고 있었다.

　이때 살림을 맡아 할 여자를 들여야겠다고 윤단의 아들 윤규노(尹奎魯)가 간곡하게 권했다. 다산은 듣지 않고 한두 해 더 배겨내다가 마침내 산궁수진처(山窮水盡處)에 이르자 도리 없이 주위의 권유에 응하고 말았다. 1812년경, 강진 포구의 남당(南塘)에 살던 정씨 여인을 들였다. 이 여인이 속칭 '홍임(弘任) 모'이다. 이 여인의 몸에서 태어난 딸이 홍임이다.

　줄기 하나에 두 개 이상의 꽃이 피는 것을 혜(蕙)라 하고 줄기 하나에 한 개의 꽃이 피는 것을 난(蘭)이라 하지만 통상 둘 다 난이라 한다. 또 여기의 포(圃)는 정(庭)의 뜻이다. 둘 다 담장 밖의 텃밭이 아니라 담장 안의 터앝이다. 혜포(蕙圃)는 난정(蘭庭)과 같은 말인데 자식을 뜻한다. 종(種)은 '씨를 뿌린다.'는 뜻인데 여기서는 '자식을 낳는다.'는 뜻이 된다. 따라서 '종혜포옹(種蕙圃翁)' 즉 '혜포 터앝에 씨 뿌린 늙은이'란 말은 '자식을 낳은 늙은이'란 말이 된다.

　혜포가 자식(子息)을 뜻한다면 딸을 시집보낸 뒤 한 달 만에 자식을 둔 셈이 되겠는데 그 자식은 누군가. 새로 들인 소실의 몸에서 태어난 홍임이 말고는 없다. 따라서 '혜포 터앝에 씨 뿌린 늙은이'란 다산 자신이다. 농와지경(弄瓦之慶)을 은유했다고나 할까. 이 그림은 새로 태어난 어린 딸을 위해서 그렸으니 응당 딸에게 줘야겠지만 딸이 아직 어리니 그 어미에게 줬어야 마땅할 텐데 주지 못한 모양이다.

전의 그림은 딸에게 준다고 분명히 말했는데 이 그림에서는 딸에게 준다는 말 대신에 '혜초 터앝에 씨 뿌린 늙은이'(種蕙圃翁) 곧 다산 자신에게 '주려고 한다'(擬贈)라고 했다. 무슨 말인가?

홍부인이 보내온 다홍치마를 잘라서 아들에게 교훈을 써서 만든 「하피첩」(霞帔帖)을 보낸 3년 뒤 그 자투리로 시집가는 딸에게 매조도를 그려 보내고도 남은 천이 또 있었던 모양이다. 새로 태어난 딸을 위해 그림을 그렸으나 홍임이는 아직 어리고 홍임이 모에게 이 그림을 주려했으나 그녀는 이 그림을 받지 않았을 것 같다는 생각이 든다. 그림의 바탕이 된 천은 본처인 홍부인의 치마이기 때문이다. 전처가 쓰던 가구는 모조리 치워버리는 것이 후처의 마음이라 하는데 하물며 홍부인이 서슬이 시퍼렇게 살아 있지 않은가. 같은 여자로서의 미안한 마음과 투기, 그리고 두려움 같은 것이 뒤엉켜 홍임이 모는 그 그림을 얼른 받을 수가 없었던 거다.

이 그림에서 다 썩어가는 둥치는 다산이요, 새는 홍임이다. 이때 다산은 3년 전에 장자 학연의 격쟁(擊錚)으로 해서 임금으로부터 해배 약속을 받고 통보만 기다리고 있던 때이다. '내가 여길 떠나고 나면 저 어린 것은 천애의 고아처럼 되겠지…'라는 애틋한 심정이 왜 안 들었겠나. "다소곳이 머무는 한 짝이 천애에 떨어졌구나!"라는 시구는 바로 다산의 그런 심정을 나타낸 것이라 하겠다.

이 그림은 9년 동안 다산 자신이 갖고 있다가 다산의 과거시험 동기인 이인행(李仁行)에게 주었다고 한다. 왜 그랬을까? 그 무렵 홍임이가 아홉 살이나 열 살쯤 되었을 텐데 그때 홍임이가 죽었거나 홍임이의 신상에 큰 변고가 생겼던 것이 아닌가 싶다. 다산은 해배 후 18년의 세월이 귀양살이 하던 18년보다 마음이 더 아팠을 것 같다는 생각이 든다.

다산의 여자

1810년 9월 어느 날 순조 임금의 능행(陵行) 길에 미친 듯이 징을 치는 한 사나이가 있었다. 아버지의 사면을 호소하는 다산의 장자 정학연이었다. 이른바 이 격쟁(擊錚)으로 해서 마침내 임금으로부터, 석방시켜 주마는 약속을 받았다. 다산초당은 말할 것도 없고 온 강진 고을이 술렁거렸다. 귀양살이한 지 10년 만에 이로써 끝나는가 싶었다.

그러나 누가 알았으랴! 이제나저제나 애타게 기다려도 석방 통보가 오지 않았다. 악당들의 농간 때문이었다. 다산과 그 제자들은 차차 초조해지고 급기야는 낙담하고 분노하고 체념하고 절망하기에 이르렀다. 한번만 허리를 굽혀 악당들과 타협하기를 장자 학연이 다산께 간하였으나 다산은 진노했다. 그렇게 세월이 8년이나 흐른 뒤 이태순(李泰淳)의 상소로 1818년 8월에서야 석방 통보가 도달했다. 이것이 당시 집권세력 노론 벽파의 작태였으니 나라꼴은 알만하지 않는가.

초당 사람들은 강진을 떠날 준비를 꼼꼼히 진행하였다. 8월 그믐날 밤에 다산의 제자 윤종기(尹鍾箕)가 주축이 되어 모임을 갖고 계를 만들기로 했다. 회원은 이유희 이강희 형제, 정학연 정학유 형제, 초당 주인 윤단(尹慱)의 손자인 윤종기, 윤종벽, 윤종심, 윤종두, 윤종삼, 윤종진 그리고 정수칠, 이기록, 이택규, 이덕운, 윤아동, 윤자동, 윤종문, 윤종영 등 이른바 초당 18제자이다. 「다신계절목」을 살펴보면 누가 그 스승에 그 제자 아니랄까 봐서 그 절목이 주도면밀하기 그지없었다. 다산이 「다신계절목」을 보완하고 추인하면서 그 벽두에서 이렇게 말했다. "사람을 귀하게 여기는 것은 신의가 있기 때문이다." 신의를 안 지키면 짐승과 다를 것이 없다고도 했다. 사람이 신의를 안 지켜 짐승이 된 짐승한테 수없이 해코지 당했던 다산이 아니었던가. 또 「다신계절목」끝에 「읍성제생좌목」(邑城諸生座目)을 추가하게 했다. 손병조, 황상, 황경, 황지초, 이청, 김재정 등 가장 어려웠던 사의재(四宜齋) 시절에 고락을 함께 했던 제자 여섯이다. 이것이 이른바 다신계(茶信契)이다. 다산은 18년 동안에 다섯 곳에 열여덟 마지기 땅을 소유하고 있었다고 하니 참으로 놀라운 인물이 아닌가. 한편 제자들은, 1810년 임금의 사면 약속이 있자 오늘 같은 날을 대비하여 매월 얼마씩 돈을 모으고 있었는데 이제 그들은 스승의 행장에 곗돈 35냥을 꿰어 드리고 스승의 분부대로 토지를 계답(契畓)으로 전환했다.[1]

---

1) 계답으로 전환했다고 해서 소유권이 넘어간 것은 아니다. 다산은 해마다 다신계의 회계보고를 받으며 자신을 위한 상당한 지분을 챙겼던 것 같고 그 가운데는 다봉茶封 즉 차도 포함되어 있었다. 세월이 흐르자 이 약조는 잘 지켜지지 않았을 뿐만 아니라 제자들은 스승에게 청을 넣어 한자리 해 보겠다고 너도나도 들떠 있었다. 다산은 졸리다 못해 전라도로 내려가는 과거 시험관에게 부탁해 볼 것이니 한 사람만 선정해 달라고 한 적이 있었는데 제자들은 서로 다투며 노골적으로 스승에 대한 불만을 터트리기도 했다. 오랜 세월 스승을 받들며 장차 스승이 해배되면 스승의 연줄로 벼슬길에 나아가게 되려니 했었지만 조정의 상황은 이미 변해서 다산의 인맥은 소원해진 터라 각주구검刻舟求劍이랄까, 제자들은 닭 좇던 개 울 쳐다보는 처지가 되어버린 거다. 이렇게 되자 사제의 관계는 단순

다산은 백련사와 대둔사의 승려들과도 「전등계」(傳燈契)를 맺고 있었다. 이 계의 내용은 기록이 없어 자세히 알 수가 없지만 아암(兒菴) 혜장(惠藏)과 초의(草衣) 의순(意恂)을 비롯한 승려들과의 사제의 인연은 두터웠다. 아암은 7년 전에 입적했지만 초의 등 다른 승려들과는 이별을 하게 되었다.

다산이 강진을 떠나던 날 이청(李晴)을 비롯한 제자 몇몇이 부급종사(負笈從師)했다.

다산은 고향으로 돌아가는 길에 만감이 교차했다. 귀양살이 한 지만 17년 6개월이 아니던가.

이른바 신유옥사(辛酉獄事〈邪獄〉)의 단초가 된 책농사건(冊籠事件)에 연루되어 갓 마흔 살이 되던 1801년 3월 초아흐렛날에 경상도 장기현 마산리로 귀양을 갔다가 그해 구월에 황사영 백서사건(黃嗣永帛書事件)이 터지자 다시 조정으로 끌려와 문초를 받고 혐의가 없음이 밝혀졌으나 동짓달 추운 날에 강진으로 이배되었다. 엄동설한에 살 맞은 궁조(窮鳥)가 되어 거처를 못 정하고 이리저리 기웃거리며 시골 무지렁이한테 박해를 당하다가 어렵게 깃들인 곳이 밥도 팔고 술도 파는 동문 밖 한 노파의 집(東泉旅舍)이었다. 이후 한때는 절간으로 한때는 제자 이청의 집으로 이리저리 떠돈 세월이 햇수로 8년, 마침내 다산의 외족 윤단의 산정인 다산초당으로 거처를 옮기고 다시 흐른 세월이 햇수로 10년, 회고하면 참으로 스산한 유락(流落)의 세월이었다.

한 이해관계로 전락하게 되었다. 茶信契는 無信契가 되었노라고 다산은 탄식했다. 茶山學團은 드디어 와해되고 만 것이다.(정민, 『삶을 바꾼 만남』, 서울:문학동네, 2011. pp. 386~398 참조)

처음 8년은 떠돌이 생활로 마음이 흔들렸지만 다산초당 시절은 신변이 비교적 안정되어 저술에 몰두할 수가 있었다. 하지만 거처가 조금 나아졌다고 해서 우환을 떨쳐 버릴 수는 없었다. 초당으로 올라와서 지었던 「다산팔경사」(茶山八景詞)가 그때의 고적한 심경을 잘 말해 준다 할까. 제4수를 옮겨 본다.

> 황매 피고 가랑비가 수풀 가지에 젖을 때
> 천 개의 물방울이 수면에 일지
> 저녁 밥 두세 덩이 일부러 남겼다가
> 등나무 난간에 기대어 고기 새끼 밥을 주노라

> 黃梅微雨著林梢
> 千點回紋水面交
> 晩食故餘三兩塊
> 自憑藤檻飯魚苗

그러나 제자의 수가 아들 둘을 비롯해서 18명에 이르렀고 혜장이며 초의 같은 승려들도 무시로 들락거렸겠다, 다산초당의 살림살이는 번다할대로 번다해졌다. 세 끼 식사만 해도 그렇고 빨래며 청소도 그랬다. 초당에 정착하고부터 혜장의 배려로 어린 중 하나가 수발을 들었으나 일이 벅차서 나중엔 종을 들였는데 이 녀석이 워낙 게을러서 쫓아냈다. 저술에 바쁜 사내들만으로는 갈마들며 번을 들긴 했지만 감당하기가 어려운 지경에 이르게 되었다. 해배는 이미 물 건너 간 것 같고 다산은 지병인 중풍이 악화되어 폐인이 되다시피 되었다. 다산은 죽어서 강진 땅에 묻힐 작정을 하고 있었다.

이때 살림을 맡아 할 여자를 들여야겠다고 윤단의 아들 윤규노(尹奎魯)
가 간곡하게 권했다. 다산은 듣지 않고 한두 해 더 견뎌내다가 마침내
산궁수진처(山窮水盡處)에 이르자 도리 없이 주위의 권유에 응하고 말았
다. 1812년경, 강진 포구의 남당(南塘)에 살던 정씨 여인을 들였다.[2]
이 여인이 속칭 '홍임(弘任) 모'이다. 이 여인의 몸에서 태어난 여자 아이가
홍임이다. 예로부터 전해오는 이야기로는 다산이 처음 기거하던 주막집
노파의 딸을 첩실로 들였다고 하지만 근거가 없었는데 후술하는 「남당사」
(南塘詞)의 발굴로 해서 주막집 딸은 아니지만 다산이 소실을 들인 것만은
사실로 판명되었다. 「남당사」는 성균관대학교 임형택 교수가 인사동
문우서림 김영복으로부터 구해 논문으로 발표한 것이다.[3] 다산이 십팔
년간의 우환에 침몰하지 않은 것은 이름도 전해지지 않은 홍임 모의
눈물겨운 사랑과 헌신의 공덕이 컸을 것이다.

　두릉에 도착한 날이 9월 14일이었다. 홍임 모는 이때 동행했는지 나중에
홀로 왔는지는 모르나 「남당사」에 의하면 홍임 모가 두릉에 온 것만은
분명하다. 그녀의 운명은 장차 어찌 될 것인가? 한편 다산의 본처 홍씨
부인은 또 얼마나 황당했겠는가? 남편을 유배지로 보내고 임을 그리며
밤을 지새우길 몇 핸데, 믿었던 사람이 절룩거리는 대머리 늙은이가
되어 돌아오면서 젊은 첩을 끼고 그것도 혹까지 달고 왔으니, 이미 듣고는
있었지만 막상 눈앞에 나타나자 억장이 무너질 노릇이었다. 다산의 처첩
간에 어떤 일이 벌어졌는지, 그에 대한 기록은 없다. 그러나 다산이

2)　정민 전게서, pp. 357~358 참조.
3)　정민 전게서, p. 359 참조. 임형택, 「신발굴자료 南塘詞에 대하여」, 『민족
　　문학사연구』20권, 민족문학사학회, 2002. pp. 438~448 참조.

죽은 며느리 심씨를 위한 「효부심씨묘지명」(孝婦沈氏墓誌銘)에서, "시어머니의 성품이 속이 비좁아 마음에 덜 들었다."(姑性隘少可意)라고 한 것이라든가, 학유가 강진에서 고향으로 돌아갈 때 써 준 「신학유가계」(贐學游家誡)에서, "나와 네 어머니는 지기다. 다만 속이 좁은 것이 흠이다."(吾汝慈之知己 嘗曰吾內無病 唯量狹爲疵)라고 한 것 등으로 미루어보건대 홍임 모는 아마도 홍부인의 투기와 구박을 견뎌낼 수가 없었을 것 같다는 견해가 그럴듯하지 않은가.

홍임 모는 쫓겨났다. 그 후의 그녀의 사정은 작자 미상의 「남당사」 16수가 잘 말해 주고 있다.

「남당사」의 서문을 옮겨 본다.

> 다산의 소실이 내침을 당해서 양근(陽根) 사람 박생(朴生)이 가는 편에 딸려 강진의 남당 본가로 돌아가게 되었다. 박생은 그녀를 데리고 장성 읍내에 이르자 그 곳 부자인 김씨와 짜고 그녀의 절개를 꺾으려 했다. 그녀가 이 사실을 알고 크게 울면서 마침내 박생과 단절하고는 곧바로 금릉(金陵:강진의 별칭)으로 갔는데 남당의 친정으로 가지 않고 곧장 다산초당으로 갔다. 날마다 연못이며 누대며 초목 사이를 서성거리며 서러워하고 원망하는 마음을 부쳤는데 금릉의 악소배(惡少輩)들이 그곳 경내를 감히 한 발짝도 넘보지 못했다. 나는 이런 사실을 듣고서 매우 마음이 아파 「남당사」 열여섯 절구를 지었다. 가사는 모두 여인의 마음을 파악해서 나타낸 것일 뿐 하나도 보탠 말이 없다. 읽는 이들이 살피기 바란다.

「남당사」 16수를 여기에 옮겨 본다.

1.

남당포 강 위가 저의 집인데
어인 일로 귀의하여 다산에 머물렀나
낭군이 앉아 있던 곳 알고자 한다면
연못가에 손수 심은 꽃이 여태도 있단다

2.

남당의 어린 여자가 뱃노래를 해득했는데
밤이면 강루에 올라 흰 물결을 희롱했네
장사꾼은 먼 이별을 그리 쉬이 한다지만
장사꾼은 그래도 왕래나 자주 하지

3.

돌아갈 생각만 하는 임 이내 마음 슬퍼
밤마다 피운 향불 하늘에 닿았으리
어이 알았으랴 온 집안이 환영하던 날
도리어 어린 여자 명도가 기박해질 것을

4.

어린 딸 총명함이 제 아비와 같아
아비를 부르며 왜 안 돌아오냐고 우는구나
한(漢)나라 소통국(蘇通國)은 속량(贖良)되어 왔다는데
무슨 죄로 어린 딸이 또 귀양살이 한단 말인가4)

---

4) 蘇通國은 漢나라 때 蘇武가 흉노한테 19년 동안 억류되어 지낼 때 蘇武와
胡女 사이에 난 아들이다. 뒤에 아버지를 따라 중국으로 돌아와 宣帝로부
터 郎中을 제수 받았다. 다산의 「자찬묘지명」(집중본)에도 蘇武에 대한

5.

정씨 집서 월족(刖足)하고 김씨한테 단비(斷臂)하니
사람 시켜 강포하니 원망 어이 깊지 않으리
어이 알았으리 못된 장난 다시 만나
양근 박가(朴哥) 돌아와 이 마음 들어낼 줄을5)

6.

베 짜기와 바느질은 도무지 관심 없고
일없이 등불 돋워 밤이 하마 깊었구나
곧바로 오경에 이르러 닭울음소리 파한 뒤
옷 입은 채 벽에 떨어져 홀로 신음하네

7.

절대문장에 세상에 드문 재주시니
천금으로도 한번 접하기 오히려 어려우리
겨울 까마귀 봉황을 짝했으니 원래 짝이 아닌 것을
천한 몸 과한 복이 재앙 될 줄 알았다오

8.

흙 나무 마음인가 돌사람인가
고금을 통틀어서 끝내 짝 어려워

언급이 있다.

5) 刖足 : 발꿈치를 베는 고대의 형벌. / 斷臂 : 五代 때 王凝의 아내가 남편의 시신을 모시고 귀향하던 중 어느 여사에서 유숙을 청하자 주인이 그녀의 팔을 잡고 밖으로 내쳤다. 그러자 그녀는 수절의 몸을 더럽혔다고 자책하며 도끼로 자신의 팔을 잘랐다는 고사.

깨진 거울 다시 둥글 수 없다 하여도
그대 집 부녀 천륜 차마 어찌 끊을까

9.
흩어진 화장 떨군 비녀 남이 볼까 두려워서
웃다가 찡그림을 단지 홀로 안다네
낭군 마음 그래도 그리움이 있다면
반쪽 침상에 때로 꿈에나 올 때가 있을지

10.
물 막히고 산 막혀 기러기 또한 소원하니
해가 가도록 광주 편지 받아 보지 못했네
어린 여자 오늘에 천만 가지 고통은
낭군께서 떠나기 전의 처음만 생각나네

11.
석 자 칼로 그어 이 가슴 쪼개면
가슴속에 임의 모습 뚜렷이 보이리
이용면(李龍眠)의 솜씨로 그린다 하더라도
정성이 저절로 하늘 조화를 빼앗으리

12.
홍귤촌 서쪽에는 월출산인데
산머리 바위가 흡사 돌아올 사람 기다리듯
이 몸 만 번 죽어도 오히려 한이 남겠거니
원컨대 산머리의 한 조각 돌이 되려오

13.
엄자산(崦嵫山) 햇빛조차 그대 위해 슬퍼하니
늙기 전에 못 만나 한이야요
해와 달을 묶어 둘 재주 없지만
여생의 생이별을 어이 견딜거나

14.
외로운 집 사람 없이 그림자 안고 자니
등불 앞 달빛 아래 옛 인연이구나
서루(書樓)와 침실이 꿈결에 희미하고
베갯머리 절반에 울던 흔적 남아 있네

15.
남당 봄물에 안개가 절로 일고
모래섬 버들 물가엔 꽃이 객선을 덮는구나
하늘가 곧장 가서 길이 하나 통한다면
가는 편에 아이 태워 소내에 닿을 텐데

16.
남당가의 노래 곡조 여기서 그치리니
노래 곡조 소리마다 절명의 가사라요
남당가 곡조를 부르지 않아도
마음 등진 사람은 스스로 등진 마음 알리라

다산 본가에서 내침을 당한 홍임 모는 도중에서 하마터면 훼절마저 당할 뻔했다. 가라는 친정으로는 안 가고 임의 체취가 배어 있는 다산의 초당으로 가서 일편단심, 임을 그리며 칭얼거리는 어린 딸 홍임이와 한 맺힌 세월을 보내게 되었다.

누가 이 「남당사」를 지었을까? 나는 다음과 같은 이유로 다산이 지은 것으로 추정한다. 첫째 딴 사람이 지었다면 굳이 익명으로 할 이유가 없다. 둘째 극히 사소한 사물도 그냥 스치는 법이 없이 시나 글로 남기길 좋아하는 다산이 십 년 가까이 잠자리를 같이 했던 여자에 대해 아무런 기록을 남기지 않았을 리가 없다. 셋째 귀양지에서도 자식 걱정에 영일이 없었던 그가 유독 홍임 모녀에 대해서만 침묵했다는 것은 이해가 가지 않는다. 넷째 「자찬묘지명」(집중본)에서 다산은 회고하길, "당초 신유년(순조 1, 1801) 봄 옥중에 있을 때 하루는 시름에 겨워 있는데 꿈에 한 노부(老父)가 꾸짖기를 '소무(蘇武)는 십구 년을 인내했는데 지금 그대는 십구 일의 고통을 못 참는가?'라고 하였다."라는 꿈 이야기가 나오는데 이 이야기와, 「남당사」 제4수에서 소무의 아들 소통국을 들먹인 것을 연계시켜 볼 수가 있기 때문이다.

전해오는 믿을 만한 얘기로는 홍임 모녀는 먼 훗날 서울서 살았다는 말도 있고 보면 다산이 그녀를 끝내 저버리진 않았는지도 모를 일이긴 하다.

한편 다산이 귀양살이에서 풀려나 향리로 돌아온 지 5년째가 되던 1823년 첫 여름, 다산초당의 제자 윤종삼(尹鐘參 字 旗叔)과 윤종진(尹鐘軫 字 琴季) 형제가 경기도 마현으로 선생을 찾아뵈었다.

제자가 떠날 때 다산이 써서 준 글이 한 편 전해지고 있다.[6]

---

6) 이 자료는 임형택 교수로부터 얻었다. 茶山諸生, 訪余于洌上, 敍事畢, 問之, 曰; "今年葺東菴否?" 曰; "葺." "紅桃竝無槁否?" 曰; "蕃鮮." "井甃諸石, 無崩否?" 曰; "不崩." "池中二鯉益大否?" 曰; "二尺." "東寺路側種先春花, 竝皆榮茂否?"

다산초당의 제생(諸生)이 나를 열상(洌上 다산의 고향을 뜻함)으로 찾아와서
인사말을 나눈 다음에 나는 물었다.

"금년에 동암은 이엉을 새로 이었느냐?"

"이었어라우."

"홍도는 시들지 않았느냐?"

"곱더라우."

"우물 쌓은 돌들은 무너지지 않았느냐?"

"무너지지 않았어라우."

"못 속의 잉어 두 마리는 더 자랐느냐?"

"두 자나 자랐어라우."

"백련사 가는 길섶에 심은 선춘화(先春花·동백)는 모두 다 번성하냐?"

"그래라우."

"올적에 일찍 딴 차 잎을 말렸느냐?"

"말리지 못했그만이라우."

"다신계의 전곡(錢穀)은 결손이 없느냐?"

"축나지 않았그만이라우."

"옛 사람 말에 '죽은 사람이 다시 살아나도 능히 부끄러운 마음이 없어야
한다.'고 하였다. 나는 다시 다산초당에 갈 수 없는 몸이니 죽은 사람과 마찬가지
다. 그러나 내가 혹시 다시 가게 되는 날 모름지기 부끄러운 빛이 생기지
않도록 힘써야 할 것이다."

曰; "然." "來時摘早茶, 付曬否?" 曰; "未及." "茶社錢穀, 無哺否?" 曰; "然." "古
人有言云, 死者復生, 能無愧心. 吾之不能復至茶山, 亦如死者同. 然倘或復至,
須無愧色焉可也." 癸未 □夏 道光三年 洌上老人 贈旗叔·琴季二君. 다산과
제자와의 대화에서 전라도 사투리는 정찬주의 『다산의 사랑』(서울: 봄아
필, 2012)을 참조했다.

  두 제자가 원하는 대로 글 말미에 "기숙과 금계 두 사람에게 준다."라는
말까지 붙였다.
  다산초당의 지붕이며 돌 하나, 꽃 하나, 나무 하나, 연못의 잉어까지
안부를 물어보면서도 제자에게 준엄한 어조로 인간의 도리를 당부할
뿐 홍임 모녀에 대해선 끝내 입을 떼지 못하는 다산, 그 심중이 어떠했을까?
하지만 오늘따라 나는 왜, 다산이 이리도 미워지는지 모르겠다.

야광주夜光珠가 침몰하면

      정약용(丁若鏞)의 「자찬묘지명(집중본)」과 그의 현손인 정규영이 1921년에 편찬한 「사암선생 연보」에 의하면(사암俟菴은 정약용의 호) 정약용이 40세가 되던 해(순조 원년, 辛酉, 1801)에 신유옥사(辛酉獄事)에 걸려들어 그 해 음력(이하 모두 음력) 2월 8일에 입옥되었다가 27일에 경상도의 장기로 귀양을 가게 되었다. 그 해 10월 '황사영(黃嗣永) 백서사건(帛書事件)' 때 다시 체포되어 입옥되었다가 11월에 강진으로 이배(移配)되었다. 무슨 죄가 그토록 무거웠던가. 「상례사전서」(喪禮四箋序)에서 그는 이렇게 말하고 있다.

> 강진은 옛날 백제의 남쪽 변방으로 땅이 낮고 비열한 풍속이 특이했다. 이때에 이곳 백성들이 유배된 사람 보기를 마치 큰 독(毒)과 같이 해서 이르는 곳마다 모두 문을 부수고 담장을 허물고 달아났다. 한 노파가 나를 가련하게 여겨 머무르게 해 주었다. 이후에 나는 창문을 막아 버리고 밤낮 혼자 외로이 처해서 더불어 이야기할 사람이 없었다. 이에 흔연히 스스로 경하하기를, "내가 여가를 얻었도다."(余得暇矣)라고 하고……

      고독을 여가로 전환시킨 정약용. 그는 문을 닫아걸고 예서(禮書)를 읽게 되지만 이내 오직 『주역』 연구에만 몰두하게 되었다. 유배된 지

7년이 되기까지 네 번을 고쳐 다섯 번을 써서 드디어 『주역사전』(周易四 箋)(처음에는 『周易心箋』이라 했다)이라는 정약용의 일생일대의 회심작 을 완성하게 된 거다. 이때가 47세(순조 8, 戊辰, 1808)였지만 풍비(風痹)를 얻어 폐인이 된 지가 한참 되었다. 장자 학연(學淵)에게 주는 「학연에게 보이는 가계」(示學淵家誡)라는 글에서 "나는 지금 풍병으로 사지를 못 쓰니 이치로 보아 오래 살 것 같지 않다."(吾今風痹癱瘓理不能久)라고 했듯이 자신의 죽음이 멀지 않다고 생각한 그는, 이 책을 얼른 세상에 퍼게 되기를 조바심하면서 경상도 사람 윤영희(尹永僖, 字는 畏心, 정조 10년에 문과에 급제하여 校理 등을 역임. 신유옥사 때 정약용에게 정보를 제공해 주는 등 평생 동안 정약용과 친한 친구였다.)라는 친구에게 서찰을 띄웠다. 이 서찰에서 문왕(文王)이 유리(羑里)의 7년 감옥살이에서 『주역』 을 연역한 것에 빗댄 것은 아니라고 말하고 있지만 그 또한 귀양살이 7년 만에 『주역사전』을 완성하게 되었다면서 그 내력을 이렇게 말했다.

옛날의 성현들은 우환이 있을 적마다 『주역』으로 처리하였습니다. 내가 오늘의 처지를 감히 옛날 성현들께서 조우하셨던 바에 비기는 것은 아니지만, 그 고생스러움과 궁액을 만난 사정은 현불초(賢不肖)가 같은가 봅니다. 7년 동안 유락하여 문을 닫고 홀로 칩거하니, 노비들도 나와는 같이 서서 얘기도 하려고 하지 않았습니다. 그러므로 낮에 보는 것이라고는 오직 구름의 그림자와 하늘의 빛뿐이요, 밤에 듣는 것이라곤 벌레 소리와 바람결에 불리는 대나무 소리뿐이었 습니다. 정적이 오래 되니 정신과 생각이 모여서 옛 성인의 글에 전심치지할 수가 있어, 자연히 울타리 밖으로 새어 나오는 불빛을 엿볼 수가 있게 되었을 따름입니다.

옛 성현들이 우환이 있을 적마다 『주역』으로 처리했다는 말은 "역을 지은 분은 아마도 우환이 있었을진저."(作易者其有憂患乎)라고 한 공자의 말을 의미한다. 성현의 울타리 안에서 새어 나오는 불빛을 볼 수 있게 되었다고 자신의 공부의 경지를 겸손하고 완곡하게 표현했다. 그러나 그에게도 『주역』은 진정 난해한 경전이었던 모양이다. 『주역』 연구에 몰입하게 된 경위를 이 서간문에서 그는 이렇게 말하고 있다.

무릇 천하에 사고(四庫)의 많은 책과 이유의 비문(二酉之祕)1) 등 책이라고 이름한 것은 어느 것이나 실망하여 책을 덮은 적이 없었는데 홀로 『주역』만은, 바라보면 기가 꺾여 탐구하고자 하여도 감히 손을 못 댄 적이 여러 번이었습니다. 신유 년(순조1, 1801) 봄에 장기로 귀양가서, 가을에 나의 운명을 점쳐서 준지복괘(屯之復卦)를 만난 꿈을 꾸고 깨어나서는 기뻐하여, 처음에는 준(屯)했으나 그 준이 변하여 양(陽)이 돌이켜진다는 것이니 아마도 종국에는 경사가 있지 않겠는가라고 생각했었는데 그 점은 맞지 않았고, 또 서울로 체포되어 왔다가 다시 강진으로 귀양을 왔습니다. 그 이듬해 봄에 「사상례」(士喪禮)2)를 읽고, 이어서 상례에 관한 여러 책을 읽어 보니 주(周)나라의 고례(古禮)는 대부분 『춘추』(春秋)에서 증거를 취하였다는 걸 알게 되어서 『춘추좌씨전』(春秋左氏傳)을 읽기로 하였습니다. 기왕 『좌전』(左傳)을 읽기로 한 것이니 상례에 마땅치 않는 것이라 해도 널리 읽지 않을 수가 없어 마침내 『춘추』에 실려 있는 관점(官占)의 법에 대해 때때로 완색하여, 「진경중적제지서」(陳敬仲適齊之筮, 莊公 22년)와 「진백희가진지서」(晉伯姬嫁秦之筮, 僖公 15년)와 같은 곳의 상하

---

1) 중국 호남성에 있는 大酉山, 小酉山의 동굴에서 1천 권의 고서가 발견되었다. 전하여 많은 장서를 이르는 말이 되었다.
2) 『儀禮』의 편명. 士가 부모의 상을 당하여 죽는 순간부터 빈소 차리는 때에 이르기까지의 예를 기록한 것.

(上下)를, 실마리를 뽑아내어 찾아 한눈팔지 않고 깨닫는 듯하다가도 도리어 황홀하고 어렴풋하여 도저히 그 문(門)을 얻을 수가 없었습니다. 의심과 울분이 심중에 교차되어 거의 먹는 것을 폐하려고 했습니다. 이에 모든 예서를 다 거두어 갈무리하고 오로지 『주역』 한 벌만을 책상 위에 놓고 밤낮을 이어 깊이 잠심하고 완색했으니, 대개 계해 년(42세, 순조 3, 1803) 늦은 봄부터는 눈으로 보는 것, 손으로 만지는 것, 입으로 읊는 것, 마음으로 생각하는 것, 필묵으로 쓰는 것에서부터 밥상을 대하고, 변소에 가고, 손가락을 튀기고, 배를 문지르는 것까지 어느 것도 『주역』이 아닌 것이 없었습니다.

그의 공부는 『예서』에서 『춘추』로, 『춘추』에서 『주역』으로 성난 불길처럼 옮아가게 되고, 이렇게 하여 그는 마침내 『주역』의 이치를 꿰뚫어 알아 가면서 『주역사전』의 집필에 들어갔다고 적고 있는데, 이 무렵에 그는 「우래십이장」(憂來十二章)이라는 시를 남겼다. 12장 가운데 제3장을 옮겨 본다.

一 顆 夜 光 珠
偶 載 賈 胡 船
中 洋 遇 風 波
萬 古 光 不 白

한 알의 야광주가
우연히 중국 장삿배에 실렸다가
바다 한가운데서 풍파를 만나니
만고에 그 빛을 다시는 볼 수 없네

『주역사전』을 쓰고 있는 자신과 그 연구의 성과를 두고 야광주에 비기고, 그러나 자신이 이대로 침몰하고 말면 만고에『주역』의 빛은 다시는 볼 수가 없을 것이라고 탄식하고, 체념하고, 또 자부하고 있다.

정약용이 보낸『주역심전』(周易心箋)에 그의 중형 정약전이 서문을 쓰면서 이렇게 말했다.

…… 만년에 바닷가(강진)로 귀양을 가서『주역사해(주역심전)』를 지었는데 나는 처음에는 놀랐고 중간에는 기뻤고 끝에는 무릎이 굽혀지는 줄도 깨닫지 못했다.…… 미용(美庸:정약용의 字)은 동이(東夷)의 사람이요, 후생의 끝이다. 사승(師承)의 도움도 없었고 홀로 보고 홀로 깨쳤으나 조그만 칼로 가르고 베는 기세가 대를 쪼개는 것과 같다. 구름과 안개가 걷히면 노예도 하늘을 본다. 이제부터는 누가 미용을 삼성(三聖)의 양자운(揚子雲)이 될 수 없다고 말할 수 있으랴! …… 가령 미용이 편안하고 부하고 높고 영화로웠다면 반드시 이런 책을 이루지 못했을 것이다…… 미용이 뜻을 얻지 못한 것은 곧 아우 자신을 위해서 행운이요, 홀로 우리 유학계만 행운인 것이 아니다. 내가 미용보다 몇 살 위지만 문장과 학식은 그의 아래가 된 지 오래다. 거칠고 얕은 말로 이 책을 더럽힐 수 없으나 선배가 영락하면 백세(百世)를 기다리기 어려우니 하늘 아래 땅 위에 이 책을 만든 자는 미용이요 이 책을 읽는 자는 오직 나인데, 내가 또 어찌 한마디 칭찬이 없을 수 있겠는가. 단지 나는 바다 섬에 갇힌 죄인으로 죽을 날이 얼마 남지 않았으니 미용과 더불어 한세상 한 형제가 될 수 있으랴! 이 책을 읽고 이 책에 서문을 쓰는 것으로 또한 족하다. 나는 참으로 유감이 없다. 아! 미용도 또한 유감이 없을 것이다.

선배가 영락하면 백세(百世)를 기다리기 어렵다는 말은 '사암'(俟菴)이라는 정약용의 호에 빗대어 한 말이다. 사암이란 말은, "백세(百世)로써 성인을 기다려도 미혹되지 않는다."(百世以俟聖人而不惑)라는『중용』의

한 구절에서 얻어 왔거니와 손암 자신이 죽고 나면 이 책을 후세에 성인이 나와야 알아볼 터인데, 성인을 두고 어찌 백세 즉 3천년을 기약하겠는가라는 뜻이다.[3]

불운이 행운이라는 정약전의 이 역설에 점두하는 사람은 많을 것이다. 이 저술이야말로 그의 만년 대작 정법삼서(政法三書)인 일표이서(一表二書)[4]로 표방한 그의 국가개혁 사상의 뿌리가 되었다는 사실을 아는 사람이라면 더욱 그러하다. 일표이서가 나오기 전이니 정약전은 차치하고라도 오늘날의 학자들이 정약용의 국가개혁사상을 논하면서 하나같이, 유배 초기에 확립된 정약용의 역학사상이 그의 개혁사상의 뿌리였음을 보지 못하는 것은 참으로 안타까운 일이다.

그는 「두 아들에게 보이는 가계」(示二子家誡)라는 글에서 다음과 같이 학연(學淵) 학유(學游) 두 아들을 꾸짖어 가르치고 있다.

> 내가 죽은 뒤에 아무리 정결한 희생과 풍성한 안주를 진설해 놓고 제사를 지내 준다 하더라도 내가 흠향하고 기뻐하는 것은, 내 책 한 편을 읽어 주고 내 책 한 장(章)을 베껴 주는 것보다는 못하게 여길 것이니 너희들은 그 점을 기억해 두어라.
>
> 『주역사전』은 내가 하늘의 도움을 얻은 문자이며 절대로 인력으로 통할 수가 있거나 지혜와 생각이 다다를 바가 아니다. 능히 이 책에 잠심하여 오묘를

---

3) '기다리다'라는 뜻을 가진 '사얌'은, "귀신한테 물어도 의심이 없고 백세(百世)로써 성인을 기다려도 미혹되지 않는다.(質諸鬼神而無疑 百世以俟聖人而不惑)"라는 『중용』의 한 구절에서 취했다고 담원(薝園) 정인보(鄭寅普)는 말한다.

4) 經世遺表(初名 邦禮草本, 未完, 56세), 牧民心書(57세 봄), 欽欽新書(58세 여름).

두루 통하는 자가 있다면 곧 자손이며 벗이니 천재일우이더라도 애지중지하여 보통의 인정을 배로 하여 대하여라.…… 이『주역사전』과『상례사전』만 전습할 수가 있다면 다른 것들은 폐기한다 하더라도 괜찮겠다. 나는 가경 임술년(순조 2, 1802) 봄부터 곧장 저술하는 것을 업으로 삼아, 붓과 벼루를 울타리와 담장으로 하고, 이른 아침부터 밤늦게까지 쉬지 않았다.(蚤夜不息) 왼쪽 어깨가 마비되어 마침내 폐인이 되고, 시력이 아주 어두워져서 오직 안경에만 의지하게 되었다. 이렇게 하는 것은 어째서냐? 너희들(두 아들)과 학초(學樵:중형 丁若銓의 長子)가 있기에 전술(傳述)하여 떨어뜨리지 않을 것으로 생각했는데, 지금 학초는 불행히 단명하였고, 너희들은 영락하여 사람이 적은 데다, 성미마저 경전을 좋아하지 않고 오직 후세의 시율(詩律)만을, 얕은맛을 조악하게 알고 있으니『주역사전』과『상례사전』두 책이 결국 멸하고 어두워져서 빛나지 못하는 지경에 이를까 참으로 두렵구나.

이 글은 "가경 무진 년(47세, 순조 8, 1808) 중하에 여유병옹(與猶病翁)이 다산정사에서 쓰노라."라고 되어 있으니『주역사전』을 완성하던 해가 된다.

이리하여 정약용은『상례사전』과『주역사전』두 책 가운데 특히『주역사전』만이라도 세상에 펴주길, 미거한 그의 아들들보다 그의 친구 윤외심에게 기대를 걸게 되었던 것이다. 「윤외심에게 드림」(與尹畏心)이라는 서찰은 그것을 위하여 쓰게 되었고, 이 서신의 마지막은 이렇게 끝맺고 있다.

……중풍으로 마비되고 뼈가 아파 죽을 날이 멀지 않았는데, 드디어 입다물어 펴지 않고 머금은 채 땅속으로 들어가면, 성인을 저버리는 것이 심하다고 스스로 생각하였습니다. 온 세상을 두루 살펴보아도 오직 그대만이 비루하다

하지 않고 버리지도 않을 것 같아 작은 종이에 침울한 심정을 대략 밝혔사오니, 그대는 잘 살펴 동정해 주십시오.

정약용은 자신의 『주역사전』을 두고 '하늘의 도움을 얻은 문자'(得天助之文字)이며 '절대로 인력으로 통할 수가 있거나 지혜와 생각이 다다를 바가 아니다.'(萬萬非人力可通智慮所到)라고 했다. 야광주에 비기기도 했다. 그것이 전해지지 않을까 애를 태운 건 당연하지 않는가.

하피첩霞帔帖

1810년(순조 10년 庚午) 그러니까 다산의 나이 49세가 되던 해에 고향 두릉에서 부인 홍(洪)씨가 서찰과 치마 하나를 부쳐왔다. 다산은 그 헌 치마의 말기를 조심조심 뜯어내고 알맞게 마름하고 배접한 뒤 손닿는 대로 두 아들에게 보낼 근검(勤儉)을 가르치는 교훈을 적었다. 「우시이자가계」(又示二子家誡)에 근검의 구체적 내용이 나온다. 이른바 「하피첩」(霞帔帖)이다. 모두 세 책이다. 하피(霞帔)란 홍군(紅裙)의 전용된 말이다. 즉 붉은 치마이다. 이 「하피첩」이 2006년 4월 2일 KBS 명품진품 시간에 처음으로 출품되어 나는 선생을 대한 듯 깜짝 놀랐다. 그 첫 면에 문집의 「제하피첩」의 내용과 똑 같은 글이 실려 있다.

내가 강진에서 귀양살이를 하고 있을 때 병든 아내가 헌 치마 다섯 폭을 보내왔는데, 그것은 시집올 적에 가져온 훈염(纁神, 시집갈 때 입는 활옷)으로서 붉은빛이 담황색으로 바래서 서본(書本)으로 쓰기에 적당했다. 잘라서 조그마한 첩(帖)을 만들고는 손이 가는 대로 훈계의 말을 써서 두 아들에게 준다. 훗날 이 글을 보고 감회를 일으켜 어버이의 흔적과 손때를 생각하게 된다면 틀림없이 마음이 뭉클해질 것이다. 이것을 하피첩이라 이름 붙였는데 이는 붉은 치마를 바꿔 말한 것이다. 가경(嘉慶) 경오년(순조10, 1810) 초가을에 다산의 동암에서 쓴다.

「하피첩」의 앞부분에 쓰여 있는 시를 옮겨 본다.

妻病寄敝裙　병든 아내가 헌 치마를 보냈으니
千里托心素　천리에 애틋한 마음 부쳤네
世久紅已褪　세월이 오래 되어 붉은 빛 바랬으니
悵然念衰暮　늙어 쇠약해짐이 한이로구나
裁成小書帖　마름질해서 작은 서첩을 만들어
聊寫戒子句　아들을 가르치는 글을 적노라
庶幾念二親　바라건대 어버이 마음에 품고서
終身鐫肺腑　종신토록 패부에 새길지어다

다산은 귀양살이하는 가운데도 자식 걱정을 놓을 수가 없었다. 폐족이
되었으니 자식의 장래가 늘 걱정이 되어 혹시라도 잘못될까 싶어 한시도
마음을 놓지 못했던 것 같다. 여기서 나는 다산의 애틋한 부정과 그의
꼼꼼하고 다정다감한 성품을 읽는다.

정약용과 혜장선사의 만남
-九六論辨-

　　정약용(丁若鏞)이 강진에 귀양살이할 당시에 대둔사(大芚寺: 해남에 있는 大興寺)에 한 승려가 있었는데, 그는 본래 해남의 한미한 출신으로 27세에 병불(秉拂:절에서 불법을 가르치는 首座)이 되자 제자가 백 수십 명에 이르렀고 30세에는 둔사(芚寺)의 대회(大會:이 대회는 오직 팔도의 大宗匠이 된 뒤에야 개최한다)를 주재했다는 기록이 보인다. 그가 바로 혜장선사(惠藏禪師)다.

　　혜장은 희대의 학승이었다. 재주가 발군하여 종횡무진, 불학뿐만 아니라 유학에도 조예가 깊었다. 천품이 자유분방하고 기고만장했다. 어려서 부터 스승을 좇아 불경을 배웠으나 어떤 스승의 가르침에도 그는 늘 불만이었다고 한다.

　　정약용이 강진에 와서 한 주막집 곁방에서 고적하게 지낸 지 5년째가 되던 해(純祖 5, 乙丑, 1805), 그러니까 정약용의 나이 마흔네 살이 되던 해 봄에 정약용보다 십년 연하인 혜장선사가 만덕사(萬德寺:白蓮祉〈寺〉)에 와서 묵고 있었다. "목마르게 나를 보고 싶어 했다."(渴欲見余)라는 정약용의 말로 미루어 보면 이때 혜장은 정약용을 무척 사모하고 있었던 것 같다. 그 해 가을(「上仲氏」〈辛未冬〉)에 하루는 정약용이 신분을 감추고

한 야로(野老)를 따라가서 혜장을 만나 그와 더불어 한나절까지 이야기를
나누었지만 혜장은 정약용인 줄을 알 턱이 없었다. 작별을 하고 돌아서서
정약용이 북암(北菴)에 이르렀을 때는 땅거미가 어둑어둑 지고 있었다.
이때 혜장이 헐레벌떡 좇아와서 머리를 조아리고 합장을 하면서,

"공께서 어찌하여 이처럼 사람을 속이십니까? 공은 정대부(丁大夫)
선생이 아니십니까? 빈도는 밤낮으로 공을 경모했는데(日夜慕公) 공이
어떻게 이러실 수가 있습니까?"라고 했다. 손을 끌어 그의 방에 가서
묵기를 간청했다. 밤이 깊어지자 정약용은,

"듣자니 그대는 『역경』(易經)을 본디 잘한다던데 그것에 의심이 없는
가?"라고 하니 혜장이,

"정씨(程氏)의 전(傳:『伊川易傳』)과 소씨(邵氏)의 설(說:『皇極經世書』)
과 주자(朱子)의 본의(本義:『周易本義』)며 계몽(啓蒙:『易學啓蒙』)에는
모두 의심이 없습니다만 오직 경문은 잘 모르옵니다."라고 했다.

정약용이 『역학계몽』(易學啓蒙)에서 수십 장을 가려 그 뜻을 묻자, 혜장은
그것에 대해 정신이 환히 밝고 입에 익어서 한 번에 수십 수백 마디를
외우기를, 흡사 공이 언덕에 구르듯, 병이 물을 쏟듯 도도하게 그칠 줄
몰랐다. 정약용은 크게 놀라 혜장이 과연 숙유(宿儒)임을 알게 되었다.

이윽고 혜장은 제자를 불러 회반(灰盤)을 가져오게 하고서는 거기에다
가 낙서구궁(洛書九宮)*을1) 그리니, 본말(本末)을 분석함에 있어서 참으

---

1)

4巽	9離	2坤
3震	5中	7兌
8艮	1坎	6乾

로 방약무인하였다. 팔을 걷어붙이고 젓가락을 잡아 왼쪽 어깨에서부터 그어서 오른쪽 발에까지 이르니 15였고, 오른쪽 어깨에서 그어 왼쪽 발에까지 이르니 15였다. 마치고 나서 가로 세로 세 줄씩 긋고 어디로 쳐도 15가 되었다. 문밖에 서서 이 광경을 지켜보던 많은 비구들이 숙연해지지 않는 자가 없었다.

　밤이 깊어 베개를 나란히 하고 누우니 서쪽 창에 달빛이 낮과 같았다. 정약용이 혜장을 당기며 "장공, 자는가?"라고 하니, 그는 "아닙니다."라고 했다. 정약용이 "건괘(乾卦)에서 초구(初九)라 함은 무슨 말이지?"라고 하니, 혜장이 "九는 양수(陽數)의 끝입니다."라고 했다. 정약용이 "음수(陰數)는 어디에 그치지?"라고 하니, 그는 "十에 그칩니다."라고 했다. 정약용은 "그렇다면 곤괘(坤卦)는 왜 초십(初十)이라고 말하지 않았을까?"라고 하니, 혜장이 오랫동안 생각하다가 벌떡 일어나 옷깃을 여미고 호소하기를, "산승(山僧)이 20년 동안 역(易)을 공부한 것은 모두 헛된 물거품이었습니다. 곤괘의 초육(初六)은 어찌하여 초육(初六)이라 한 겁니까?"라고 하였다. 여기서 정약용이 곤초육(坤初六)을 물은 것은 시초(蓍草:筮竹)를 세어 괘(卦)를 구하는 과정에서 어째서 九는 노양(老陽)의 수(數)가 되고 육(六)은 노음(老陰)의 수(數)가 되는지, 이른바 '삼천양지'(三天兩地)의 이치를 알고 있느냐는 물음이었다.[2] 조금 전까지만 해도 횡행천하(橫行

---

[2] 九六의 論辨이 뜻하는 자세한 내용에 대해서는 졸저 『周易反正』(서울:學古房, 2013) pp. 341~342. pp. 383~385 참조. 외람된 말이겠으나, 졸저를 이해하지 못하고서는 비록 역학자라 하더라도 이 '九六之辯'에 대해서는 땅 띔도 못할 것이다. 정약용과 혜장선사의 논변을 이야기하면서 '九六之辯'을 빠뜨린다면 그 글은 보나마나 팥소 빠진 찐빵이요, '九六之辯'의 해설을 잘못한다면 그 글은 굴타리먹은 호박이다. 정약용의 爻變論을 모르고서는

天下)하던 그 기개는 다산의 한칼에 양단되고 만 거다. 그래도 혜장쯤
되니까 이럴 수나 있었으리라. 곤초육(坤初六)을 묻는 혜장에 대해 정약용
은 "모르겠는데, 귀기(歸奇)의 법이 맨 뒤의 셈은 四나 二로써 기(奇)로
삼는데 二와 四는 우수(偶數)가 아닌가?"라고 했다.[3] 여기서 일단 말머리
를 "모르겠는데"라고 한 것은 혜장이 아무리 영리하다 하더라도 이를
이해시키려면 많은 말을 해야 되겠기에 한 말일 거다. 이어서 정약용이
귀기(歸奇)를 말한 것은 실로 놀라운 우회적 테스트다. 여기의 奇는
'짝을 이룬 한 쪽'을 뜻하는 것일 뿐만 아니라 '남은 수'(畸)의 뜻이기도
함을 알고 있느냐는 물음이었다. 그런 줄을 알 리 없는 혜장은 처연히
한숨을 내쉬며 "우물 안 개구리와 초파리(醯鷄)는 정녕 스스로 슬기로운
체 할 수 없구나!"라고 하고서 더 가르쳐 달라고 했으나 정약용은 더는
응하지 않았다.

이해 겨울에 정약용은 보은산방(報恩山房:高聲寺)에 있었는데, 혜장이
자주 들러 서로 역(易)을 이야기하였다. 그 무렵은 정약용이 『주역사전』
(周易四箋) 을축본(乙丑本)을 한창 고쳐 쓰고 있던 때였으니 『주역』에
대한 정약용의 열정이 오를 대로 올라 있었다. 4년이 지난 봄(1808, 戊辰)
정약용이 귤동의 다산(茶山:만덕사 서쪽에 있는 처사 尹博의 山亭)으로
거처를 옮겼는데 대둔사와는 가깝고 성읍(城邑)과는 멀어서 혜장의 왕래

'九六之辯'의 진정한 의미를 안다고 할 수가 없다. 이것이 한국 역학과 문
단의 수준이라고 나는 감히 말한다. 정약용의 爻變論에 대해서는 전게서,
pp. 356~395 참조.
3) 蓍草(筮竹)를 네 개씩 세어나가 그 나머지를 손가락 사이에 끼우기를 두
번 하는 것. 『周易』「繫辭上傳」의 '歸奇於扐(귀기어륵)을 지칭. 졸저 전게
서, pp. 336~348 참조.

가 더욱 잦아졌던 모양이다.

혜장은 성품이 매우 고집스러웠다고 한다. 하루는 정약용이, "어린아이처럼 유순해질 수가 있겠는가?"라고 하니, 이에 혜장은 스스로 호를 '아암'(兒菴)이라고 했다.

혜장은 불법을 독실하게 믿으면서도 『논어』와 『맹자』를 매우 좋아하였기에 중들이 그를 미워서 김선생이라 불렀다.(그의 본은 金씨) 그러한 그가 정약용으로부터 『주역』의 원리를 듣기 시작하고부터는 역(易)에 대해 전에 공부했던 걸 모두 팽개치고 '구가(九家)의 학'⁴⁾을 탐구하게 되었고, 몸을 그르친 걸 후회하며 실의에 빠져 즐기는 기색이 없었다.(自聞易理 自悔誤身 忽忽不樂) 시를 별로 좋아하지 않던 그가 갑자기 시를 탐하고 술에 취해 비틀거리기를 사오년(「上仲氏」〈辛未冬〉에는 육칠년이라고 되어 있음) 만에, 마침내 신미 년(순조 11, 신미, 1811) 가을에 술병으로 배가 불러 9월 기망(幾望:14일)에 북암(北菴)에서 시적(示寂)하니 법랍은 고작 40세였다. 그가 죽을 무렵에 여러 번 혼자말로 無端兮(무단혜)라고도 하고 夫質業是(부질업시)라고도 했다니 전자는 '무단히'의 방언이요, 후자는 '부질없이'의 뜻이겠다. 둘 다 가슴 깊이 뉘우치는 소리가 아닌가. 죽기 한 해 전인 경오 년(純祖 10, 1810) 봄에 혜장이 정약용에게 「장춘동잡시」(長春洞雜詩) 20수를 보내주었는데 둘째 연에서 이렇게 읊었다.

---

4) 九家之學이란 「荀爽集」에 나오는 京房, 馬融, 鄭玄, 虞飜, 陸績, 姚信, 宋衷, 翟(적)子玄, 荀爽 등 9家의 易學을 말한다. 이 九家를 筍九家라고도 하는데 그들의 易學은 모두 象數易이다.

백수공부에 누가 득력했나
연화세계 다만 이름만 들었네
미친 노래 늘 근심 속에 부르며
맑은 눈물 자주 취한 뒤에 흐르네

柏樹工夫誰得力
蓮花世界但聞名
狂歌每向愁中發(孤吟每自愁中發─上仲氏〈辛未冬〉)
淸淚多因醉後零

　위의 내용은 혜장이 죽은 그 해에 정약용이 지은 「아암장공탑명」(兒巖藏公塔銘)(정약용 50세, 순조 11, 辛未, 1811)과, 같은 해 겨울에 정약용이 그의 중형인 정약전(丁若銓)에게 부친 「중씨께 올림」(上仲氏〈辛未冬〉)이라는 서찰에 나오는 얘기다.

　위에서 두 사람의 대화를 얼더듬어 보았지만 나는 『역경』에 대해서도 석씨의 학에 대해서도 깊은 온축을 이루지 못한 사람이다. 이 얼치기 학인의 눈에는, 혜장의 제자들이 지켜보는 앞에서 방약무인하게 지껄이는 치졸하기 그지없는 혜장의 열변을 잠자코 듣고만 있는 정약용의 태도가 과연 조선조 제일의 학자답고, 얼른 알아보고 무릎을 꿇는 혜장의 경지 또한 아득하게 보일 뿐이다. 혜장이 아니라 원효였더라면 무릎을 꿇은 자는 원효가 아니라 정약용이었을 거라며 냉소를 짓는 사람이 있었다. 이런 사람과 더불어 무슨 말을 하겠는가. 정약용과 혜장. 두 사람의 세계를 곡진히 안다고 하기엔 나는 정말 우물 안 개구리며 초파리에 지나지 않겠지만, 혜장이 정약용으로부터 『주역』의 원리를 듣고 "몸을 그르쳤음을 후회했다."라고 하는 것은 승려가 된 걸 후회했다는 말인 것 같다는 생각을 떨쳐 버릴 수가 없다.

"곤괘는 왜 초십이라고 말하지 않았지?"라는 의표를 찌르는 정약용의 촌철살인 이 한마디에 무너져 버린 혜장선사! 승려로서 승려가 된 걸 후회하게 되었다면 미친 노래 근심 속에 부르고 취한 뒤에 맑은 눈물 흘리는 건 오히려 인지상정일 거다. 이 구절은, 읽는 사람으로 하여금 많은 것을 생각하게 한다.

만남이란 더러는 운명이 되는 모양이다. 어떠한 만남에서도 흔들리지 않는다면 진정한 자유일 것이다.

정약용과 황산석의 만남

        정약용(丁若鏞)은 갓 마흔에, 서교 탄압의 과정에서 야기된
책롱사건(冊籠事件)에 연루되어 경상도 장기현(長鬐縣)으로 정배되었
다. 장기에 도착한 날이 순조 원년(辛酉, 1801) 음력(이하 음력) 삼월
초아흐레였다. 그때 장기 사람들은 그를 '천주쟁이'라고 가까이 하길
꺼렸다. "처음에는 작은 소리로 소곤거리더니 나중에는 요란스레 떼를
지어 떠든다."고 정약용은 토로했다.(「惜志賦」) 조정은 바야흐로 노론
시파를 제거한 노론 벽파가 정적 남인을 몰아내는 판국이었고 서교에
관계된 사람은 마구 잡아들이던 때였으니 그럴 만도 했다.

    그 해 시월에 황사영(黃嗣永)의 백서사건(帛書事件)이 터지자 정약용
은 다시 도성으로 압송되어 추국을 받았다. 정약용은 이 사건과 무관함이
밝혀졌으나 동짓달에 강진으로 정배되었다. 정약용을 강진으로 이배하여
일벌백계의 본때를 보임으로써 호남에 남아 있는 서교에 대한 근심을
진정시키려는 의도에서였다.

    강진 사람들의 태도는 장기 사람들보다 더 심했던 모양이다. 「상례사전
서」에서 정약용은 이런 말을 했다.

강진은 옛날 백제의 남쪽 변방으로 땅이 낮고 비열한 풍속이 특이했다. 이때에 이곳 백성들이 유배된 사람 보기를 마치 큰 독(毒)과 같이 해서 이르는 곳마다 모두 문을 부수고 담장을 허물고 달아났다. 한 노파가 나를 가련하게 여겨 머무르게 해 주었다. 이후에 나는 창문을 막아 버리고 밤낮 혼자 외로이 처해서 더불어 이야기할 사람이 없었다. 이에 흔연히 스스로 경하하기를, '내가 여가를 얻었도다.'(余得暇矣)라고 하고……

정약용은 엄동설한에 살 맞은 궁조(窮鳥)가 되어 이리저리 박해를 당하다가 어렵게 깃들인 곳이 밥도 팔고 술도 파는 한 노파의 집이었다. 이 주막집을 동천여사(東泉旅舍)라고도 했는데 이태 뒤인 계해 년(순조 3년, 1803) 동짓날(11월 10일, 辛丑)부터는 정약용은 자신이 거쳐하는 방을 사의재(四宜齋)라고 했다.(「四宜齋記」)

정약용은 주막집에 자리를 잡자마자 바로 고독을 기꺼이 여가로 받아들이고 밤낮으로 오직 공부에만 몰입하게 되었지만 외롭고 억울한 심정이야 정약용이라고 달랐겠나.

북풍이 나를 날리는 눈처럼 휘몰아쳐
남으로 강진의 매반가(賣飯家)에 닿았다
요행히 낮은 산이 바다 경치를 가렸고
좋게도 장차 대숲이 세월을 짓겠네
옷은 장기(瘴氣) 때문에 겨울인데 덜 입고
술은 수심이 많아 밤에 다시 더한다
한 가지가 겨우 잡념을 사라지게 하나니
동백이 이미 납일 전에 꽃을 토했다네

北風吹我如飛雪

南抵康津賣飯家

幸有殘山遮海色

好將叢竹作年華

衣緣地瘴冬還減

酒爲愁多夜更加

一事纔能消客慮

山茶已吐臘前花 ——「客中書懷」

　조금 자리가 잡히자 정약용은 모학(募學)도 했던 모양이다. 강진에
온 그 이듬해(순조 2년, 壬戌, 1802) 10월 10일, 열다섯 살 소년 하나가
정약용이 거처하고 있는 주막집에 조심스레 얼굴을 내밀고 정약용에게
절을 올렸다. 그가 바로 황산석(黃山石, 戊申生, 1788~1863?)이다. 산석은
아명이다. 뒷날 관명을 상(裳), 호를 치원(巵園)이라 했다.

　산석의 비범함을 첫눈에 간파한 정약용은 산석에게 문사(文史)를 공부
하도록 권했다. 경학 공부를 권하지 않고 문사를 권한 것은 우선 문리를
터득시키고자 함이었겠지만 정약용의 지인지감(知人之鑑)이 남달랐기
때문이었는지도 모른다. 산석이 머뭇머뭇하면서 부끄러워하는 얼굴빛으
로 사양해 아뢰길, 자신은 세 가지 병통이 있다고 했다. 둔하고(鈍) 막혔고
(滯) 미욱하다(戛)고 했다. 열다섯 살 아이가 자신의 병통을 알고 있다니
경이롭지 아니한가. 정약용은, 이에 대해 그 세 가지 병통은 병통이
아니라 진짜 병통은 따로 있다는 것을 귀에 쏙 들어가도록 설파했다.

　공부하는 사람한테 큰 병통이 셋이 있는데 너는 그것이 없다. 하나는 암기에
민첩함이니 그 폐단은 소홀함이요, 둘은 글짓기에 민첩함이니 그 폐단은 부박함

이요, 셋은 이해가 빠름이니 그 폐단은 거친 것이다. 무릇 둔하다가 뚫리면 그 구멍이 넓고 막혔다가 소통되면 그 흐름이 세차고 미욱하다가 갈리면 그 빛이 광택이 난다. 어떻게 천착하느냐? 부지런해야 한다. 어떻게 소통시키느냐? 부지런해야 한다. 어떻게 연마하느냐? 부지런해야 한다. 어떻게 해야 부지런해지느냐? 마음을 확고히 다잡아야 한다.(秉心確)

이것이 이른바 정약용의 삼근계(三勤戒)이다. 황상이 지은 「임술기」(壬戌記)(1862)에 나온다. 속수(束脩)한 지 7일 만에 스승으로부터 이 계를 글로 받고 산석은 크게 감동하여 공부에 빠져들게 됐다. 줄탁동시(啐啄同時)였다고나 할까.

어느덧 산석의 시작(詩作)은 춘초일지(春草一枝)가 변화천장(變化千丈)이 되었다. 정약용의 가르침을 받은 지 불과 4년 만에 그의 시는 흑산도에 적거 중인 정약용의 중형 손암 정약전을 깜짝 놀라게 했다. 손암은 정약용에게 보낸 한 서찰에서 이렇게 말했다.

황상이 지금 나이가 몇이지? 월출산 아래에서 이런 문장이 나리라고는 생각도 못했다.(黃裳今年幾何 不意月出山下 出此文章)……(황상이) 내게로 오려고 한다니 사람을 놀라게 한다만 뭍사람은 섬사람과 달라 아주 긴한 일이 아니면 가벼이 큰 바다를 건널 수가 없을 것이다. 사람이 살아감에 있어서 귀한 것은 서로 마음을 알아주는 것이지 얼굴을 대하는 데 있겠나? 옛날 현인의 경우도 어찌 꼭 얼굴을 본 뒤에야 그를 사랑했을까? 이 말을 그에게 전해 주어 그의 마음을 안정시킴이 어떨까? 마땅히 그를 더욱 게으르지 않도록 부지런히 가르쳐 그로 하여금 재주를 이루게 하는 것이 어떨까?
인재가 드물어 지금 세상에는 이 같은 사람을 기대하기 어려우니 단연코 마땅히 천만번 사랑하고 보호하여 주어야 할 것이다. 애석하게도 그 처지가

> 한미하니 이름이 나면 세도가로부터 곤경을 당할까 염려되는군. 사람됨은
> 어떠냐? 재주 있는 사람은 반드시 근후(謹厚)하지 못한 법인데 그의 문사를
> 살펴보건대 조금도 경일(輕逸)한 태도가 없는지라 또한 사람됨을 알만하다.
> 자회자중(自悔自重)하여 대인군자가 되기를 기하여 권면함이 어떠하겠나?
> ──순조 6, 丙寅, 1806, 3월 10일.[1]

고 어린 것이 큰 바다를 건너 흑산도로 들어가려 하다니 황상의 열정은
놀라웠다. 스승으로부터 종종 손암 선생에 대한 이야기를 듣고 스승을
두고도 다시 손암한테로 마음이 쏠렸던 모양이다.

한편 정약용은 계해 년(정약용 42세, 순조 3년, 1803) 늦은 봄부터
무진 년(정약용 47세, 순조 8년, 1808) 가을에 걸쳐 네 번을 고치고 다섯
번을 써서 『주역사전』(周易四箋)을 이루게 될 때까지는 밤이나 낮이나
누워서나 앉아서나 오로지 『주역』하나에만 전심치지했다.

을축 년(1805) 봄부터 정약용은 『주역사전』을축본(乙丑本)을 고쳐
쓰고 있었는데 고성사의 보은산방(寶恩山房)에 와서도 계속했다. 그런
스승 곁을 떠나지 않고 황상은 스승의 수발을 들고 있었다. 그 해 겨울에
황상은 정약용의 차남 정학유(丁學游)와 같이 정약용한테 『주역』을 배웠
다. 이 무렵 산석이 산석이라는 아명 대신에 '裳(상)'이란 이름을 쓴 것은
아마도 『주역』의 한 효사(坤卦 六五)인 '黃裳'에서 딴 것이 아닌가 싶다.
어느 날 황상은, "밟는 길이 탄탄하니 유인(幽人)이라야 곧고 길하리라."
(履道坦坦幽人貞吉)라는 이괘(履卦) 구이(九二)에서 마음이 동하여 영탄
해 마지않았다. 정약용은 「황상유인첩에 제함」(題黃裳幽人帖)이란 글에

---

1) 원문은 정민 『삶을 바꾼 만남』(서울: 문학동네 2011) 주석 51 참조.

서 이 효사(爻辭)를 이렇게 해석했다.

> 간산(艮山)의 아래 진림(震林)의 사이에, 손(巽)으로써 은둔하여 천명을 우러러
> 순응한다. 혹은 간산에 과일을 심고 혹은 진림에 채소를 심는다. 큰 길을
> 밟아 탄탄하다. 천작(天爵:하늘이 내린 덕성)을 즐기며 화락하게 산다.[2]
> 이것은 은사의 넉넉함이요, 유인의 일이니 길하지 아니한가. 그러나 하늘은
> 매우 청복(淸福)을 아껴서 왕후장상(王侯將相)의 귀나 도주(陶朱:越의 范蠡의
> 별명) 의돈(猗頓:춘추시대 魯의 대부호)의 부는 썩은 흙처럼 흩어져 있지만
> 이(履)괘 구이(九二)의 길(吉)을 얻은 사람은 아직 세상에 알려진 적이 없다.
> 옛사람의 기록에, 장차 전원으로 나아가려고 한다고 하였는데, 장차 나아가려고
> 한다는 것은 분명 나아간 것은 아니다. 탐진의 황상이 그 세목을 물어 왔으므로
> 나는 다음과 같이 말하였다.

이 글에서 간산(艮山)이라 함은 산이 간괘(艮卦☶)의 물상(物象)이
됨을 뜻하고, 진림(震林)이며 큰길은 수풀이며 큰길이 진괘(震卦☳)의
물상이 됨을 뜻하고, '손(巽)으로써 은둔하여 천명을 우러러 순응한다.'라
고 함은 은둔, 천명, 순응이 손괘(巽卦☴)의 의리(義理)가 됨을 뜻한다.
장차 전원으로 나아가려고 한 옛사람의 기록이라고 함은 명말의 황주성

---

[2] '艮山' '震林' '巽' '큰 길' 등은 모두 履卦의 之卦(變卦/變體)인 无妄의 互體
(互卦)에서 취한 物象이다. 다만 '巽'은 本卦 履의 互體에서도 取象할 수 있
다. 變卦에서 取象하여 易을 해석하기로는 정약용보다 宋代의 역학자 都絜
이 앞섰지만 정약용은 都絜의 저서를 구해 보지 못해 안타까워했었다(丁
若鏞, 『易學緖言』「茶山問答」 참조. 馬端臨, 『文獻通考』, 北京: 中華書局,
1999, p. 1526 참조.). 都絜의 대표적 저술로는 『易變體義』가 있다. 정약용
은 '推移' '物象' '互體' '爻變'을 易有四義라 했다. 여기서는 '推移'의 법은 쓰
지 않고 있다. 『周易四箋』을 완성하기 전이라서 그렇지 싶다.

(黃周星)이 지은 「취장원기」(就將園記)를 뜻한다. 작자가 장차 나아가려
고 한 전원의 모습을 그린 글이다. 정약용이 이 글을 황상에게 보여
주자 황상은 이 글에 감명을 받아 자신도 은둔의 뜻을 담은 글을 지어
스승께 올리면서 장차 전원으로 나아가려면 어떻게 해야 하느냐고 그
세목을 물었던 모양이다. 이에 정약용은 황상의 그러한 절개를 가상히
여기고 그 뜻을 칭찬하면서(丁學游:「贈卮園三十六韻書」) 은거에 걸맞은
이상적인 주거 공간의 조경과 유한(幽閒) 소쇄(瀟灑)한 기거동정(起居動
靜)에 대해 매우 자세하게 전개해서 황상에게 주었다. 이 글이 「황상유인
첩에 제함」이란 글인데 글이 너무 길어서 여기에 옮겨 적기에 적절치
않거니와 요컨대 황주성의 「취장원기」가 그러하듯이 일종의 무릉도원을
그려 놓았다고나 할까. 정약용의 치밀한 성품과 정약용 자신이 품고
있는 일민(逸民)에의 동경이 잘 드러난 글이라 하겠다. 뒷날 다산초당을
꾸민 것 또한 이 글과 같은 정신의 발로였지 싶다.

　겨울을 나자 같이 『주역』을 읽던 정학유는 고향으로 돌아가고 정약용
은 이듬해 보은산방에서 내려와 이청(李晴, 字는 鶴來/琴招, 號는 靑田.
1792~1861)의 집으로 거처를 옮긴 뒤에도 황상은 홀로 산방에 남아 있었던
모양이다. 하루는 황상이 산방에서 스승께 시를 보냈는데 이를 살펴본
정약용은, "부쳐온 시는 갑자기 꺾이고 기이하고 웅장해서 내 기호에
꼭 맞는다."(來詩頓挫奇崛 深契我好)라고 했다.[3] 황상을 제자로 얻은
것이 행운이라고 마냥 좋아했던 것 같다. 두 사람의 시가 주로 사회시란
관점에서도 같다. 「애절양」(哀絶陽) 「승발송행」(僧拔松行)같은 황상의

3)　「次韻寄 黃裳寶恩山房」『다산간찰집』(서울:도서출판 사암, 2012) p. 40.

시는 제목까지도 정약용의 시와 똑같다. 황상의 시 한 수를 옮겨 본다.

좋은 관직이 어이 즐겁지 않으랴
노래하고 피리 불며 붉은 치마에 취하네
둥근 탁자엔 온갖 진미가 벌여 있는데
종이 배가 고픈들 사또가 어찌 피곤할까 보냐

好官何不樂
歌管醉紅裙
圓案羅珍味
奴飢主何癯────「聞太守新到」抄

황상이 정약용의 문하에 든 지 7년이 되던 해(1808, 戊辰) 봄에 정약용이 읍내의 이청의 집에서 귤동의 다산(만덕사 서쪽에 있는 처사 尹慱〈윤단〉의 山亭, 尹慱은 정약용의 外族)으로 거처를 옮기는 바람에(1805년 겨울 동천여사에서 보은산방〈 고성사〉으로, 1806년 가을 이청의 집으로 옮겼다.) 황상은 정약용의 문하에서 멀어지게 됐다. 정학유의 말에 의하면 이 무렵 황상의 부친이 병을 오래 앓은 데다 살림은 가난하고 동생은 어려서 자신이 생계를 책임져야 할 처지였고 결혼까지 하여 여가가 없었다고 한다.(丁學游:「贈厄園三十六韻書」) 그러나 읍내에서는 학동이 주로 신분이 비천한 집안의 자손들이었는데 다산초당으로 옮기고부터는 해남 윤씨를 주축으로 한 양반가의 자손들이어서 그들은 아전 출신 읍중 학동에 대해 배타적이었다. 자존심이 강하고 타협을 모르는 고지식한 황상으로서는 그들과는 비위가 거슬려 함께 지낼 수가 없었던 것이 황상의 속내였을 같다는 견해가 있다. 읍중의 여섯 제자 가운데 오직 약삭빠르고 친화력이 뛰어난 이청만이 여기에 합쳤다.

41세의 정약용과 15세의 산석이 사제의 연을 맺은 지 17년 만에 정약용
은 해배되어 고향 마재의 소내로 돌아갔다.(57세, 순조 18년〈1818〉戊寅,
9월)

정약용이 떠나자 황상은 정신적 지주를 잃고 마음을 잡지 못했다.
마침내 집과 전포(田圃)는 아우에게 물려주고 자신은 처자를 이끌고
돈연히 천개산(天盖山:지금의 天台山)으로 들어갔다. 형편이 곤궁하여
미루어 왔던 전원의 꿈을 이제야 실현하려 한 것이다. 띠를 얽어 집을
짓고 땅을 개간하여 새 밭을 만들었다. 뽕나무를 심고 대나무를 심었다.
샘물을 끌어 소통시키고 돌을 심었다.(蓺石) 자취를 숨긴 지 10년 만에
대략 작은 포치(布置)를 만들게 됐다.(丁學游:「贈巵園三十六韻書」)

너무 멀어서 엄두를 못 냈을까, 무심해서였을까, 속이 깊어서였을까,
스승한테 삐치기라도 했는가. 아니면 세 가지 병통이 있다던 그의 말대로
둔하고 막히고 미욱해서였을까. 황상은 다른 제자들과는 달리 참으로
오랜 세월 동안 스승에게 일차 문안도 않고 일편 음신(音信)도 띄우지
않았다. 정약용이 떠난 지 10년 만에 초기에 함께 책을 폈던 그의 사촌
동생 연암(硯菴) 황지초(黃之楚)가 마재로 선생을 찾았을 뿐이다.(戊子,
1828, 11월) 이때 동생 편에 정약용은 이런 서찰을 황상에게 보냈다.

서로 작별한 지 벌써 십 년이 지났다. 너의 서찰을 기다리지만 서찰이 이승에서는
막힐 것 같다. 마침 연암이 돌아간다기에 마음이 더욱 슬프고 한스러워 따로
몇 자 적는다.
올해 들어 기력이 전과 같지 않고 그 고생스럽기는 전과 같다. 밭을 갈아도
주림이 그 가운데 있다는 성현의 가르침이 아마도 맞지 않느냐? 너는 틀림없이

학래(鶴來)와 석종(石宗)의 행동거지를 듣고 웃을 것이다. 그러나 한 길로 종신토록 힘쓰며 기꺼이 사슴과 멧돼지와 더불어 노닐더라도 또한 도를 품고 세상을 경륜하는 온축이 없다면 또한 족히 스스로 변하겠느냐? 나의 상황은 연암이 잘 알 것이니 지금 가거든 물어보면 자세히 알 것이다. 준엽(俊燁)은 이미 고인이 되었고 안석(安石)은 아직 서객(書客)으로 있다 하니 하나는 슬프고 하나는 안쓰럽구나! 내가 조석으로 아프다. 부고를 듣는 날에는 군이 모름지기 연암과 함께 산중에서 한 차례 울고는 이야기하며 그치도록 하여라. 무자년 동짓달 열이틀 열수(洌叟) 쓰노라.[4]

이 서찰에서 석종은 김종(金碻)의 자(字)이고 학래는 이청의 자이다. 학래와 석종의 짓거리를 듣고 웃었을 거라고 한 걸 보면 두 사람이 스승 정약용에 대해 행티를 부리고 등을 돌린 사건이라도 있었던 모양이다. 스승이 해배되면 스승의 끈으로 과거에 붙어 출세할 거라고 철석같이 믿었다가 스승이 그럴 처지가 못 되자 스승을 비난하고 배반하게 된 것 같거니와 이 두 사람뿐만 아니라 정약용의 제자들은 닭 좇던 개 울 처다 보기가 되자 모두가 그로부터 하나둘 멀어져갔다. 정약용의 문도 가운데 경학에는 이청이요, 시문에는 황상이라 할 만큼 이청은 황상과 더불어 쌍벽을 이루었던 정약용의 수제자로서 어려서부터 두뇌가 아주 뛰어났다. 1805년, 하루는 정약용이 열네 살 어린 이청을 이렇게 떠봤다. "대(大)자와 양(羊)자가 합치면 달(奎)자가 되는데 어째서 달(奎)의 뜻을 작은 양(小羊)이라 하느냐?" 스승의 질문이 떨어지자마자, "범(凡)자와 조(鳥)자가 합하면 봉(鳳)자가 되니까 봉을 신령한 새라 일컫습니다."

---

4) 원문은 정민 전게서 주석 78 참조.

라고 답하여 스승을 감탄케 했다.(「題李琴招詩卷」) 정약용이 1806년 가을부터 1808년 봄까지 거의 2년 동안 읍내 목리에 있는 이청의 집에 머물기도 하였거니와 이청은 스승이 해배될 때까지 오랜 세월을 스승의 그림자처럼 따랐다. 마침내 스승에 대한 섭섭함이 분노로 변했던 거다. 이청이 스승으로부터 등을 돌린 후 추사(秋史) 김정희(金正喜)의 식객 노릇을 하다가 일흔이 넘도록 과거에 낙방하자 우물에 몸을 던져 죽었다고 한다. 정약용이 해배되어 고향으로 돌아갈 때 상당수의 제자들이 부급종사(負笈從師)했다가 돌아간 자도 있고 눌러앉은 자도 있었는데 이청은 스승 곁에 남았던 자다. 이청과 석종의 사건을 상(裳) 너 또한 소문을 들었을 테지라고 정약용은 말한 거다. 정약용은 가슴이 얼마나 아팠겠는가? 제자들은 모두 이해를 따져 다 떠나가는데 오직 황상 하나만이 명리에 뜻이 없고 물외에 자적하여 우직하게도 전일에 스승이 일러 준 대로 유인(幽人)의 길을 걷고 있는 것이 정약용으로서는 더없이 미더웠을 것이다. 그런 제자가 안쓰러워 정약용은, 한 길로 종신토록 힘쓰며 사슴과 멧돼지와 더불어 노닐더라도 세상을 경륜하는 온축을 쌓아야, 벼슬길에 나아가지 못하는 처지일지라도 스스로 인간적인 향상을 이룰 수 있다고 가르친 것이다. 공부를 저버리지 말라는 당부였다.

절절한 그리움이 행간마다 서려 있는 스승의 서찰을 받고도 오랜 세월이 지나도록 황상은 묵묵히 있었다. 오늘날의 시각으로 본다면 황상은 너무나 둔하고 매정한 사람으로 보일 거다. 정약용이 그에게 누군가. 황상의 무심을 꾸짖는다 해도 변명할 말이 없다. 그러나 나는 여기서 도리어, 스승에 대한 그의 깊은 경모와 드레진 인품, 그리고 요즘 세상에서는 볼 수 없는 사제간의 돈독한 믿음에 대하여 진한 향수를 느낀다.

　스승의 서찰을 받고도 다시 8년이 지난 뒤 머리가 희끗희끗해진 49세의
초로가 되어서야 황상은 스승의 생전에 마지막이 되겠다 싶은 생각으로
두릉(斗陵) 곧 마재의 소내로 스승을 찾아갔다. 스승을 떠나보낸 지
18년 만이었다. 스승의 회혼일(回婚日/결혼: 15세, 영조 52년, 丙申, 1776)
인 2월 22일에 맞춰 며칠 앞당겨 갔지만 75세 고비늙은 정약용은 신양이
매우 침중해서 회혼 잔치를 벌일 수가 없었다. 다만 18년 만에 사제가
만나 서로 손을 맞잡고 스승도 울고 제자도 울었다. 며칠 스승의 병구완을
들다가 스승과 제자가 눈물로 작별할 때 정약용은 『규장전운』(奎章全韻)
한 권, 중국 붓 한 자루, 중국 먹 한 개, 부채 한 자루, 담뱃대와 그
부속품(煙杯一具), 노비(路費) 두 냥을 황상에게 주었다.[5] 작별한 지
며칠이 되지 않아 정약용은 운명했다.(향년 75세) 이때가 헌종 2년(丙申,
1836) 2월 22일이었으니 공교하게도 정약용이 결혼한 날짜와 일치한다.
도중에서 스승의 부음을 접한 황상은 곧장 되짚어 돌아가 스승의 영전에
예를 올리고 상복을 입은 채 강진으로 갔다.

　그로부터 9년이 지난 뒤 헌종 11년(乙巳, 1845) 3월에 58세의 황상은
스승이 준 쥘부채를 쥐고 18일 동안 줄곧 걸어서 두릉(斗陵)으로 갔다.
발에는 굳은살이 박이었고 얼굴은 검었다. 뜻밖에 황상을 맞은 정약용의
두 아들 정학연 정학유는 너무 반가워 어쩔 줄을 몰랐다. 세 사람은
서로 손을 잡았다. 등잔 아래 정좌(鼎坐)하여 옛 얘기를 했다. 지난 세월은
참으로 꿈과 같았다. 늙은 정학연은 떨리는 손으로 황상의 부채에 시를
써 주었고 정학유와 황상이 그 시에 차운했다. 세 사람은 양가의 아름다운

5) 다산학술문화재단, 『다산간찰집』(서울:도서출판 사암, 2012) p. 80.

인연을 자손 대대로 이어나가자고 굳게 다짐하고 이것을 글로 남겼다. 이것이 「정황계」(丁黃契)이다.(丁學淵: 「丁黃契帖」/「丁黃契帖序」)

이때부터 이들 사이에는 남북 천리 길에 시문이 오고 갔다. 마침내 정학연의 소개로 황상은 추사 김정희의 지우를 받게 되고 그로부터 "지금 세상에 이런 시작(詩作)은 없다."(今世無此作)라는 찬탄을 받게까지 이르렀다. 정학연이 황상에게 보낸 서찰의 별지를 보면 황상을 그리는 추사의 마음을 읽을 수 있다.

> 시편에 관련된 것입니다. 추사가 이런 말을 하더군요. "제주도에 있을 때 한 사람이 시 한 수를 보여주었는데 다산의 고제(高弟)인 줄 불문가지였습니다. 그래서 그 이름을 물었더니 황 모(某)라 하더군요. 그 시를 음미해 보니 '두보의 골수에 한유의 뼈'(杜髓而韓骨)였습니다. 다산의 제자들을 두루 헤아려 보아도 이청 이하 그 누구도 이 사람을 대적할 자가 없었습니다. 또 들으니 황 모는 시문이 한당(漢唐)에 가까이 대했을 뿐만 아니라 그 사람됨이 당세의 고사(高士)라 할 만해서 비록 옛날의 은일(隱逸)도 이에 더할 수가 없다고 하더군요. 이에 (해배되어) 육지로 나와 그를 방문했더니 상경했다더군요. 그래서 시름없이 바라보며 돌아왔는데 지금 서울에 오니 이미 고향으로 돌아갔다 하네요. 제비와 기러기가 서로 어긋나는 것 같아서(燕鴻相違) 혀를 차며 난감해할 뿐입니다."
> 그 사이에 추사와는 두 차례 만났는데 번번이 칭찬해 마지않았습니다.——丁學淵: 「酉山書別紙」

헌종 14년(戊申, 1848) 12월 6일에 추사가 제주도에서 해배되어 이듬해 1월에 서울로 돌아왔던 그 무렵의 일이었다. 이때 추사는 64세, 황상은 62세였다. 황상은 다시 상경하여 추사를 만나게 되었다. 이로부터 정학연 정학유 등 정약용 일가의 인사들 외에 추사와 그의 아우 김명희(金命喜), 권돈인(權敦仁), 초의선사(草衣禪師), 허련(許練) 등 추사의 일문(一門)과도 한동안 어울리게 되었을 뿐만 아니라 정약전이 우려했던 바와는 달리 이름이 난 뒤에도 세도가로부터 곤경을 당하는 일은 없었다. 이 무렵 황상은 이런 시를 남겼다. "나 과천에 있으면 두릉이 그립고, 두릉에 가면 과천의 등불이 생각난다."(我在果川憶斗陵 斗陵還憶果川燈—「斗陵憶果川」) 과천에는 김정희의 과지초당(瓜地草堂)이 있고 두릉에는 정약용의 여유당(與猶堂)이 있다.

황상의 작시(作詩)가 대성할 수 있었던 것은 무엇보다도 그의 재질과 사승(師承)에 원인이 있었겠지만 그의 끈기가 남달랐기 때문이었으리라.

황상은 일흔이 넘은 나이에도 한결같이 독서를 하면서 스승이 생전에 가르쳐 준 대로 중요한 대목을 베껴 쓰는, 이른바 초서(鈔書)하는 버릇을 잊지 않았다. 이런 그를 주위에서는 더러 조롱조로, 다 늙어 무슨 청승이냐고 빈정거렸는데 이에 대하여 황상은 일사필연 과골삼천(日事筆硯 踝骨三穿)이란 말로 응수했다.

> 정(丁) 부자께서는 20년 적거 중에도 '날마다 붓과 벼루를 사용하여 복사뼈가 세 번이나 파였다오.'(日事筆硯 踝骨三穿) 나에게 '삼근계'를 주시고 늘 하시는 말씀이 '내가 부지런해서 이것을 얻었다.'라고 하셨지요. 몸으로 가르치고 말씀으로 주신 것이 어제인 듯 가까워 눈과 귀에 머물러 있는데 관에 뚜껑을 덮기 전에야 지성스럽고 핍절(逼切)한 가르침을 어찌 등질 수가 있겠소.——「與襄州三老」

내가 정약용의 역학으로 무슨 논문이랍시고 데데한 글 한 편을 쓰느라 끙끙거리고 있던 무렵이었다. 정약용의 읍중(邑中) 여섯 제자들이며 다산초당 열여덟 제자들(茶信契 18 제자)을 찾아 한창 상우(尙友)하고 있던 어느 봄날, 황상의 『치원유고』(卮園遺稿)를 뒤적거리다가 「회주 삼로에게 드림」(與襄州三老)이란 글에서 '복사뼈가 세 번 파였다.'는 '踝骨 三穿' 네 글자를 대하자 나는 숨이 턱 막혔다. 정약용의 저술에는 여러 제자들이 동원되어 자료를 챙기고, 받아쓰고, 교정을 보고, 제본을 하는 등 말하자면 분업적으로 치다꺼리를 했지만 진리를 탐구하는 정약용의 창조적 노고를 어찌 이런 것들에 비하랴! 그예 과골삼천이 되었던 모양이 지만 그냥 과골삼천이 아니었다. 그는 장기에 가고 몇 달 안 되어 중풍에 걸렸는데 강진에 오고 10년쯤 되어서는 거의 폐인이 되어 버렸다고 정약용 스스로 토로했다. 그러한 과골삼천이었다.

과골삼천의 스승도 스승이거니와 제자 황상은 「임술기」에서 이렇게 말했다.

내가 이때 열다섯 살이었다. 아이였고 관례도 치르지 않았다. (삼근의 가르침을) 뼈에 새기고 마음에 새겨 감히 잃을까 염려하였다. 그때부터 지금까지 61년 간 읽기를 폐하고 쟁기를 잡았을 때에도 마음에 품고 있었는데 지금은 손에서 책을 놓지 않고 붓과 먹 속에서 세월을 보내고 있다. 비록 이룩한 것은 없으나 둔하고 미욱함을 소통하기를 삼가 지키고 또한 '병심확'(秉心確) 세 글자를 능히 받들어 이었다고 할 수 있을 따름이다. 그러나 지금 나이가 일흔다섯이라 남은 날이 많지 않다. 어찌 가히 마구 달려 도를 어지럽힐 수 있으랴! 지금 이후로도 스승이 주신 것을 잃지 않기를 분명히 한다. 자식들에게도 저버리지 않고 행하게 하겠다. 이에 임술기를 적는다.

열다섯 살 황산석이 정약용의 문하에 든 지 61년째, 스승이 세상을 뜬 지 27년째로 접어들었는데도 옛날 스승의 가르침을 저버리지 않고 받들어 이어가는 황상의 만년의 절개가 눈물겹고 아름답다. 하지만 남은 날이 많지 않다고 황상이 스스로 말했듯이 그의 문집을 아무리 들춰보아도 그의 기록이 「임술기」를 쓴 그 이듬해(1863)까지만 나타나 있을 뿐이니 아마도 그 해에 이승을 떠난 것으로 추정된다.(향년 76세)

나는 강진이 아직 관광지로 그다지 알려지지 않았던 옛날에 그 곳에 두어 번 간 적이 있었는데 주마간산 격이었다. 다음에 가거들랑 만사를 제쳐놓고 우선 정약용이 거처했던 그 주막집의 집터부터 찾을 것이다. 고독한 적객(謫客) 정약용과 불우한 열다섯 살 소년 황산석이 만나는 장면을 그려 보면서 오래도록 서성거릴 것이다. 그리고 한잔할 것이다. 내친김에 황상의 발자취를 찾아 천개산으로 들어가 볼까 하지만 들리는 소리로는 천개산이 큰 저수지로 가려졌다고 한다. 그가 은거했던 백적동(白磧洞)의 집이며 만년에 그 집 근처에 따로 지었다던 일속산방(一粟山房)은 집터라도 남았는지 모르겠다.

나는 젊은 날 이 산속 저 산속에 당호도 문패도 없는 두 채의 오두막을 지었다. 무슨 공부를 이루었는가. 세상에 나가 무슨 일을 했는가. 어떤 스승을 만났는가. 어떤 제자를 두었는가. 그리고 누구를 사랑했는가. 무엇이 남는가.——오평생(誤評生), 호호백발이 되었다. 어영부영 세월만 보내다가 이리 되고 말았다.

황상의 시 한 수를 읊조려 본다.

내 평생을 내 스스로 헤아려 보아도
남도 웃겠고 나 역시 우습다
백년 시름에 나 홀로 빠져 있다한들
조정에 무슨 손상이 되겠나

我生我自算
人笑我亦笑
百年愁獨洽
何傷於廊廟————「自歎」抄

  정약용도 황상도 가신 지 오래지만 어이하여 여향(餘香)은 이리도
표일한가. 오늘따라 나는 조금 운다.

천도天道를 묻다

열 너덧 살 무렵이었다. 『주역』(周易)은 내게로 정명처럼 다가왔다. 광복이 되고 왜놈들이 물러갔지만 남북은 갈라지고 세상은 뒤숭숭하여 앞을 내다볼 수 없는 불안한 그 시절에 아버지는 역학 대가 이야산(李也山, 名:達, 號:也山, 1889(己丑)~1958(戊戌), 延安人) 선생의 문하로 들어가시게 되었으니, 나는 저절로 『주역』을 접하게 된 거다. 농한기면 아버지는 부여로, 안면도로, 그리고 광천 등지로 야산 선생을 찾아가셨다. 일제 말엽에 난리를 피하려고 병화가 미치지 않는다는 '우복동'(牛腹洞)을 찾아 이사를 다녔던 아버지였기에, 공부를 한다기보다는 난세에 처하여 야산 선생을 정신적 지주로 삼았던 것 같다. 『주역』을 학문으로 공부한다기보다는 종교로 삼았다고나 할까. 『주역』을 주문으로 여기고, 야산 선생을 교주처럼 섬기고, '해인'(海印)이란 인영을 부적이려니 하고 남몰래 깃고대 속에 갈무리하고, '여의단'(如意丹)이란 환약을 선약인 양 몸에 지니고 다녔던 야산의 제자들은, 이리하여 병화며 무명악질을 피할 수 있으리라고 하나같이 믿었던 모양이니, 지금 생각해 보면 웃음이 절로 나온다. 그러나 비록 제자의 소행이었다고는 하지만 이 해인과 여의단으로 하여 선생의 여향(餘香)에 한 점 누를 남겼다고 하지 않을 수가 없다.

292 • 4 기웃거리다가

안타까운 일이다. 여의단이란 일종의 하제(下劑)에 불과했고, 해인이란 의상대사의 「법성게」(法性偈:華嚴一乘法界圖)에서 문자를 빼고 도형만 색인 도장의 인영이었다.

야산 선생은 앞이 조금은 보였던 모양이다. 많은 제자들을 이끌고 서쪽 바다 안면도로 들어가자 드디어 6·25가 터졌다. 야산 선생과는 달리 아버지께서는 많은 식솔들을 거느리고 피난길에 오를 수가 없었던지, 십리허에서 아홉 식구가 하룻밤 모기 밥이 되다가 이튿날 가족들은 굴비처럼 엮여서 집으로 돌아왔다. 돼지는 우리를 벗어나면 안된다고 하셨다. 낮에는 툭하면 방공호로 무슨 짐승처럼 기어들고, 밤이 이슥하면 아버지는 천문도(天文圖)를 손에 들고 하늘을 살폈다. 나는 아버지 곁에서, 장대를 휘두르면 금방이라도 우수수 떨어질 것 같은 총총한 별들을 덩달아 쳐다보면서 장대로 초롱초롱한 별 하나를 따고 싶었고, 은하수에 떠 있는 하얀 별들과 오작교와 견우직녀 이야기를 떠올리곤 했었다.

아버지 곁에서 별을 헤아리며 마침내 학교(중학교 1학년)를 그만두고 차라리 야산 선생 밑으로 들어가 『주역』 공부나 하는 것이 좋을 듯하다는 아버지의 말씀에 나는 귀가 솔깃해져 있었다. 『주역』 공부도 공부지만 아들을 야산 선생 밑으로 보내는 것이 난리를 피하는 길이라고 생각하셨던 아버지에 대해 어머니는 단식으로 무언의 항변을 하시고…….

이러구러 나의 소년 시절은 아이답지 않게 『주역』을 읽고, 시초(蓍草)를 헤아리고, 「홍범」(洪範)이며 「법성게」며 야산 선생의 「부문」(敷文) 같은 걸 염불하듯 달달 외우고 그리고 가끔 참선을 흉내내는 것에 재미를 느끼고 있었다.

당시는 책이 퍽 귀할 때여서 아버지는 한 아름이 넘을 듯한 『주역』을 빌려다가 붓으로 두 벌씩이나 닥종이에 베끼셨고, 몇 해 뒤에 나는 원문뿐만 아니라 주자(朱子)의 『주역본의』(周易本義)를 철필로 한 벌 베꼈다. 겨울 방학을 기하여 꼬박 한 달쯤 방안에 틀어박혀 있어야 했는데, 기록을 보면 끝마친 날이 스물한 살 음력 정월 보름이었으니 이 무렵 나는 비로소 선철의 주석에 눈을 뜨기 시작한 셈이지만 원문은 뜻도 모르고 염불하듯 외우게 되었던 거다.

이듬해 섣달(1956년 1월)에 야산 선생의 한 제자인 이용성(李龍成) 목사를 따라 부여로 야산 선생을 뵈러 갔다. 밤에도 불을 켜지 않고 신문을 읽으신다는 야산 선생을 만난다고 생각하니 잔뜩 들떠 있었다. 선생은 예순일곱 연세에도 노인 티가 별로 나지 않았다. 조금 깡마르고 꼬장꼬장해 보였으며 강렬한 눈빛이 사람을 압도했다. 그러나 밤이 되자 불을 밝혔다. 불을 끄고 신문을 보실 수 있느냐고 차마 물어 볼 수도 없는 노릇이었다. 뜻밖에도, 선생께서는 피우시던 담배개비를 가리키시며 어느 쪽이 처음이고 어느 쪽이 끝이냐고 내게 물었다. 내 입이 붙어 있자 선생은, 피우는 것으로 보면 입에 닿는 부분이 처음이고 타는 것으로 보면 타는 쪽이 처음이라고 했다. 다시 또 담배를 쌌던 은박지를 펴고서는 어느 쪽이 겉이고 어느 쪽이 속이냐고 물었다. 또 답이 없자 선생께서는 이번에는 설명은 않고 혼자 생각해 보라고만 했던 것 같다.

야산 선생을 뵈온 지 이십 년이 넘어서고 있을 때였다. 어느 날 지금 국민대학교 교수인 김문환(金文煥) 박사가 대구를 지나는 길이라면서 내게 들렀다. '약전골목'에 야산의 제자가 『주역』 강의를 한다는데 만나 보지 않겠느냐고 했다. 말과는 달리 그는 그때 『주역』을 배우려고 매주 서울서 대구로 오르내렸던 모양이다. 야산의 제자라는 말에 귀가 쫑긋해져서 저녁 시간에 같이 갔다. 김병호라는 분이 아들과 같이 2층에서 자취를 하고 있었다. 나 또한 야산 선생의 제자라는 소릴 그가 듣고 반기면서 한다는 말이, 수요일에 서울에도『주역』강좌를 개설했다면서 대구의 수요일 강의를 나 보고 맡아 줄 수 없겠느냐고 했다. 공직을 핑계로 거절했지만 사실은 내가 아는 것이 없어서였다. 아마도 이때가 이른바 야산역(也山易)이 세상에 빛을 보기 시작할 때였던 것 같다. 야산 선생은 입버릇처럼, 코쟁이가 가마 가지고 모시러 온다고 했다. 가마를 타고 미국으로 가서『주역』을 강의할 날이 오기 전에 우리가 먼저 가마를 가지고 그들을 모시러 가야한다고 이죽거리는 사람도 있을지 모르지만, 아무튼 아산(亞山) 김병호씨는 이미 고인이 되었고 지금은 그의 제자들, 그러니까 야산의 손제자들이 더러『주역』으로 영남 일대에서 활개를 치는 모양이니, 가마를 탈 수 있게 될지는 모르겠다. 지금 서울에서『주역』강좌를 개설중이라는 대산(大山) 김석진이라는 분을 나는 모르지만 아마 김병호씨와 더불어 야산 선생 당시에 비교적 젊은 제자였던 모양이니, 세상에 드러난 야산의 직제자를 찾기란 이 사람을 빼고서는 어려울 듯싶다. 그들이 아산이라 하고 대산이라 하지만 내가 야산 선생으로부터 '단강'(丹岡)(미성년자에겐 '山'자 대신에 '岡'자를 썼다.)이란 호를 받았듯이, 그들의 호가 그때 그 호인지 괜히 궁금해진다.

1950년대까지만 해도『주역』은 아직 번역판조차도 나오지 않았고 한문으로 된『주역』책을 구하기도 퍽 힘들 때였다. 조선조에 멋들어지게 간행된 내각장판(內閣藏板)『주역전의대전』(周易傳義大全)과 그것을 대정 12년(1923)에 '조선도서주식회사'에서 책의 명칭을 바꾸어 철판활자본으로 간행한『원본주역』(原本周易)과, 같은 회사에서 주자의『주역본의』를 이름을 바꿔 간행한 철판활자본 『정본주역』(正本周易)을 어렵게 만나 볼 수 있었는데 그게 전부인 줄로만 알았었다. 1960년대 중반 그러니까 내 나이 삼십대 초반에 이르러서야 나는 겨우 대만 판 왕필(王弼)의 『주역주』(周易注), 이정조(李鼎祚)의 『주역집해』(周易集解) 등을 구득할 수 있었지만, 이처럼 책을 늦게야 구하게 된 것은 살기에 바빴던 탓도 있었다. 아무튼 이런 책들을 접하자 망양지탄(望洋之嘆)이 절로 나왔다. 이때부터 나의 서가에는 『주역』뿐만 아니라 풍수지리, 명리(命理) 등 술수에 관한 책들도 하나의 코너를 이루게 되었다. 이 무렵 나는 주제넘게도 돈깨나 드는 고서 수집에 벽이 생겨서 마누라의 속을 꽤나 썩일 때였는데, 이용성 목사로부터 『황극경세서』(皇極經世書)에 대한 이야기를 가끔 들었고, 또 야산 선생이 그의 「부문」에서 '강절지경세'(康節之經世)를 강조한 바도 있고 해서 어떡하든 이 책을 구하려고 애를 태우다가 서울 인사동 골목의 온고당(溫古堂)이란 고서점에서 상해판 『황극경세서언』(皇極經世緖言)을 비싼 값에 구할 수가 있었다. 어렵게 느껴지는 원회운세(元會運世)의 수를 한 달 가량 불출호정(不出戶庭) 끝에 풀 수가 있었는데, 그때 나는 도통을 한 것으로 착각했던지 버럭 소리를 지르기도 하고 혼자 껄껄 웃기도 하여 마치 미친 사람 같았으니 참으로 가소롭지 않는가. 비록 역외별전(易外別傳)이라지만 『황극경세서』를 통하여 나는 소옹(邵雍)이라는 두 번째 스승을 만난 셈이다. 이때부터 『매화역수』(梅花易數), 『황극책수』(皇極策數), 『철판신수』(鐵板神數), 『하락이수』(河洛理數) 등에 관심을 갖기도 했다. 이 책들이 모두 소옹의 저작이랄 수는 없지만.

몇 해를 그러다가 어느 날 사흘돌이로 들락거리던 대구의 '남구서림'이

라는 고서점에서 왜정 때 신조선사에서 발행한 『여유당전서』(與猶堂全
書)가운데 『주역사전』(周易四箋) 두 책(4책이 完帙)을 발견하고는, 세상
에 정약용(丁若鏞)이 쓴 역전(易箋)도 있었구나 하고 덤덤히 책장을 넘기
다가 나는 그만 헉, 하고 숨이 막혔다. 우연히 산삼을 만났다 할까. 나는
손을 덜덜 떨었다. 달라는 대로 얼른 주고 책을 낚듯이 하고는 허둥지둥
책방을 나왔다. 그리고는 한동안 아무 일도 없었노라 하고 그 책방에
발길을 뚝 끊어 버렸다. 이리하여 나는 사암(俟菴) 정약용이라는 세
번째 스승을 해후하게 되었고, 『주역사전』두 책은 비록 산질본이긴
하지만 내 서실의 가장 내밀한 곳에 신주처럼 모셔지게 되었다. 그 후
경인문화사의 영인본 『여유당전서』와 여강출판사의 영인본 『여유당전
서』를 입수하게 되었다.

　날이 갈수록 다산을 사숙하는 마음은 차라리 병이 되어 깊어져 갔고
다른 책은 통 읽을 수가 없어졌다. 누가 내 앞에서 『주역』을 말할 때
나는 마음속으로 다산역(茶山易)을 말했다. 첫 유배지인 경상도 장기
땅을 소요하고 이배지(移配地)인 전라도 강진 땅을 찾아가길 여러 차례.
마산리(마현리) 장기읍성, 신창리 바다에서는 속이 상했고, 고성사(高聲
寺)며 다산초당(茶山草堂)을 어슬렁거릴 때에는 화가 나 있었다. 다산초
당! 그 서실의 문중방에 눈빛처럼 어리는 봄 바다 위로 그리움을 띄워
보고, 숨죽여 흐느끼는 문풍지 소리에 겨울밤의 긴 시름을 얹어 보던
그 마음이, 가만히 천 길의 변화를 헤아렸던가. 19년 유락(流落)이 훗날
이토록 사람을 위대하게 만드는 까닭은 뭘까? (순수한 귀양살이는 정확히
만 17년 6개월여이다. 순조 원년〈1801〉음력 2월 8일 입옥, 동월 28일
출옥되어 長鬐로 유배, 같은 해 3월 9일 長鬐 도착, 11월에 康津으로

移配. 순조 18년〈1818〉8월에 解配. 9월 14일에 本第에 도착. 경신년〈1800〉
의 流落을 합쳐서 19년 流落이라고 다산은『自撰墓誌銘, 集中本』에서
스스로 말한다.)

　미꾸라지 양어장에는 미꾸라지의 천적인 메기를 조금 넣어 함께 기른다
고 한다. 미꾸라지만 기르면 빈둥거리기만 하고 활기가 없지만 메기와
함께 기르면 메기에 쫓겨 잽싸게 몸을 사리는 미꾸라지는 그래서 더
잘 자라게 되고 살도 더 차지게 된다고 한다. 홍균(洪鈞)은 짓궂게도
사람을 두고서도 이같이 했나 보다. 그러나 정작 자신을 두고서는 진작
그런 줄을 깨치지 못하는 게 사람일 터이건만 다산은 달랐다. 다산의
위대성을 나는 여기에서 찾지만, 그러나 메기에 쫓겨 깜깜한 진흙 속에서
숨죽이는 미꾸라지를 생각하자면, 불운이 행운이라는 역설을 말하기란
참으로 고통스러운 일이다. 미꾸라지처럼 깜깜한 진흙 속에서, 열여덟
해 귀양살이라는 악당들의 그물 속에서도 도리어 다산은, 그들의 패악으
로 하여 흔들리는 나라와 도탄에 빠진 백성을 걱정하고 연민했다.

　미꾸라지처럼 깜깜한 진흙 속에서, 다산이 제일 먼저 생각한 것이
『주역』이었다. "역을 지은 사람은 아마도 우환이 있었을진저!"(作易者其
有憂患乎)라는『주역』의「계사전」(繫辭傳)의 말에 부쳐 다산 또한 자신
의 우환(憂患)을『주역』으로 처리했다고 스스로 말한다. 문왕(文王)이
유리성(羑里城·하남성 湯陰 북쪽)의 칠 년 감옥살이에서『주역』을 연역한
것에 감히 비기는 것은 아니지만 그 또한 유락(流落) 칠 년(1801~1808)
만에『주역사전』을 완성한 것이라고 그는 조심스럽게 말한다. 이른바
일표이서(一表二書)로 대표되는 다산의 국가 개혁사상의 뿌리는 그의
역학사상에 있다고 생각하거니와, 감히 나는 그의 고뇌와 슬픔을 헤아리

면서 백발에 이르러서야 겨우 시시한 박사학위논문 하나를 작성할 수가 있었다. 이 논문에서 다산역이 근간을 이루기는 하지만 소용이며 야산의 가지들이 조금은 부영(敷榮)하는지도 모르겠다.

문득 그 옛날, 별이 총총한 고향의 밤하늘이 그리워진다. 누가 장대를 휘둘렀는지 도시의 밤하늘엔 별들이 다 빠져 버린 모양이다. 고향에 갈 것이다. 정다산이 그리던 예천(醴泉)으로 갈 것이다. 군수로 고을살이를 하는 그의 아버지 정재원(丁載遠)의 임소(任所)를 찾아 열아홉 살 다산이 예천에 와서 반학정(伴鶴亭)에서 한동안 글을 읽고 「반학정기」(伴鶴亭記)를 쓰고, 경치 좋은 선몽대(仙夢臺)에 노닐고 「선몽대기」(仙夢臺記)를 남겼는데, 뒷날 강진 유배지에서 이때를 회상하며 아득히 그리워했었다.

데데한 이 논문이 세상에 선보이기 전에 부모님 산소를 찾아 고향에 가서, 그 옛날 아버지처럼 이슥한 밤 마당을 어슬렁거리며 총총한 별들을 쳐다보기도 하고, 어머니처럼 굶기도 하련다. 제수씨는, 반찬이 부실했나 싶어 어쩔 줄을 모를 것이고 아우는, 형님께서 무슨 시름이 계시냐고 묻겠지만 나는 대답을 못할 거다. 아버지를 따라 별자리를 살피고 달이 차고 이지러지는 과정을 관찰하여 그 방위를 나침반으로 파악하면서 납갑(納甲)의 이치를 터득했던 추억이며, 아버지의 말씀을 좇아 학교를 그만두려는 이 아들을 두고 단식으로 무언의 항변을 하시던 어머니 이야기를 나는 차마 하지 못할 것이다. 쓸쓸히 웃고는 내친김에 표연히 길을 떠나 우선 다산의 묘소만이라도 찾아가려 한다. 마재[馬峴]의 소내[牛川] 곧 초천(苕川)(경기도 남양주시 鳥安面 陵內里)을 찾으면 되겠지. 묘소에 잔 올리고 잠시 머물다가 총총히 강진으로 내려갈 작정이다. 도중에,

동짓달 찬바람에 시린 손을 맞잡고 형 약전(若銓)은 서쪽 섬(玆山:黑山島) 가운데로 동생 약용(若鏞)은 남쪽 바닷가(康津)로 귀양길에 형제가 이별 하던 나주읍에서 북쪽 오 리 지점에 있던 율정점(栗亭店)이 어딘가를 꼭 찾아봐야겠고, 차창에 기대어 나 또한 「율정별」(栗亭別)이라는 애끓는 다산의 시를 읊조리다가 강진 땅에 다다르면 제일 먼저 할 일이 하나 있다. 죄인이라고 박해하고 남의 종들조차도 같이 서서 말도 건네려 하지 않던 그때, 이 처지를 가련히 여겨 그를 거두어 주었던 동문 밖 한 노파의 주막집(東泉旅舍)은 집터라도 남았는지 찾아볼 것이다. 못 찾으면 어떤가? 아무데서나 나 또한 몇 잔 들이켜고서 다산이 밟았던 보은산방(寶恩山房:高聲寺)으로 만덕사(萬德寺:白蓮社)로 그리고 대둔 사(大芚寺:大興寺)로 거닐고, 다산초당(茶山草堂)을 서성이고, 차나무 밭에서 茶山의 슬픈 시를 읊으리.

다산의 많은 저서며 시문들은 도처에서 창맹(蒼氓)과 더불어 한숨짓는 다. 제갈량(諸葛亮)의 「출사표」(出師表)를 읽고 충신은 운다지만 다산의 「애절양」(哀絶陽)이며 「기민시」(饑民詩)며, 「산옹」(山翁)이며 '삼리시' (三吏詩)라 일컫는 「용산리」(龍山吏) 「파지리」(波池吏) 「해남리」(海南 吏) 같은 분세질속(憤世嫉俗)의 탄식을 들으면 충신은 못되어도 우는 사람은 있으리.

야산과 강절을 거쳐 다산에게 하늘[天道]을 물었건만 망도필묵(妄塗筆 墨)이었을 뿐, 나는 아직 하늘의 말을 듣지 못했다.

5

/

해름에 바랑을 뒤적거리며
쓸쓸히 웃노라

뚝섬
한강(漢江)
하늘

뚝섬

옛날의 한강은 참 운치가 있었다. 특히나 뚝섬이 그랬다. 넓은 모래밭이며 수양버들 버드나무 따위 우거진 나무들이며 새들이며 돛단배며 조각배며 그리고, 얼어붙은 강에서 얼음낚시를 하던 그 노인, 그 고적하고 허허한 분위기 같은 것들이 눈 감으면 아련히 떠오른다.

입학으로 치면 오십 년이 넘은 대학교 일 학년 때였다. 뚝섬에는 친구 하나가 살고 있었다. 나는 가끔 동대문에서 동차를 타고 뚝섬으로 갔다. 봄여름에 자주 갔지만 가을에도 겨울에도 더러 갔다.

아이들처럼 물장난을 치며 깔깔거린다든가, 모래톱에 널어 둔 친구의 빨래를 걷어찬다든가, 배갈을 병째로 둘이서 번갈아 들이켠다든가, 괜히 고함을 질러댄다든가, 예쁜 여학생 곁에서 휘파람으로 새소리 흉내를 낸다든가, 강이 얼면 얼음낚시를 하는 노인 곁에 우두커니 서 있다든가 그런 것들이 마냥 즐겁기만 하던 그때 그 시절, 나는 처지가 퍽 구차스러웠지만 아, 젊어서 좋았지 않았는가!

그 친구와 나는 풀밭에 앉아 토론을 벌이기도 했다. 같은 교수한테 같은 형법 공부를 하면서도 그 친구는 형벌이란 범죄에 대한 응보라고 하는 객관주의 형법이론을 선호했고 나는 형벌이란 개인과 사회의 범죄로

부터의 예방이라고 하는 주관주의 형법이론에 끌렸기 때문에 논쟁이 벌어지는 건 당연한 이치였다.

그와 나와의 논쟁이 점점 재미있게 되어 간 것은 수업시간에 어느 교수한테서 들은, 옛날 정다산이 강진에 유배되었을 때 어느 날 해남에서 그의 친구 윤영희를 만나 나누었다는 이야기를 흉내내게 되고부터다. 한번은 방학이 끝나고 그 친구를 처음 만났을 때 내가 말을 걸기를 정다산처럼, "안 죽고 만나니 이상하구나!"(不死而相見異哉)라고 해 보았다. 그랬더니 그는 윤영희처럼, "사람이 죽기가 어찌 쉬운 일이냐?"(人死豈易事耶)라고 했다. 내가, "사람이 죽는 건 가장 쉬운 일이야."(人死最易事)라고 했더니 그는, "죄악이 다한 뒤에 사람이 죽지."(惡盡然後人死)라고 했다. 나는, "복록이 다한 뒤에 사람이 죽지."(祿盡然後人死)라고 했다. 말마다 그는 윤영희를 흉내냈고 나는 정다산을 흉내냈다. 내가 고등고시(사법과)를 두고 물었더니 그는, "한 번뿐인 인생인데 한 번뿐인 젊음을 걸기엔 너무 좀스럽지."라고 했다. 나는, "한 번뿐인 인생이기에 한 번뿐인 젊음을 걸어야 좀스럽지 않지."라고 응수했다. 이때도 역시 그의 말은 윤영희 식의 말투가 되고 나의 말은 정다산 식의 말투가 되는지는 잘 모르겠다.

그 친구는 부잣집 외아들로 태어났지만 중학교 때 연달아 부모를 여의었다. 아버지의 청계천 봉제 공장은 삼촌이 맡아서 하게 되었는데 얼마 안 가서 부도가 났다. 삼촌은 행방불명이 되고 그 가족과 이 친구는 하루아침에 거리로 나앉게 되었다. 그때 이 처지를 알고 있던 한 처녀가 친구를 거두었다. 그 처녀는 아버지의 공장에서 일하던 여자였다. 둘은 누나와 남동생이 되어 뚝섬에서 셋방살이를 했다. 학비는 그녀가 해결해 주었다. 그러던 어느 날 밤에 우락부락한 사내 둘이 쳐들어와서 그녀를 끌고 갔다. 그 후 그녀는 끝내 소식이 없었다. 주인집 아줌마는 혼잣말처럼 말했다. "처자가 빚이 좀 있다더니…. 아마도 나쁜 곳으로 팔려갔겠구먼."

일찍이 풍상을 겪은 사람이어서 그런지 그에겐 어딘가 남달리 사람을 끄는 구석이 있었다. 나는 그와 기미상적(氣味相適)했지만 그는 나보다 잘생기고 속이 깊었다.

하지 아니하여도 되는 것이 하늘이라더니 가정교사 하기가 대학교수 하기보다 더 힘들던 그 시절에 그는 부잣집 가정교사로 들어갔다. 그는 졸업 후 딸만 일곱인 대단한 재벌가의 맏딸과 결혼을 하게 되었다. 많은 변호사를 거느리며 한때 기업의 실세로 탁월한 경영 수완을 보이기도 했다.

부르지 않아도 부른 듯이 오는 것이 운이라더니 무슨 잘못이 있었기에 군부(軍部)의 미움을 사서 끝내 회사가 망하고 말았다. 그 충격인지는 몰라도 들리는 소리로는 맑은 정신을 잃어버리고 종국에는 행방조차 알 수 없게 되었다고 한다.

그 친구의 부침(浮沈)을 지켜보면서 인제는 죄악이니 복록이니 하는 생각이 없어졌다. 죄악이든 복록이든, 생명을 얻었다는 이 사실이 나에겐 한없이 경이로울 뿐이다. 내 이미 육허(六虛)에 두루 흐르고 오르내림이 속절없음을 알았는데 남은 세월에 뭘 더 바라랴!

그 옛날 언제나 신골을 치던 뚝섬 가는 동차가 자주 생각이 난다. 마주선 여자와 배가 서로 대여도 몸 돌릴 틈이 없어 숨막히던 그 고약한 동차가 왜 이리 그리울까. 그 동차는 다 어디로 갔을까?

노을이 지는 불그스레한 강줄기를 따라 뗏목이 흘러내릴 때도 있었지.

일제히 손을 흔들며 뚝섬이 떠나갈 듯 환호하던 사람들. 뗏목도 그립고 사람도 그립다. 다 어디로 갔을까? (이 글은 「박첨지」와 「달빛은 가로등에 먹히고」를 개작한 작품임)

한강漢江

　　만수(萬水)를 합하여 한강이 된다. 반도의 허리를 망라하는 유정 일천이백팔십여 리에 걸쳐 만수를 귀납한다.

　　두루 알다시피 서울의 등 뒤에 백운대(白雲臺) 국망봉(國望峯) 인수봉(仁壽峯)이라는 세 봉우리로 된 우람한 산이 하나 있다. 이 산을 이름하여 삼각산(三角山)이라고도 하고 북한산(北漢山)이라고도 하는데 서울의 진산(鎭山)이 된다. 이 산이 한 번 우줄거려 인왕산(仁王山) 북악산(北岳山) 낙산(駱山) 남산(南山:木覓山)이 연역되어 나오고 또 한 번 우줄거려 남한산(南漢山) 관악산(冠岳山)이 생겨나와 대령하듯 호위하듯 둘러싸는 이 진용을, 어르며 희롱하며 한수(漢水)는 굽이돌아 흐른다. 우레와 바람이 서로 붙는 곳에 언제나 신운이 표묘하듯 산의 연역과 물의 귀납이 한바탕 격론을 벌이는 산진수회처(山盡水廻處)에 서울이 태어났다.

　　한강은 서울을 펜다. 옛날 평양 사람들은 한양 사람을 보고 십리 밖 강도 강이냐고 빈정거렸다지만 지금의 평양 사람들은 그런 말을 못할 것이다. 남산에 올라 사방을 내려다보면 남산은 남쪽의 산이 아니요, 서울의 코다.

　　십리 밖 강을 멀다 않고 여기에 도읍을 정한 걸 보면 조선왕조 태조

이성계(李成桂)야말로 나라를 빼앗은 사람답게 통이 컸다고나 할까. 그때가 단기 3727년이었다니 600년이 넘은 셈이지만 백제 온조왕(溫祚王)이 서울 부근에 나라를 세운 걸로 치자면 참으로 아득한 옛날부터 이 한강 유역이 천하를 도모하려는 영웅의 가슴을 설레게 했던 것 같다.

 "한강을 차지하는 자는 반도를 차지하게 된다."라는 말이 있다. 삼국시대에 맨 먼저 한강 유역을 점거했던 나라는 백제였는데 이때가 백제로서는 전성기였다고 한다. 뒷날 한강 유역을 고구려에게 빼앗기고 수도를 한산성(漢山城:지금의 南漢山城) 일대에서 웅진(熊津:지금의 公州)으로 옮기고부터 백제의 국운은 기울게 되었고 반대로 한강을 차지한 고구려는 전성기를 맞이할 수가 있었다. 고구려의 팽창에 겁을 먹은 백제와 신라는 손을 잡을 수밖에 없었으니 나제동맹도 따지고 보면 한강 때문이다. 한강에서 밀려 내려온 백제가 수도를 웅진에서 다시 사비(泗沘:지금의 扶餘)로 옮긴 까닭도 속내는 이 한강 유역을 되찾겠다는 데 있었다고 한다. 한때 나제 양국은 한강 유역을 나누어 가짐으로써 백제의 꿈이 어느 정도는 이루어지는가 싶더니, 신라가 배신하여 한강 유역 전역을 독차지하는 바람에 백제의 중흥의 꿈은 꺾어지고 말았다. 이에 전일의 동맹이 오늘의 원수가 되어 다투다가 한강을 잃은 백제는 끝내 멸망해 버리고 말았다. 따라서 삼국의 역사는 '한강 쟁탈전의 역사'였다고나 할까. 신라의 통일은 물론 고려의 재통일도 한강 유역을 장악한 때문이었고, 6·25 때 한강 유역을 차지하느냐 못하느냐가 전세를 좌우하게 되었던 것도 또한 우연이 아니었던 것으로 여겨진다. 따라서 삼국의 역사뿐만 아니라 우리의 역사 전체가 '한강 쟁탈전의 역사'였는지도 모른다. 이토록 한강 유역이 군사적 요충으로 늘 용병필쟁(用兵必爭)의 풍운을 몰고 온 까닭은 이 지역이 북위 37도에서 38도 사이를 망라하는 광활한 반도의 중심무대인 데다가, 이 지역의 남북에 자연의 요새인 북한산과 남한산이 방벽을 이루고 있기 때문일 것이니 결국 무궁한 산하의 조화다. 절묘하게 어우러진 산하를 바라보노라면 보이지 않는 어떤 신비스러운 힘을 떠올리게 되지 않던가?

산하의 조화를 보려거든 우선 남산에 올라 사방을 조망해 볼 일이다. 『신증동국여지승람』(新增東國輿地勝覽)에 의하면 여말선초의 문신 정이오(鄭以吾)는 「남산팔영」(南山八詠)을 읊어서 유명해졌다지만* 지금이라면 그는 '팔영'에다가 최소한 두 가지를 보탤 것 같다. 하나는 한강의 다리요, 또 하나는 서울의 야경이다. 아니다. 두 가지를 보태기는커녕 「남산팔영」마저 폐기하고 다만 한마디로 "서울은 넘쳤다"라고만 할지도 모른다. 한강의 물고기가 병치레를 하는 것이 어제 오늘의 일이 아니고, 뿌연 하늘에는 옛날의 솔개를 알아보지 못한 지도 오래 되었고, 놓은 지 얼마 안 되는 다리가 부러지기도 한 걸 그가 왜 모르겠나. 혼이 사멸한 육체, 철학이 실명한 과학, 정신이 증발된 물질, 윤리를 능욕한 향락이 도처에서 기염을 토하는 세상을 두고 그가 즐거이 노래할 리가 없지 않는가 말이다.

지금은 없다지만 옛날 중국의 낙양의 남쪽 낙수(洛水)에 천진교(天津橋)라는 부교(浮橋)가 하나 있었던 모양이다. 송나라 때의 학자 소강절(邵康節) 선생이 하루는 빈객과 더불어 이 다리를 거닐다가, 두견이 우는

---

* 운횡북궐(雲橫北闕) / 수창남강(水漲南江) / 암저유화(岩底幽花) / 영상장송(嶺上長松) / 삼춘답청(三春踏靑) / 구일등고(九日登高) / 척헌관등(陟巇觀燈) / 연계탁영(沿溪濯纓)

소리를 듣고 처연해져서 즐거워 할 줄 몰랐다고 한다. 객이 그 까닭을 묻자 선생은, "낙양에는 예로부터 두견이가 없었는데 이제 막 날아왔나 봅니다."라고 했다. 객이 무슨 뜻이냐고 물으니 선생은, "서너너덧 해가 못 되어 주상이 남쪽 지방의 인사로써 정승을 삼고 남쪽 지방의 사람들을 많이 끌어들여서 오직 바꾸어 고치는 데만 힘쓸 것인데 천하는 이로부터 변고가 많을 겁니다."라고 했다. "두견이 우는 소리를 듣고 어찌 그런 걸 아십니까?" 라고 객이 또다시 묻자 선생이 답하기를, "천하가 장차 다스려지매 땅의 기운이 북쪽에서부터 남쪽으로 움직이고 천하가 장차 어지러워지매 땅의 기운이 남쪽에서부터 북쪽으로 움직이는 법인데 지금 남쪽 땅의 기운이 이르렀군요. 날짐승이 땅의 기운을 먼저 얻은 것이지요." 라고 했다. 이 예언은 송나라 치평(治平:1064~1067) 연간에 있었던 일인데 희녕(熙寧:1068~1077) 초에 이르러 과연 적중했다고 한다.(『邵氏聞見錄』 卷十九)

　아무튼 방위와 시간과 계절 같은 것을 같은 선상(線上)에 대응시키는 것이 이른바 오행사상의 한 전요(典要)인 것 같다. 이를테면 정북방과 한밤중과 동지를 대응시키는 따위이다. 강절 선생의 사상 또한 이와 다르지 않다. 땅의 기운이 북쪽에서 남쪽으로 움직인다고 함은 해가 동지에서 하지로 움직이는 것과 같은 이치이고, 땅의 기운이 남쪽에서 북쪽으로 움직인다고 함은 해가 하지에서 동지로 움직이는 것과 같은 이치이다. 동지에서 하지까지는 해가 점점 불어나고 이에 따라 만물이 생육하고 발현하는 계절이니 치세가 되는 셈이고, 하지에서 동지까지는 해가 점점 줄어들고 이에 따라 만물이 수렴하고 귀장하는 계절이니 난세에 비길 수가 있겠다. 이와 같은 이치로 해서 땅의 기운이 북쪽에서 남쪽으로 움직이는 것은 치세가 되고 땅의 기운이 남쪽에서 북쪽으로 움직이는 것은 난세가 되는 셈이다. 그런데 동지에서 하지 사이에 춘분을 거치게 되니 땅의 기운이 북쪽에서 남쪽으로 움직이는 것은 땅의 기운이 동쪽에서 서쪽으로 움직이는 걸 내포하는 개념이 되고, 하지에서 동지 사이에 추분을 거치게 되니 땅의 기운이 남쪽에서 북쪽으로 움직이는 것은 땅의 기운이 서쪽에서 동쪽으로 움직이는 걸 내포하는 개념이 된다. 이상의 내용을 총괄해서 말하면, 땅의 기운이 북쪽에서 남쪽으로 움직이든가 동쪽에서 서쪽으로 움직이면 치세를 의미하고, 땅의 기운이 남쪽에서 북쪽으로 움직이든가 서쪽에서 동쪽으로 움직이면 난세를 뜻하게 된다고 말할 수 있겠다.

그렇다면, 가령 춘추전국시대에 북국(北國)의 유민(流民)이 북국에서 남국(南國)으로 흘러 들어갔을 때에는 땅의 기운이 북쪽에서 남쪽으로 움직인 것이 되어 남국이 치세로 되었을까? 남국의 유민이 남국에서 북국으로 흘러 들어갔을 때에는 땅의 기운이 남쪽에서 북쪽으로 움직인 것이 되어 북국이 난세로 되었을까? 유민의 이동이 있기에 앞서 과연 두견이 같은 어떤 미물이 지기를 타고 먼저 움직였을까?

율곡(栗谷) 선생의 대과 장원 급제 작이라는 「역수책」(易數策)에 의하면 율곡 선생이 과장에 나갔을 때 과거를 집행하는 관리가, "천진교에서 두견이 우는 소리를 듣고 소인이 권세를 마음대로 부릴 것을 알았다."(天津(橋)鵑叫知小人之用事)라는 강절 선생의 이 고사를 두고 물었다. 이 물음에 대해 율곡 선생은, "이(理)로써 미루어 보면 점을 치지 않아도 가히 알 것이요, 하필 천진교에서 두견이가 우는 소리를 듣고 난 다음에서야 국운이 많이 어려워질 걸 알겠습니까?"(以理而推則不待占而可見矣何必

天津(橋)鵑叫然後乃知國步多艱耶)라고 응답했다. 율곡 선생의 이 말은, "그것이 그러한 것은 기(氣)요, 그것이 그러한 까닭은 이(理)다."(其然者 氣也 其所以然者理也)라는 기존의 이기론(理氣論)을 따른 것이다. 율곡 선생이 '이(理)로써 미루어 본다.'라고 한 말에서 이(理)란 형상이 없어 볼 수는 없지만 사물의 '당연지칙'(當然之則)이라고 하는 것이 성리학의 입장이다. 당연지칙이란 사물에 있는 마땅히 그러해야 하는 준칙이요, 법칙이며, 확고하여 변하지 않는다는 뜻이다. 사물에서 꼭 합당한 것으로 당연함을 뜻한다. 따라서 이 법칙은 사물에서 지나침도 없고 모자람도 없이 딱 들어맞는 것이기도 하다. "임금이 되어서는 인(仁)에 머무른다." "신하가 되어서는 경(敬)에 머무른다."라고 할 때 인과 경이 각각 임금과 신하이기 위한 당연지칙이다. "아버지가 되어서는 자애에 머무른다." "자식이 되어서는 효에 머무른다."라고 할 때 자애와 효가 각각 아버지와 아들의 당연지칙이다. 그렇다면 "공무원이 되어서는 국민의 공복이 된다." 라고 할 때 국민의 공복이 되는 것은 공무원이기 위한 당연지칙이 아니겠 는가. 국회는 국회이기 위해 청와대는 청와대이기 위해 당연지칙이 있을 터. 책상은 책상이기 위해 의자는 의자이기 위해, 잉어는 잉어이기 위해 솔개는 솔개이기 위해 각각 당연지칙이 있겠다. 이 당연지칙으로 미루어 보면, 천진교에서 두견이가 우는 걸 듣기 전에도 국운이 많이 어려워질 걸 알 수 있다는 것이 율곡 선생의 해답이었던 것 같다.

대과를 보던 스물세 살 율곡 선생의 이기론(理氣論)은 아직, 퇴계(退溪) 선생이며 정주(程朱)의 성리학과 다르지 않았다. 이를테면 "올해의 우레 는 일어나는 곳에서 일어난다."(今歲之雷起處起)라는 정이천(程伊川) 선생의 말은 "두견이는 우는 곳에서 운다."라는 말이 되겠지만, 이 말은

"하필 천진교에서 두견이가 우는 소리를 듣고 난 다음에서야 국운이 많이 어려워질 걸 알겠습니까."라는 율곡 선생의 말과 다르지 않다. 천진교의 두견이에 부친 강절 선생의 예언을 은근히 비아냥거렸기는 마찬가지가 아닌가. 수리철학이라고나 할 강절 선생의 이른바 원회운세(元會運世)의 학설(皇極經世)을 배격한 거나 다름없다.

이 땅에도 유민이 있는가. 한강에도 두견이가 울었는가. 땅의 기운이 어디서 어디로 움직이는가. 우레는 일어나는 곳에서 일어나고 두견이는 우는 곳에서 운다. 땅의 기운은 움직이는 곳으로 움직인다. 역사는 가는 곳으로 간다.

잉어는 뛰고 솔개는 높이 날아라. (이 글은 「한강은 알고 있다」 「한강사초」 「한강 풍운」을 개작한 작품임)

하늘

        파란 하늘을 이고 오롱조롱 무리 지어 붉게 익어 가는 감들을 멀거니 바라보고 있노라면 나는, 늙었다는 걸 퇴물이 되어 버렸다는 걸 잠시 잊는다.

    "공을 세우고 이름을 이루면 몸이 물러나는 것은 하늘의 도이다."(功成名遂身退天之道)라는 노자의 말마따나 머지않아 이 감나무의 향연도 막을 내리게 된다. 찬바람이 마른 이파리마저 흔들고 나면 가녀린 가지들이 텅 빈 하늘 아래 형해처럼 앙상하게 드러난다. 조금은 슬프다. 사람이 참 이상도 하지 가을을 거둬들이는 가슴인데 왜 그리 허전하던지……. 가슴 한 구석에 한 가닥 아쉬움이 남아서 차마 다 따 버릴 수가 없었던지 따다가 남긴 감 하나가 사람의 이런 심정을 알기라도 하는지 못내 수줍어 얼굴을 붉힌다. 이 남겨진 마지막 감을 까치의 밥이 된다 해서 예로부터 까치밥이라 한다.

    왜 감을 다 따지 않고 남기는가. 어린 마음에 이상하다 싶어 한번은 할아버지께 그 까닭을 알고 싶어 했더니, 묵연양구(黙然良久)에 할아버지는 담뱃대로 나의 머리통을 딱, 때리셨다.

    이파리도 감도 모두가 떠나간 가지 끝에 홀로 남겨진 감 하나. 낙목한천에 풍상의 길을 저 홀로 간다. 까치 같은 새들한테 꼼짝없이 파먹혀 만신창이가 된 채 쭈그러들다가 마른 나뭇잎 같이 되고 말면 오던 까치도 발길을 돌리고 까치밥 언저리엔 쓸쓸히 달빛만 머문다.

어느 해 이때쯤이었지 싶다. 할아버지가 그 긴 담뱃대를 깃고대에 비스듬히 지르고서 뒷짐지고, 겨우 감 하나가 대롱거리는 감나무를 둘러 돌고 돌았다. 나 또한 할아버지처럼 뒷짐지고 할아버지의 뒤를 따라 연자매가 돌 듯 돌고 돌았다. 벙어리 호적(胡狄)을 만났다 할까, 두 사람 사이엔 무거운 침묵이 흐를 뿐이었다. 남들이 보면 이 어린것이 엄청 같잖고도 잔망스러워 보였을 테지만 실은 벌(罰)을 받고 있었던 것이다. 그 무렵 할아버지한테 『맹자』를 배우고 있었는데 그날 아침에 배독(背讀)을 못해서 회초리로 종아리를 맞았던 거다. 그 글을 이제 번역으로 옮겨 본다.

순(舜)은 밭 가운데서 기용되었고, 부열(傅說)은 성벽 쌓는 틈에서 등용되었고, 교력(膠鬲)은 생선과 소금 파는 데서 등용되었고, 관이오(管夷吾)는 옥관(獄官)에 잡혀 있는 데서 등용되었고, 손숙오(孫叔敖)는 바닷가에서 등용되었고, 백리해(百里奚)는 시정에서 등용되었다. 그러므로 하늘이 장차 이러한 사람들에게 중대한 임무를 내리려면(天將降大任於是人也) 먼저 그들의 심지를 괴롭히고 그들의 근골을 수고롭게 하고 육체를 굶주리게 하고 그들 자신에게 아무것도 없게 하여서, 그들이 하는 것이 그들이 해야 할 일과는 어긋나게 만드는 것인데 그것은 마음을 움직이고 성질을 참아서 그 해내지 못하던 것을 더 많이 할 수 있도록 하기 위해서다. 사람은 늘 잘못을 저지르고 난 뒤에야 능히 고칠 수 있고, 마음속으로 번민하고 생각으로 저울질해 보고 난 뒤에야 하고, 괴로움을 안색으로 나타내고 음성으로 발하고 난 다음에야 안다. 들어가면 법도 있는 세가(世家)며 보필하는 선비가 없고 나가면 적대국이며 외환이 없다면 그러한 나라는 언제나 망한다. 그런 다음에서야 우환에서는 살고 안락에서는 죽는 줄을 알게 된다. ─ 『孟子』「告子章句下」

    여기서 맹자(孟子)가 거명한 사람들의 사연은 시련, 고통, 빈곤, 좌절 같은 것으로 맹자는 이런 것들을 한마디로 덮어 우환이라 했다. '우환에서는 살고 안락에서는 죽는다.'(生於憂患而死於安樂也)는 맹자의 이 능변은 결국 '가치는 우환의 소산'이란 말로 줄일 수가 있겠다. 그의 논리대로라면 다음과 같은 주장들이 가능하다.───── 바로 맹자 자신의 삼천(三遷)의 불우가 뒷날 맹자를 맹자이게 했다. 공자가 야합(野合)으로 태어나서 때를 얻지 못해 천하를 주유(周遊)한 것이, 연명(淵明)이 동쪽으로 돌아가고(東歸) 자미(子美)가 서쪽 하늘가로 표박한 것(漂泊西南天地間)이 또한 그들을 그들이게 했다. 아들을 죽여 끓인 국인 줄 번히 알면서도 자신의 지혜를 숨기기 위해 태연히 받아먹어야 했던 서백(西伯:文王)의 칠 년 감옥살이는 마침내, 벽안(碧眼)의 거장 헤르만 헷세로 하여금 인류 최고의 지혜라고 찬탄해 마지않게 한, 『주역』을 연역케 했다. 표도르 도스토예프스키의 파란만장한 생애는 「악령」이며 「카라마조프가의 형제들」이라는 불후의 명작을 남겼다. 정약용의 오랜 유락은 그로 하여금 조선조 제일의 학자가 되게 했다. 우리 민족이 반만년 역사를 지탱할 수 있었던 것은 수천 번의 침략을 당했기 때문이다. 등등.
    그러나 아무리 단련을 거쳐도 모든 시우쇠가 다 간장(干將)과 막야(莫邪〈鏌鋣〉)와 같은 명검이 되는 것은 아니다.[1] 진주는 병든 조개의 뱃속에서

---

1) 邪(사/야) 자와 耶(야/사) 자가 통용되는 경우가 있기는 하지만, 간장막야(干將莫邪)에서의 邪를 耶로 표기한 국어사전은 틀렸다. 막야(莫邪)는 본디

나오지만 조개가 병이 든다고 해서 간대로 진주를 배는 것도 아니다. 미꾸라지 어장에 미꾸라지의 천적인 메기를 조금 넣어 기르면 잽싸게 진흙 속으로 몸을 사리는 미꾸라지는 더 튼실하게 자란다지만 메기한테 잡아먹히기도 한다. 사람이라고 해서 다르지 않다. 왜 그런가? 하늘의 선택인가?

하늘이 어떤 자에게 중대한 임무를 내리려면 먼저 그에게 우환을 준다고 한 맹자의 말에서 하늘이 중대한 임무를 내리려고 선택하는, 그 선택을 받는 자는 어떤 자인가. 일견 뚜렷한 원칙 같은 것이 있어 보이지도 않는데 그것을 하늘이라고 한다면 하늘은 참으로 옳지 못하다.

맹자의 말을 더 듣기로 한다. "하지 아니 하여도 그렇게 되는 것은 하늘이요, 부르지 아니 하여도 닥쳐오는 것은 명이다."(莫之爲而爲者天也 莫之致而至者命也)2) 여기서 부르는 것은 하는 것의, 오는 것은 되는 것의 한 연장(延長)이다. 따라서 '부르지 아니 하여도 닥쳐오는 것'이란 '하지 아니 하여도 그렇게 되는 것'에 포섭된다. 그러므로 명(命)은 하늘의 내용이다. '하지 아니 하여도 그렇게 되는 것'이란 저절로 그렇게 되는 것이란 말이요, '부르지 아니 하여도 닥쳐오는 것'이란 저절로 닥쳐오는 것이란 말이다. 그러니까 하늘이며 명이란 저절로 그러함일 뿐이다. 저절로 그러함이란, 말을 바꾸면 자연(自然)이다. 자연이란 물(物)이 아니라 그 현상이다. 맹자는 "하지 아니 하여도 저절로 그러하다."(無爲自然)라는, "하지 아니 하여도 하지 아니 함이 없다."(無爲而無不爲)라는

사람 이름이기 때문이다 『순자(荀子)』「성악편(性惡篇)」이나 『오월춘추(吳越春秋)』의 「합려내전편(闔閭內傳篇)」을 보면 모두 莫邪로 되어 있다.
2) 『孟子』「萬章章句」上

노자의 영토를 범했다. 여기서의 하늘이란 저절로 그러함일 뿐 '주재하는 하늘'(主宰天)이 아니라면 '하늘이 장차 이러한 사람들에게 중대한 임무를 내리려면'이라고 한 말에서의 하늘 또한 여기서의 하늘과 다르지 않다.

그 옛날처럼 지금 우리집 마당가에 고비늙은 감나무가 한 그루 서 있다. 가지 끝에 감 하나가 달려 있다. 까치가 날아든다.

까치밥 같은 걸 두고 『주역』에서는 "큰 과실은 먹히지 않는다."(碩果不食)라고 했다.3) 위로 궁하면 아래로 돌이켜서(窮上反下) 새 세계의 씨앗이 된다는 뜻이다. "큰 과실은 먹히지 않는다."라는 이 말의 전제가 되는 총론에서는, "복(復)에서 아마도 하늘땅의 마음을 볼진저."(復其見天地之心乎)라고도 했다. 복(復)이란 강한 것이 돌이키는 강반(剛反)이라 했다. 노자는 "돌이키는 것은 도의 움직임이다."(反者道之動)라고 했다. 『주역』의 복(復)과 노자의 반(反)은 같은 뜻이다. 그러므로 하늘(하늘땅)이나 도나 그 말이 그 말이다. 그리고 보니 노자의 이 말은 『주역』에서 얻어 온 것이 아닌가.4)

---

3) '碩果不食'을 [큰 과실은 다 먹지 않고 남긴다는 뜻으로] '자기의 욕심을 버리고 자손에게 복을 끼쳐 줌'을 이르는 말."이라고 한 국어사전의 해석은 사이비 해석이다. [큰 과실은 먹히지 않는다는 뜻으로] 窮上反下의 씨앗이 되는 이치를 상징적으로 표현한 말."이라는 정도로 설명하는 것이 핍진하다. '碩果不食'은 『周易』 山地剝卦 上九의 爻辭로서 剝卦의 上九는 장차 地雷復卦로 반전하기 때문이다. 따라서 '碩果不食'에서 '不食'을 侯果는 '不被剝食'이라고 했는가 하면 程子는 '不見食'으로, 朱子는 '不及食'으로, 丁若鏞은 '不爲所食'으로 해석하는 등 선철의 주석은 모두 국어사전과는 달리 "먹히지 않는다."라고 피동으로 해석한 것이다.

4) "감히 천하의 선두가 되지 못한다(不敢爲天下先)"라는 노자의 말은(『老子』, 三寶章第六十七) "꼭대기에 오른 용은 뉘우침이 있다(亢龍有悔)" "하늘의 덕은 머리(首)로 하지 않는다(天德不可爲首)"라는 『주역』의 말에서 얻어 왔다.(『周易』重天乾卦)

먹히지 않고 돌이키다니 그 까닭이 뭔가? 만물은 그 자체 내에 부정(否定)을 함유하고 있기 때문이라고 헤겔은 말한다. 한번은 음(陰)이었다가 한번은 양(陽)이었다가 하기 때문이라는 것이 『주역』이 말하는 골자다. 이 음과 양의 사상은 이를테면 항아리에 술을 부으면 부은 만큼 공기는 줄어들고 술을 따르면 따른 만큼 공기가 늘어나는 것과 같은 이치이다. 이와 같이 술과 공기가 서로 밀고 당기듯 늘어났다가 줄어들었다가 하는 현상 곧 대대(待對) 현상을 일음일양(一陰一陽) 또는 줄여서 음양(陰陽)이라 일컫는다. 따라서 일음일양이란 존재자가 아니라 존재자가 나타내는 현상이다. 그렇다면 헤겔의 긍정과 부정이란 『주역』의 일음일양과 매우 방불하다. 왜 부정을 함유하는가? 왜 음양이 대대하는가? 부정을 함유하는 것이든 음양이 대대하는 것이든 누가 하여서도 아니요, 누가 불러서도 아니다. 저절로 그러할 따름이라고 할 수밖에 우리가 무엇을 안다 하겠는가? 까치만 저 홀로 앞집 지붕에서 지저귀고 있는데 꺼벙한 이 늙은이는, 뒷짐지고 감나무를 둘러 돌고 돈다. (이 글은 「까치밥」 「하늘」을 개작한 작품임)

경북 예천 출생 / 아호 小石, 汝同

예천농고 졸업, 고교 재학 중 제10회 보통고시 합격

    고려대학교 법과대학 법학과 졸업 법학사

    영남대학교 대학원 문학석사 학위 철학박사 학위 취득

1급 국가공무원 역임

영남대학교 대학원 철학과, 동 환경보건대학원, 동 평생교육원,

    대구가톨릭대학교 철학과, 동 평생교육원, 대구대학교 사회교육원,

    대구생활문화아카데미(구 성천아카데미), 사단법인 담수회 등에서 철학 강의

대구한의대학교 사회교육원 객원교수(전) 대구향교 명륜대학 교수(전)

계간 『隨筆公苑』 천료 『月刊文學』 신인상 수필 당선

월간 『문학세계』 신인문학상 詩 당선

    한국문인협회 주최, 문화공보부 문예진흥원 서울특별시 예총 후원,

    「한강축제 문학작품공모」 수필부문(최우수작 1, 우수작 2, 가작 5)

    최우수작 당선. 수상작 「한강은 알고 있다」

    세계문인협회 주최 제9회 「세계문학상」 수필부문 대상 수상 수상작 「매화부」

    한국출판문화산업진흥원 시행 〈2014 세종도서 문학나눔〉에 『퇴계의 여자』 당선

    매일신문사 주최 제1회 시니어문학상 시 부문 가작 당선 수상작 「송수원초옥」

한국주역학회 회원 한국문인협회 회원 국제펜클럽 한국본부 회원(전)

학술서 『周易反正』 『周易解釋의 네 가지 原理』 『陰陽五行命理學』

    『누가 운명을 부인하는가』

논 문 「丁茶山 易學에 있어서 易理四法에 대한 研究」

    「周易의 卦에 대한 研究」 등

수필집 『까치밥』 『매화』 『겁탈』 『다산의 여자』 『퇴계의 여자』

    『바람이 많이 불던 날』(선집) 『하늘』(선집)

시 집 『한계령』

하늘

초판 인쇄 2015년 7월 20일
초판 발행 2015년 7월 27일

지 은 이| 박주병
펴 낸 이| 하운근
펴 낸 곳| 學古房

주   소| 경기도 고양시 덕양구 통일로 140 삼송테크노밸리 A동 B224
전   화| (02)353-9908   편집부(02)356-9903
팩   스| (02)6959-8234
홈페이지| http://hakgobang.co.kr/
전자우편| hakgobang@naver.com, hakgobang@chol.com
등록번호| 제311-1994-000001호

ISBN   978-89-6071-532-5   03810

값 : 14,000원

이 도서의 국립중앙도서관 출판시도서목록(CIP)은 서지정보유통지원시스템 홈페이지
(http://seoji.nl.go.kr)와 국가자료공동목록시스템(http://www.nl.go.kr/kolisnet)에서 이용하실 수
있습니다.(CIP제어번호: CIP2015019240)